U0473807

Unicorn
独角兽书系

KING RAT
鼠王

[英]柴纳·米耶维/著   姚向辉/译

KING RAT
By CHINA MIEVILLE
Copyright © 1998 by CHINA MIEVILLE
This edition arranged with THE MARSH AGENCY LTD
through Big Apple Agency, Inc., Labuan, Malaysia.
Simplified Chinese Translation Copyright ©2017 by Chongqing Publishing House Co., Ltd.
All rights reserved.
版贸核渝字（2016）第052号

图书在版编目（CIP）数据

鼠王/（英）柴纳·米耶维著；姚向辉译. —重庆：重庆出版社，2017.6
书名原文：king rat
ISBN 978-7-229-12053-5

Ⅰ.①鼠… Ⅱ.①柴… ②姚… Ⅲ.①长篇小说—英国—现代 Ⅳ.①I561.45

中国版本图书馆CIP数据核字（2017）第041163号

鼠王
SHU WANG

[英]柴纳·米耶维 著　姚向辉 译
责任编辑：肖　飒　唐　凌
装帧设计：抹茶、谢颖设计工作室
封面绘画：抹　茶
责任校对：刘小燕

重庆出版集团 出版
重庆出版社

重庆市南岸区南滨路162号1幢　邮政编码：400061　http://www.cqph.com
重庆出版社艺术设计有限公司 制版
重庆市豪森印务有限责任公司 印刷
重庆出版集团图书发行有限责任公司 发行
E-mail:fxchu@cqph.com　邮购电话：023-61520646
全国新华书店经销

开本：890mm×1230mm　1/32　印张：9.25　字数：260千
2017年6月第1版　2017年6月第1次印刷
ISBN 978-7-229-12053-5
定价：52.80元

如有印装问题，请向本集团图书发行有限责任公司调换：023-61520678

版权所有　侵权必究

献给麦克斯

目 录

致谢……001

伦敦随想曲……001

PART 1
【玻璃】

第一章……003

第二章……012

第三章……022

第四章……031

PART 2
【新城】

第五章……043

第六章……052

第七章……061

第八章……066

PART 3
音韵课和历史课

第九章……079

第十章……086

第十一章……096

第十二章……104

第十三章……117

PART 4
【鲜血】

第十四章……127

第十五章……134

第十六章……142

第十七章……150

第十八章……157

第十九章……163

PART 5
【精神】

第二十章……179

第二十一章……190

第二十二章……197

第二十三章……208

第二十四章……217

第二十五章……226

PART 6
【丛林惊骇】

第二十六章……241

第二十七章……271

尾声……279

致谢

感谢每一位在早期阶段阅读此书的人。所有的爱和谢意献给我的母亲克劳迪娅,谢谢她一直以来的支持。还有我的姐姐杰迈玛,谢谢她的建议和反馈。

深深的爱和感激献给艾玛,为了一切。

我衷心感谢麦克斯·薛弗,他给了我无比珍贵的批评意见,花费多个小时辅导我文字处理软件,以及在一年大体虚掷的时间中赐我伟大友情。

我无论如何也道不尽我对米琪·切汉姆的谢意。得到她的帮助实属我三生有幸。还要感谢麦克米兰的诸君,特别是我的编辑彼得·拉维利。

我还应该提及许多作家和艺术家,但特别要向"二指"和詹姆斯·T. 柯克献上敬意,他们是小说《丛林人》的作者。他们是开路先锋。同样要向伊恩·辛克莱尔致以诚挚谢意,他慷慨地允许本人保留了不慎从他那里窃取的某个比喻。杰克·皮利奇安将"鼓打贝司"音乐介绍给我,改变了我的人生。向所有制作过"鼓打贝司"的DJ及其组员致以敬意。特别要向"一个名叫杰拉德的家伙"①表示敬畏和感谢，为的是壮美绝伦的《格洛克》：已经有了几年历史，但却拥有曾经录制成碟的最了不起、最厚重的丛林游击贝司线。重播吧。

---

① 一个名叫杰拉德的家伙（A Guy Called Gerald）：英国著名音乐家、制作人和DJ杰拉德·辛普森（Gerald Simpson）的艺名，《格洛克》（Gloc）是他在1993年发行的混音单曲，本书出版于1998年。

伦敦随想曲
——Tek 9[1]

我可以挤过建筑物之间你看不见的缝隙。我可以贴着你背后走路,近得能让我的呼吸在你脖颈上激起鸡皮疙瘩,但你依然听不到我的声息。我可以听见你瞳孔扩张时眼内肌肉的收缩声响。我可以靠你的垃圾过活,住在你的家里,睡在你的床底下,但只要我不想让你知道,你就永远也不会知道。

我爬到街道之上。这座城市的所有维度都向我开放。你们的墙壁是我的墙壁,是我的天花板,是我的地板。

疾风抽打我的大衣,声音仿佛刮过电线。我攀上屋顶,游走于烟囱矮林之间,手臂上有成百上千条擦痕在触电般地刺痒。今夜我有事情要干。

我如水银流动般溜过屋顶边缘,沿着排水管滑向十几米下的后巷。灯光浓黑如墨,我悄然穿过一堆堆垃圾,破开阴沟的铅封,毫无声息地拉开街面上的窨井盖。

现在我置身于黑暗中了,但我依然看得清楚。我可以听见流水涌过管道时的咆哮声。你们的粪便淹到我的腰际,我能感觉到粪便在推动我的身体,我能闻到粪便的气味。在这些通道之中,我知道自己的路该怎么走。

---

[1] Tek 9:英国音乐人,《伦敦随想曲》(A London Sometin')是他的作品名称。

KING RAT

　　我向北而去，我融入水流，我蹚水而行，我攀附着墙壁和天花板前进。活物或快步跑开或蠕动蛇行，为我让出去路。我在阴冷潮湿的廊道中迂回前进，没有踌躇的时候。雨下得断断续续、犹犹豫豫，但伦敦的流水今夜似乎都在渴望抵达终点。地下的砖壁河流波涛汹涌。我潜入水下，在让我腻歪的黑暗中游泳，直到必须露头的时候方才从幽深处升至地面，我滴着水，再次无声无息地行走在人行道上。

　　耸立于面前的红砖建筑就是我的终点。四下里有些方形窗户透出灯光，打破了庞然大物身上的黑暗。房檐阴影下有个窗口在微微发亮，吸引了我的注意力。我骑跨在大楼的转角上，一路优哉游哉地爬了上去。现在我放慢了速度。电视机的声音和食物的香味飘出那个窗口，现在我够得到窗口了，现在我用我的长尾巴敲打玻璃，抓挠窗户，声音仿佛来自鸽子或小树枝，能挑起人的好奇心，是个诱饵。

PART 1
【玻璃】

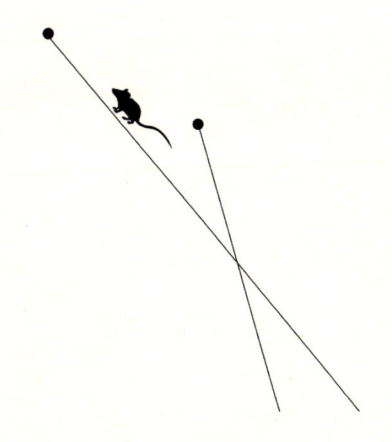

第一章

　　进入伦敦的列车仿佛船舶驶过屋顶。塔式高楼宛如长颈海兽伸向天空，大型储气罐像鲸鱼般在肮脏的矮楼间沉沦，列车就穿行在它们中间。脚下的大海是成排的小铺子、没名气的连锁商店和墙面油漆已经剥落的小餐馆，还有挤在高架轨道底下做生意的小贩。五颜六色、盘旋扭曲的涂鸦布满了每面墙壁。建筑物顶层的窗户靠得非常近，乘客可以隔窗窥视一间间裸露的办公室和店铺的储物柜。他们能看清墙上商用日历和海报的线条轮廓。

　　伦敦的韵律在这里奏响，在这片蔓生于城郊和市中心之间的萧条地带奏响。

　　街道逐渐变宽，商店和餐厅的名字越来越熟悉。主干道越来越繁华，交通越来越拥挤。城市也逐渐升高，与铁轨交汇。

　　十月末的一天，一列火车正驶向国王十字火车站。列车经过北伦敦的偏僻地段，两侧望出去毫无遮拦，到了接近霍洛威路的地方，底下的城市开始变高。列车隆隆驶过，下面的人们熟视无睹，只有孩子抬头观望，几个年纪最小的举着手指指点点。快要接近车站的时候，列车滑到了屋顶高度之下。

车厢里有几个人正看着砖墙在两旁慢慢升高。天空消失在了窗户之上。一群鸽子从铁轨旁的隐蔽地方起飞,转了个圈,向东方而去。

那群鸽子扑棱的翅膀和躯体让车厢后部一个强壮的年轻人分了神。他始终在按捺冲动,不去直勾勾地瞪着对面的女人看。那女人的头发很浓密,用过蓬松剂①,紧密的卷发梳开了之后,如一条条小蛇般蜷缩在头上。鸟儿飞过车窗的时候,男人不再偷偷摸摸地打量对方,伸手拢了拢自己的平头。

列车已经低于房屋了。它蜿蜒穿过城市里的这条深沟,仿佛多年的行车已经磨掉了轨道下的混凝土。绍尔·杰拉蒙德又瞥了一眼坐在对面的那个女人,然后将注意力投向窗外。车厢里的灯光把窗户变成了镜子,他凝视着自己,脸色阴沉。他的面孔背后是一层隐约可见的砖墙,砖墙背后则是铁轨两边如悬崖般耸立的房屋的地下室。

绍尔离城不过几天时间而已。

每一下"哐当"声都将他带得离家更近一些。他闭上了眼睛。

窗外,随着车站越来越近,容纳铁轨的裂隙也宽阔起来。两边墙壁上每隔一段就有一个黑黢黢的凹室,这些小小的洞穴有一米深,里头填满了垃圾。吊架的剪影贯通天际。裹着列车的墙壁渐渐分开,一条条轨道呈扇形展开,列车放慢速度,徐徐驶入国王十字火车站。

乘客纷纷起身。绍尔背起包,拖着步子走出车厢。冰冷的空气向上延伸,直达壮观的拱顶天花板。寒冷让他有些猝不及防。绍尔快步穿过建筑物和人堆,在三五成群的行人中蜿蜒前行。他有地方要去。他走向地铁。

他能够感觉到周围的人口有多么稠密。在萨福克郡海边的帐篷里逍遥了几天之后,忽然有一千万人离自己这么近,这分重量甚至让空气都震颤起来了。地铁里满是炫目的色彩和赤裸的肌肤,人们正在赶往不同的俱乐部和派对。

父亲多半正在等他。父亲知道绍尔要回来,肯定会想办法欢迎绍尔,他不会像平时那样去俱乐部消磨晚间时光,而是在家迎接儿子。绍尔这会儿

---

① 蓬松剂(relaxer):用在紧密卷曲的头发上,放松卷发的化学药剂。

玻 璃

已经在为此怨恨父亲了。尽管他觉得自己不够圆滑而且铁石心肠,但他更厌恶父亲这种试图与他交流的笨拙行为。父子两人互相躲避的时候他还比较高兴。不讲礼数很轻松,也更真诚。

地铁冲出银禧线的隧道时,天已经黑了。绍尔知道路线。黑暗将芬奇利路背后的瓦砾堆变成了阴暗的无主之地,但绍尔不需要看见也能在脑子里补全细节,甚至连签名和涂鸦本身都一清二楚。焚化炉,奈克斯,昏迷①。他知道那些手握荧光笔的勇敢的小小反叛分子都叫什么名字,也知道他们在哪里出没。

高蒙电影院这幢雄伟的塔楼在左边直入天际,处于吉本高路这些折扣百货店和临时围篱之间,塔楼简直像个怪异的极权主义纪念碑。绍尔隔着车窗就能感觉到寒冷,靠近韦利斯登交汇站的时候,他紧了紧身上的大衣。乘客已经稀少起来。绍尔下车时车厢里只剩下了寥寥几人。

走出车站,他冷得缩肩驼背。空气中有淡淡的烟味,来自附近燃起的篝火,有人正在清理他的园地。绍尔开始走下山丘,朝图书馆而去。

他在一家外带餐馆停了停,然后带着食物边走边吃,他走得很慢,免得把酱油和蔬菜洒在自己身上。太阳已经落山,这可真是遗憾。韦利斯登的日落场景非常的引人入胜。在今天这种云朵稀少的日子里,韦利斯登低矮的天际线使得阳光能够遍洒街道,落进最不容易见光的缝隙;阳光在相互面对的窗户之间永无止境地来回反射,被投往各个难以想象的方向;成排的砖块泛起红光,仿佛从内部燃烧了起来。

绍尔拐进小巷。他顶着寒冷左拐右拐,父亲的住所最后终于矗立在了面前。泰拉贡公寓是一幢丑陋的维多利亚式大楼,又矮又胖,十分鄙俗。门前的所谓花园是一条肮脏的植物生长区,经常造访的唯有犬类。他的父亲住在最顶层。绍尔抬头望去,看见灯亮着。他爬上楼前的台阶,径自推门进去,瞥了几眼两边黑暗的灌木丛。

他没有坐装有金属格门的宽敞电梯,他不想让吱吱嘎嘎的响声替自己

---

① 原文 Burner, nax, coma, 均系带有涂鸦者签名风格的名字。

通报。绍尔蹑手蹑脚地从楼梯走了上去，轻轻推开父亲家的房门。

房间里冷如冰窟。

绍尔站在门厅里侧耳倾听。他能听见客厅的门背后传来的电视声响。他等了一会儿，但父亲没有出声。绍尔打了个寒战，迅速地环顾了四周。

他知道他应该进去，应该唤醒睡着了的父亲，他甚至走到了客厅的门口。但他还是停了下来，看向自己的房间。

他厌恶地嘲笑着自己，但还是蹑手蹑脚地走向了自己的房间。

明天早晨再道歉好了。老爸，我以为你在睡觉，都听见你打呼噜的声音了。我回来的时候喝醉了，一头栽倒在床上。我太疲惫了，反正也没法陪你聊天。他竖起一只耳朵，但听见的只是父亲特别喜欢的某个深夜谈话节目，那自负的说话声有些发闷。绍尔转身悄悄钻进自己的房间。

睡眠来得轻而易举。绍尔梦到了寒冷，半夜醒来一次，把羽绒被裹得更紧了。他梦到了砰然巨响，沉重刺耳的敲打声，将他扯出了梦境，他意识到那声音是真实存在的。肾上腺素瞬时流遍全身，让他战栗起来。他跳下床，颤抖的心脏都快跳出来了。

房间里冷如冰窟。有人在拼命地砸前门。

刺耳的撞击声一刻不停，吓坏了他。他在发抖，晕头转向。天还没亮。绍尔看了一眼钟表。刚过六点。他跌跌撞撞地走进门厅。嘭嘭嘭的可怕巨响接连不断，他还听见了叫喊声，但隔着门听不清究竟在喊些什么。

他挣扎着穿上衬衫，叫道："是谁？"

砸门声没有停下。他又喊了一声，这次有个声音压倒了外面的喧闹。

"警察！"

绍尔拼命想让头脑清醒过来。他突然想到了藏在抽屉里的一小堆毒品，猛地恐慌起来，但这想法很荒谬。他又不是毒品大亨，谁会浪费时间在黎明时分突袭他的住处呢？他伸手去开门，心脏狂跳不止。他又想到应该检查一下他们是否真是警察，但却为时已晚。门砰然打开，将他撞倒在地，人如潮水般涌进这套公寓。

玻 璃

在他周围挤满了蓝色的裤腿和沉重的靴子。绍尔被人揪了起来。他胡乱地捶打着那些入侵者。愤怒压过了他的恐惧。他想喊叫,但有人在他肚子上狠揍了一拳,打得他弯下腰去。混杂在一起的声音从四面八方包围了他,他听不懂其中的含义。

"……冷得跟龟孙子似的……"

"……趾高气扬的小混蛋……"

"……他妈的,你看看玻璃……"

"……这是他的儿子,还是什么人?他妈的,肯定是……像只风筝似的从高处……"

在这些谈话声之外,他还能听见天气预报的声音,是早餐时间的电视播音员,语调兴高采烈。绍尔使出浑身力气,转身面对紧紧抓住他的那些人。

"他妈的究竟怎么了?"他急切地说。那些人没有回答,而是将他推进了客厅。

客厅里站满警察,绍尔的视线却径直穿过了他们。他首先看见的是电视机:身穿浅色套装的女士在提醒他,今天又是个大冷天。沙发上有一盘冻住了的通心粉,地板上是半杯喝过的啤酒。阵阵寒风迎面扑来,他抬头看见了窗户,视线从外面的房屋上一扫而过。窗帘夸张地翻腾着。他看见地上散落着尖利的碎玻璃。除了边缘处的几块小残片外,窗框上的玻璃都不见了。

绍尔害怕得瘫软下去,他拼命想拖着身躯走向窗口。

一个穿便装的瘦子转过来,看见了他。

"快带到局里去。"他对抓着绍尔的人喊道。

绍尔被推着转了个身。房间像旋转木马般在周围转圈,几排书籍和父亲的小照片从眼前掠过。他拼命想转过身去。

"爸爸!"他喊道,"爸爸!"

那些人轻而易举地把他拖出了公寓。一扇扇门扉底下泻出的灯光打破了走廊里的黑暗。被推搡着走向电梯的时候,绍尔看见了一张张不明所以的脸孔,看见一只只攥紧晨袍开口的手。穿睡衣的邻居盯着他看。经过时,他对着他们不停地咆哮。

他仍旧看不见抓着自己的人是什么模样。他对他们大喊大叫,恳求他们让他知道究竟发生了什么,他又是哀求,又是威胁,又是责骂。

"我爸爸呢?发生什么了?"

"闭嘴。"

"发生什么了?"

有什么东西击中了他的后腰,力道不是太大,但显然在警告他,他们会打得更狠。"闭嘴。"电梯门在他们身后关闭了。

"我爸爸他妈的到底怎么了?"

刚一看见破碎的窗户,有个声音就在绍尔的心头响起,但直到此刻他才听清那声音在说什么。在公寓里的时候,皮靴凶蛮的践踏声和咒骂声淹没了这个声音。但当他被拖到这儿,拖进比较安静的电梯之后,他终于听清了这声音在他耳边说什么。

死了,那声音说。爸爸死了。

绍尔的膝盖瘫软下去。他背后的人拽住了他,但他们抓着的是一个极度虚弱的人。他呻吟起来。

"我爸爸在哪儿?"他恳求道。

外面的光线和云朵是同一个颜色。许多辆警车的蓝色警灯在闪烁,给土褐色的建筑物涂上了颜色。冰冷的空气让绍尔清醒了些。他绝望地拉扯着那些抓住自己的手臂,挣扎着想隔着围住泰拉贡大楼的树篱向内张望。他看见有几张脸正从父亲住处的窗户口朝底下看。他看见有无数块玻璃碎片落满了枯黄的草地。他看见成群结队的制服警察凝固成了一个不祥的立体布景。所有警察的脸都转过来对着他。其中一人手里拿着犯罪现场警示的胶带,沿着地面上的木桩圈起了一小块地。在这块被圈起来的区域中,他看见有个人跪在草地上的一个黑色形体旁边。那人和其他人一样抬头看着绍尔,他的身体遮住了那个不怎么优雅的形体。还没等绍尔看清楚,他已经

玻 璃

被推着走过了那个地方。

警察把他推进警车,他头晕目眩,反应迟钝,呼吸急促。不知什么时候,手铐已经扣住了他的腕子。他对着前排的两个人大喊大叫,但他们毫不理会。

街道飞速后掠。

他们把他扔进牢房,给了他一杯热茶和保暖的衣物:灰色开襟羊毛衫和灯芯绒长裤都散发着酒味。绍尔穿上陌生人的衣物,缩成一团。他等待了很长时间。

他躺在床铺上,用薄薄的毯子盖住身体。

他时不时地听见那个声音在脑海里说话。*自杀,*它说。*老爸自杀了。*

他时不时地与那个声音争辩。这个念头太可笑了,父亲绝不可能自杀。然后,那个声音会说服他,再然后,他会开始大口地喘气,强烈的恐慌涌上心头。他堵上耳朵不想听那个声音。他想让它安静。

他不想听自己脑海中的流言蜚语。

谁也不告诉他,他为什么在牢里。只要外面响起脚步声,他就大喊大叫,有时还出言不逊,他要他们告诉自己究竟发生了什么事。脚步声偶尔停下,门上的格栅被拉开。"不好意思,劳您久等了,"对方这样回答,"我们将尽快处理你的事情。"或者"闭上他妈的臭嘴!"

"你们不能把我关在这儿,"有一次,他忍不住叫嚷起来,"到底发生什么了?"他的声音回荡在空旷的走廊间。

绍尔坐在床上,瞪着天花板。

天花板开裂了,细密的网状裂痕从一个屋角向外延展。绍尔用视线跟踪着这些裂痕,让自己进入催眠状态。

*你为什么在这儿?*内心的声音紧张地对他耳语。*他们为什么要抓你?他们为什么不跟你说话?*

绍尔坐在那里,盯着裂纹看个不停,对那个声音置之不理。

过了很长的一段时间,他终于听见了钥匙插进门锁的声音。两名制服警察走进房间,绍尔在父亲公寓里见过的瘦子紧随其后,他穿着同样的棕色套装和难看的茶色雨衣。他盯着绍尔,裹着肮脏毛毯的绍尔反瞪回去,他的眼神孤独、凄切而又挑衅。瘦子开口说话时,声音比绍尔想象的柔和许多。

"杰拉蒙德先生,"他说。"很抱歉,但我不得不告诉你,你父亲过世了。"

绍尔瞪着他。这一点早已确凿无疑,他想大喊大叫,但眼泪阻止了他。涕泗横流之际,他试图说话,却只能发出啜泣声。他无声无息地哭了一会儿,然后努力控制住自己。他像婴儿似的吸着鼻子,吞下眼泪,用袖子擦拭流着鼻涕的鼻子。三名警察站在面前,冷漠地看着他,最后他总算恢复了几分自制力。

"发生什么了?"他哑着嗓子说。

"我还希望你能告诉我们呢,绍尔。"瘦子说,他的声音还是那么淡然,"我是克罗利探长。现在,我有几个问题想问……"

"我父亲怎么了?"绍尔打断了他的话。接下来是一段沉默。

"他从窗口掉了下去,"克罗利说,"楼很高。我认为他没有受苦。"他顿了顿。"绍尔,你知道你父亲出了什么事吗?"

"我认为也许是……我在花园里看见了……为什么把我关在这里?"绍尔在颤抖。

克罗利紧闭嘴唇,走到近处:"好吧,绍尔,让你等了这么久,我先向你道歉。这件事一团糟。我原以为会有人过来照看你,但显然并没有。我很抱歉。我会教训一下他们的。"

"至于你为什么在这儿,呃,一开始我们没弄清楚你的身份。邻居给我们打来电话,说公寓楼门口躺了个人。我们进到屋里,发现你在那儿,我们不知道你的身份……事情就是这样脱出正轨的。总而言之,你已经在这儿了,我们希望你能说说你的想法。"

绍尔瞪着克罗利。"我?"他喊道,"我的什么? 我回到家,我爸爸正……"

克罗利举起手"嘘"了一声让他安静,他一边点头,一边安抚绍尔。

"我知道,绍尔,我知道。但我们必须搞清楚究竟发生了什么。请你跟

玻　璃

我来。"他边说边露出哀伤的笑容。他低头看着坐在床上的绍尔：脏兮兮，臭烘烘，穿着陌生人的衣服，困惑，怒气冲天，满脸泪痕，孤立无援。克罗利的脸上现出几条皱纹，露出看似关注的神色。

"我有几个问题想问你。"

第二章

绍尔三岁的时候,有一次坐在父亲肩上从公园回家。他们经过一群正在修路的工人,父亲让他看一罐正沸腾冒泡的沥青,绍尔用双手揪住父亲的头发,探身去看:罐子在货车上加热,旁边是工人用来搅拌沥青的大号金属棍。他的鼻子里充满了沥青的刺鼻气味,望着火上那罐黏糊糊的东西,绍尔想起了《汉赛尔与格莱特》①里女巫的大锅,突如其来的恐惧攥住了他的心神,他害怕自己会跌进沥青,被活活烹熟。绍尔蠕动着往后直缩,父亲停下来问他这是怎么了。等明白过来,父亲把绍尔从肩头放下来,带着他走到工人身边,工人们都挂着铁铲站在那里,饶有兴致地笑着打量这个紧张的孩童。父亲弯下腰,轻声在绍尔耳边鼓励他,绍尔问工人那罐沥青是做什么的。工人解释给他听,他们如何平展沥青,如何覆盖在路面上,父亲抱起他,看他们演示如何搅拌沥青。他没有掉进去。尽管仍旧害怕,但不像一开始那么害怕了,他明白父亲为何要让他弄清楚沥青的用途,也明白自己很勇敢。

一杯奶茶在面前渐渐凝结。满脸不耐神色的警员守在空荡荡的房间门

---

① 《汉赛尔与格莱特》(Hansel and Gretel):《格林童话》名篇,讲两个孩子在森林中误入女巫住处、险遭烹食的故事。

玻 璃

口外。桌上的磁带录音机有节奏地传出金属摩擦的嗤嗤声。克罗利抱着双臂坐在他的对面,不动声色。"跟我说说你的父亲。"

每逢儿子带女孩回家,绍尔的父亲总要被恐怖的尴尬煎熬一次。他很想表现得不拒人千里或是老古板,可他每每估算严重错误,无法让绍尔的客人感到无拘无束。他最害怕的就是自己会说错话。他越是按捺住起身奔回自己房间的冲动,就越发动弹不得。他局促不安地站在门口,脸上永远挂着狰狞的笑容,用果毅而严肃的声音问那些被他吓坏了的十五岁姑娘,她们在学校里怎么样,是否觉得开心。绍尔总是瞪着父亲,希望他赶紧离开。父亲迟钝地谈论天气和GCSE①英语考试的时候,绍尔只得凝视着天花板,恼怒万分。

"据说你们经常吵架。绍尔,是真的吗?跟我说说。"

绍尔十岁的时候,最喜欢的时刻就是早晨。绍尔的父亲很早就出门去铁道公司上班,绍尔有半个小时可以独自待在公寓里。他四处游荡,盯着父亲随便放在各处的书籍:标题都是有关理财、政治和历史方面的。父亲总是很关注绍尔在学校里的历史成绩,问他老师都说了什么。他会在座位上前倾身体,提醒绍尔,不要老师说什么他就相信什么。他常常把自己的书塞给儿子,随后神情恍惚地盯着那些书,又从儿子手里拿回来,前后翻动书页,嘟囔着绍尔也许还太年轻。他会问儿子怎么看他们讨论的那些问题。他很认真地对待绍尔的观点。这些讨论有时令绍尔厌倦,更多的时候会忽然颠覆绍尔的观念,让他不安,但同时又觉得受到了启发。

"绍尔,你的父亲是不是让你有负罪感?"

绍尔十六岁的时候发生了一些事情,两人的关系恶化了。他曾经以为那只是父子之间的某种尴尬而已,很快就会过去。但关系一旦恶化之后,就再也没有改善。绍尔的父亲忘了该如何与绍尔交谈。他没什么可以教绍尔,也没有可以说的话了。绍尔对父亲的冷落感到分外愤怒。父亲则对他

---

① GCSE:英国的普通中学教育文凭(General Certificate of Secondary Education)的缩写,相当于高中毕业水平。

013

的懒散和缺乏政治热情很失望。绍尔无法让父亲感到自在,父亲对此也很失望。绍尔不再上街游行,不再参加示威集会,父亲也不再邀请他去了。他们每隔一段时间就吵一次架,总有人摔门而去。更多的时候则是冷战。

绍尔的父亲尤其不擅长接受礼物。儿子在家的时候,他从不带女人回来。绍尔十二岁的时候受人欺负,父亲没打招呼就冲进学校,慷慨激昂地对老师发表演说,让绍尔尴尬得简直无地自容。

"绍尔,你想念你的母亲吗?你没有见过她,觉得遗憾吗?"

绍尔的父亲身材矮小,臂膀有力,体壮如柱,灰发日益稀疏,双眼也是灰色的。

去年圣诞他送给绍尔的礼物是列宁著作。绍尔的朋友嘲笑这位上了年纪的男人有多么不了解儿子,但绍尔并没有任何想嘲笑父亲的念头,只觉得怅然若失。他理解父亲实际上想给他什么。

父亲想解开一个悖论。他想明白受过教育的聪明儿子为何会任由生活摆布而不是奋起争取。他只知道他的儿子并不满意。这一点是真的。绍尔十多岁时曾是个活生生的乏味典范,阴郁而倦怠地随波逐流。父亲认为绍尔是被吓傻了,因为他面对的是可怖而无限的未来,是他的整个人生,是整个世界。绍尔熬了过来,安然无恙地度过二十岁生日,但父亲和他再也没法用心交谈了。

那年圣诞,绍尔坐在床上,翻来覆去地把玩那本小册子。这是个皮革装订的版本,木刻插图中,硬朗的线条描绘出工人艰苦工作的场面。这是一件很漂亮收藏品。《怎么办?》,标题在发问。绍尔,你该怎么办?

他读了这本书。他读了列宁的劝诫:未来必须通过争取得到,必须为之奋斗,必须用双手造就,他明白父亲在试图向他解释世界是个什么样子,试图帮助他。父亲想成为他的先锋。父亲相信,让他无法行动的是恐惧,而恐惧来自无知。一旦明白了,就不会再恐惧。这是沥青,这是沥青的用途,这是世界,这是世界的面目,这是我们该怎么办的方法。

接下来的很长一段时间,都是温和的提问和单调的回答。审讯就这样

玻 璃

微妙地进行着。我不在伦敦市内,绍尔试图解释,我出城野营了。我回来得很晚,差不多十一点,直接上床睡觉,没跟父亲打招呼。

克罗利不肯放过绍尔。他装作没有察觉出,绍尔哀怨地不想回答问题。克罗利的提问越来越有攻击性。他问起前一天晚上的事情。

克罗利毫不留情地复述着绍尔的回家路线。绍尔觉得自己像是被扇了几个耳光。他一边尽量简单地描绘着回家路线,一边努力控制住正在全身奔流的肾上腺素。绍尔的回答就像是一副骨架,克罗利在上面添加了血肉丰满的细节,绍尔仿佛又一次穿梭在韦利斯登那些黑暗的大街小巷中。

"你见到父亲的时候做了什么?"克罗利问。

我没有见到父亲,绍尔想这样回答,**我还没有见到他,他就死了**,却听见自己像小孩使性子似的呜咽着谁也听不懂的话。

"你发现他在等你的时候,你是不是生气了?"克罗利说,绍尔能感到恐惧从腹股沟升腾而起,向外扩散。他摇摇头。

"他让你生气了吗?绍尔,你们吵架了吗?"

"我没有见到他!"

"你们打起来了吗?"摇头,没有。"你们打起来了吗?"没有。"打起来了吗?"

克罗利等绍尔的回答等了很久。最后,他抿紧双唇,在笔记簿上涂写了几个字。他抬起头与绍尔对视,向绍尔挑战,想让他开口。

"我没有见到他!我不知道你想要我说什么……我不在家!"绍尔很害怕。他请对方告诉自己,什么时候能放他离开。但克罗利就是不肯说。

克罗利和警员带他回到牢房。他们提醒他还会有更多这样的谈话。他们给他食物,但一时间义愤填膺的绍尔却拒绝了。他不知道自己饿不饿。他觉得自己似乎已经失去了理智。"我要打电话!"他们的脚步声渐渐消失了,绍尔大声喊叫。他们没有回来,绍尔也不再喊了。

绍尔躺在铺位上,遮住双眼。

他听觉敏锐,能在有人经过门口很久前就听见脚底叩击地面的声音。

男男女女经过时发闷的对话声渐渐响起又渐渐退去。大楼的另外一角突然响起笑声。汽车慢慢远去,引擎声透过树木和墙壁传入耳中。

绍尔躺在那里听了很久。他是否有打电话的权利?他想道。他能打给谁呢?他被捕了吗?但这些念头只占据了脑海的小小一隅。他什么也没做,只是躺在那里,静静聆听。

过去了很长的时间。

绍尔忽然惊觉,睁开双眼。有一瞬间,他不知道究竟发生了什么。

那些声音在变。

周围所有的声音似乎都在丧失深度。

绍尔能辨认出他早先听到的每种声响,但它们都正逐渐消退成二维的存在。变化来得飞快,而又不可动摇。就仿佛充满游泳池惊呼的古怪回音,很清晰,仍旧听得见,然而空荡荡的。

绍尔坐了起来。响亮的刷蹭声让他惊讶不已:是他的胸膛与粗糙的毛毯在摩擦。他能听见怦怦的心跳声。他体内的心跳声和平常一样有力,没有受到这奇异的声学现象影响。体内的声音清晰得不自然。绍尔觉得自己是一块剪纸,被勉强用胶水贴在了这个世界上。他缓缓地左右摇动头部,伸手去摸他的两只耳朵。

走廊里响起模糊的皮靴踏地声,苍白而不现实。一名警察走过牢房,脚步声异常空洞。绍尔犹豫地站了起来,抬头看着天花板。裂缝构成的网络和油漆上的纹理似乎也在令人不安地移位,影子在难以觉察地挪动,像是房间里有个微弱的光源在移动。

绍尔的呼吸变得又快又浅。空气仿佛也被拉紧了,闻起来有股土腥味。

绍尔走动了两步,转了个身,身体发出的刺耳声响让他眩晕。

在多种杂音中他只能辨认出其中最清晰的几种,这时,又加入了一个迟缓的脚步声。这从容不迫的脚步声和绍尔发出的声音一样,轻而易举地刺穿了周围的飒飒杂音。其他的脚步声匆忙经过,来来去去,但那两只脚的步调却始终不变。它们坚定不移地走向牢房门口,绍尔能够感觉到干燥的空

玻 璃

气在震荡。

他不假思索地退进房间一角,两眼瞪着房门。那两只脚停下了。绍尔没有听见钥匙插进门锁的声音,但把手兀自转动起来,门随即被推开了。

这个动作似乎花费了很长、很长时间,门挣扎着穿过了忽然变成凝胶的空气。门扇静止不动后,铰链还哀怨地摆动了很久。

走廊里灯光明亮。绍尔看不清是谁走进了牢房,又轻轻地关上了房门。

那个人影一动不动地站在那儿,打量着绍尔。

牢房里的光线只够模糊地照亮来者。

光线仿佛月华,仅仅勾勒出一套轮廓。一双深不可测的眼睛,精明的鼻子,尖嘴。

阴影如蛛网般悬在这张脸上。他个子挺高,但也不算特别高。双肩拱起,像是在抵御寒风,这是个防备的姿势。他的容貌模糊不清,面颊瘦削,遍布皱纹。黑发长而稀疏,未经梳理,如凌乱的团块般落在绷紧的肩头上。他在深色衣衫外胡乱套了件毫无款式可言的灰色大衣。来者的双手插在口袋里。他的脸孔低沉,锐利目光从眉骨之下注视着绍尔。

垃圾和潮湿的动物的气味充斥着整个房间。他一动不动地站着,打量着房间另一头的绍尔。

"你很安全。"

绍尔吓了一跳。他只模糊地看见那人的嘴唇在翕动,但粗粝的耳语声却在脑袋里回荡,那双嘴唇仿佛离他的耳朵差之毫厘。他好一会儿才明白对方在说什么。

"你这是什么意思?"他说,"你是谁?"

"你现在安全了。现在谁也碰不了你。"浓重的伦敦口音,绍尔耳中响起的低语声侵略性十足,语气很严厉,同时又很鬼祟,"我想让你知道你为什么在这儿。"

绍尔觉得头晕,咽下了一口被气氛凝成了黏痰的唾沫。他不明白,他真的不明白这是怎么回事儿。

"你是谁?"绍尔从牙缝里挤出疑问,"是警察吗?克罗利在哪儿?"

那人猛地一甩头,他可能是在否认,也可能是吓了一跳,还有可能是在大笑。

"你是怎么进来的?"绍尔问道。

"我蹑手蹑脚躲过了所有的蓝衣仔,偷偷摸摸地钻过柜台,悄无声息地找到了你这个小小的贼窝。知道你为啥在这里吗?"

绍尔呆呆地点了点头。

"他们认为……"

"警察认为你杀死了你的老爹,但你并没有,这我知道。是啊,你得花费很长时间才能帮他们理清头绪……但我的确知道,你没有杀你老爹。"

绍尔在颤抖。他跌坐在床铺上。和那人一起涌入房间的恶臭排山倒海而来。对方没有给他喘息的机会,继续说了下去。"知道吗?我一直在细心观察你、监视你。你得明白,我们有很多事情要谈。我可以……可以帮你一个忙。"

绍尔彻底迷糊了。这家伙是什么街头罪案的受害者吗?神经不正常,脑子里装满了酒精或者难以理解的想法?气氛仍旧紧张得仿佛紧绷的弓弦。这个人知道他父亲的什么事?

"我他妈的不知道你是谁,"他说得很慢,"也不知道你是怎么进来……"

"你不明白,"耳语声变得更加严厉了,"伙计,听我说。我们已经离开了那个世界。看不见其他人,其他人也来不了,就这么回事,懂吗?看看你,"那声音带着厌恶苛责道,"穿着借来的衣服,像个白痴似的坐在那儿,耐心等待着他们把你带到法官面前。你觉得他们会认真听你说话吗?蠢小子,他们会揍得你满地找牙。"他停顿了好一会儿,"然后我出现了,活像个他妈的慈悲天使。老子撬开了你的门,举手之劳。这是我生活的地方,明白吗?这是我生活的城市。我也拥有着你们城市的每一个角落,但拥有的方式不同。我愿意去哪儿就去哪儿。我来是为了告诉你,你到底遇上了什么事情。欢迎来到我的家园。"

玻　璃

狭小的房间里填满了他的声音,不给绍尔思考的时间和空间。

阴影中的脸孔压向绍尔。那人朝绍尔靠近。他行进时犹如一轮轮冲刺:胸膛和两肩始终绷紧,向一个方向走两步,稍微迂回,又从另一个方向再前行几步,他的举止既鬼祟又饱含侵略性。

绍尔吞了口唾沫。他的头昏沉沉的,嘴里干巴巴的。他拼命想刮出点儿口水来。空气无比干燥,充满了张力,他几乎能听见空气绷紧的声音,那是一种微弱的哀泣声,仿佛门铰链的怨声仍旧没有消散。他无法思考,只能聆听。

面前这个散发恶臭的幽灵略微从阴影中走出来了一些。污秽不堪的战壕雨衣敞开着,绍尔发现里面是一件颜色稍浅的灰色衬衫,上面点缀着指向上方的成排黑色箭头,样式相当时髦。

那人骄傲地昂起头颅,却把双肩沉得很低。

"你要明白,在罗马村①没有什么是我不知道的。美丽巴黎也一样,开罗也是,无论哪个城市皆是,但伦敦对我来说很特殊,从很久以前起便始终如此。小子,别傻乎乎地看着我瞎琢磨了。你永远也想不通的。我爬过这些砖墙的时候它们还是谷仓,后来变成了磨坊,然后是工厂和银行。小子,你眼前的不是人类。我对你感兴趣,你该觉得撞了大运才对。因为我正在帮你好大一个忙。"说到这里,这段纠结的独白戏剧性地中断了。

绍尔心里很清楚,这是疯话。他的脑袋在旋转。这些话毫无意义,仅仅是缺乏内涵的单词,真是可笑,他本该哈哈大笑,但紧张得凝固了的空气中却有什么东西拴住了他的舌头。他无法说话,无法嘲笑对方。他意识到自己在哭泣,或者是被房间里不流通的空气弄得眼泪汪汪了。

他的泪水似乎惹恼了这位侵入者。

"别再为你那个胖老爹号丧了,"他连珠炮似的说道,"都结束了,你得操心更重要的事。"

---

① 罗马村:伦敦的起源是罗马人入侵大不列颠后所建立的平民城镇 Londinium,故作者称之为"罗马村"(Rome-vill)。

他又顿了顿。

"咱们可以走了吗?"

绍尔恶狠狠地抬头看着对方。他终于寻回了自己的声音。

"你到底在说什么?你说的话是什么意思?"他嘶声说道。

"我是说:咱们可以走了吗?该扯呼了,该闪人了,该脚底抹油了,咱们该离开了。"那人阴险地打量着绍尔,用手背遮住嘴巴,以情节剧一般的舞台语气低声说话,"我在帮你越狱。"他稍稍站直了些,点点头,模糊的面容狂热地上下弹跳。"这么说吧,你我的道路在此处交汇。黑暗已经在门外了,我能闻得到,看起来他们忘掉了你。似乎没有混球要来找你,所以咱们可以从容退场。你和我,咱们有事儿要一起干,在这里可啥也做不了。再多等一会儿,他们会把你变成杀亲犯俱乐部的一员,让你永世不得翻身。这儿没有正义可言,我知道。所以,我再问你一遍……咱们可以走了吗?"

绍尔终于明白过来,他真的能帮自己越狱。他既惊讶又害怕地意识到,他将和这个怪物一起离开,他将跟随这个面部不清的男人走出警察局,然后逃之夭夭。

"你是谁……你是什么?"

"我会告诉你的。"

这个声音占据了绍尔的身心,让他几乎晕厥。这个瘦削的脸孔和他仅有几厘米的距离,光秃秃的灯泡射出的光线绘出了他的剪影。他拼命想看穿朦胧的黑暗,想分辨清对方的五官,但阴影却非常顽固和狡猾。那些字词和跳动的音符具有同等的催眠效力,如咒语般迷惑了他。

"伙计,我是为了忠诚而来。我的臣民去哪儿我就去哪儿,而我的臣民无处不在。城市中有数以百万计的缝隙容纳我的王国。我填满了物与物的间隙。

"让我告诉你,我是什么人。

"我能听见未曾说出的话。

"我知道每所房屋背后的秘密社交生活,我能读懂墙壁上的神兆。

玻 璃

"我住在旧伦敦城。

"让我告诉你,我是谁。

"我是犯罪大头目。我是散发恶臭的那一位。我是食腐动物的首领,我住在你不想让我进入的地方。我是侵入者。我杀死篡位者,我照料你的安全。我曾杀死这片大陆的半数人口。我知道你们的船舶在沉没。我可以用膝头破坏你们的陷阱,当着你们的面吃掉奶酪,拿我的尿毒瞎你们的眼睛。我拥有全世界最坚固的牙齿。我是有胡子的小伙子。我是阴沟的领袖,地下世界由我掌管。我是王者。"

他忽然转身,面对房门,褪掉肩头的大衣,露出衬衫背后粗鲁的黑色大字,他的名号写在成排的箭头之间。

"我是鼠王。"

第三章

南方远处，城市中心的某个地方，警笛发出凄凉的哀鸣。空气中仍带着淡淡的烟味。烟味与汽车尾气和垃圾的臭味混在一起，夜色冰镇了这些气味，闻起来甚至有几分提神醒脑。

黑色的垃圾袋和空旷的街道之上是北伦敦的墙壁，墙壁之上是板岩屋顶，屋顶的板岩上则是两个人影：一个如登山者般跨坐在警察局的屋顶最高处，另一个蹲在天线的阴影中。

绍尔用双臂紧紧抱住自己的身体。救星那古怪的身影不祥地笼罩着他。他浑身疼痛。借来的衣服在逃跑的路上无数次擦过水泥墙壁，最后皮肤被刮破流血，棉布纹理也在身上烙下了浅印。

他才逃出不久的牢房就在脚下这幢建筑物的深处。警察现在应该已经发现他失踪了。

警察疯狂地四处搜寻他的景象浮现在眼前，他们向窗外张望，发现警车已经阻塞了这个地区。

刚才在牢房里，自称"鼠王"的诡异人影用夸张而荒谬的讲演虏获了绍尔，让绍尔震惊得说不出话来。他说完一段之后，便防卫似的拱起瘦巴巴的双肩，再次发出邀请，语气随意得仿佛是在应付酒会上厌倦的情人。

玻 璃

"咱们可以走了吧?"

绍尔犹豫不决,他的心跳让身体随之震颤,渴望着奉行对方的指令。鼠王悄悄走近门口,轻柔地拽开房门,这次没有发出任何声响。他突然将头部伸进门和门框间的狭窄缝隙,夸张地左右扭动脑袋,然后头也不回地向后伸出一只手,示意绍尔跟上。有某种魔法力量攥住了绍尔,他带着负罪感、希望和兴奋,蹑手蹑脚地走上前去。

他刚走近,鼠王便轻轻一转身,没有任何提醒,用消防员的动作把绍尔扛上了肩头。绍尔惊叫一声,但身体已经撞在了鼠王身上,撞得他再也发不出声音,鼠王从牙缝里挤出两个字:"闭嘴。"

鼠王不慌不忙地出发,绍尔趴在他的肩头不敢动弹。这个臭烘烘的人影向屋外走去,绍尔的身体上下颠簸,他侧耳倾听。

他的头部紧贴着鼠王的后背。垃圾和动物的气味令他窒息。门被推开时,他听见了极其轻微的吱呀一声。他闭上双眼。警察局走廊里的光线被眼皮滤成了红色。

鼠王干瘦的肩头顶进了绍尔的胃部。

绍尔肚子上的肌肉感受到鼠王停下了脚步,继而又迈步前进,没有发出哪怕最轻微的声响。绍尔始终紧闭双眼。他的呼吸急促不均。他能听见附近嘈杂但微弱的人声。他感觉到身体紧贴着墙壁。鼠王挤进了暗处。

前方传来了一阵脚步声,干净利落,冷酷无情。鼠王飞快蹲下,停止了一切动作,墙壁擦过绍尔的体侧。绍尔屏住呼吸。脚步声越来越近。绍尔真想高喊,我是犯人,我在这里,他真想打破这难耐的紧张。

随着一股轻风和片刻的暖意,脚步声走了过去。

灰色的人影继续前进,一条胳膊紧紧箍住绍尔的双腿。鼠王宛如盗墓贼,被绍尔毫不动弹的躯体压弯了腰。

鼠王和他的货物无声无息地穿过一条又一条走廊。脚步声一次又一次接近,还有说话声和笑声。绍尔每次都屏住呼吸,鼠王每次都一动不动,人们经过他们时近得难以想象,近得触手可及,但谁也没有看见鼠王和他肩上的重担。

绍尔拼命闭紧双眼。隔着眼皮,他能感受到黑暗和光明不停地切换。他的大脑不由自主地开始描绘警察局的地图,犹如一片明暗对比鲜明的荒芜土地。怪物驾到!他心想,他觉得自己就快要忍不住窃笑了。他听见的回音助长了他难以遏制的绘图想象力,放大和缩小着他们经过的房间和走廊。又是一扇门吱吱呀呀地打开,绍尔不敢动。

回声空荡荡的,改换了方向。他的身体颠簸得更厉害了。他觉得自己在被带着向上走。

绍尔睁开眼睛。他们在一条狭窄的灰色阶梯上,这里散着霉味,没有任何装饰,灯光昏暗。上方和下方都传来发闷的声音。救星扛着绍尔走上几段台阶,经过一层又一层楼、一扇又一扇肮脏的窗户和房门,最后终于停下休息。他弯下腰让绍尔下来,绍尔挣扎着从他瘦巴巴的肩头爬下来,随即环顾四周。

他们来到了大楼顶部。左手边有一扇白色的门,门内不时传出键盘敲击声。无路可去了。另外三面都是脏乎乎的墙壁。

绍尔扭头面对他的同伴。"现在如何?"他悄声说。鼠王转身面对楼梯。正前方有一扇油腻腻的大窗户,位于楼梯改换方向的夹楼高处。

在绍尔的注视下,灰色人影仰起头,嗅了嗅他和几米外那扇窗户之间的空气。他突然极为癫狂地跳起,双手扣紧楼梯栏杆一跃而出,劈开双腿站在了栏杆上,右脚在后,左脚在前,在倾斜的塑料扶手上摆出姿势,完美地保持着平衡。他拱起肩膀,身上的肌肉和筋腱一条接一条地绷紧。他顿了顿,模糊不清的瘦脸上挤出了笑容,也可能是扮了个鬼脸。接着,他四肢并用,朝前方扑将出去,刹那间扫过夹楼和天花板之间的空隙。他飞过虚空,双手抓住窗户上的栏杆,两只脚搭上了狭窄窗台的边缘。和他刚才忽然动起来一样,他此刻又忽然停住了,化作贴在玻璃上的一个怪异"X"形。只剩下他的战壕雨衣还在轻轻摇摆。

绍尔倒吸一口凉气,伸手捂住嘴巴,心惊胆战地扭头看了一眼旁边的那

玻 璃

扇门。

鼠王正在伸展身体,动作异常灵活。他展开修长的四肢,左手悄无声息地摸向窗户的锁扣。随着咔哒一声,窗户打开了,冷风迎面吹来。他的右手仍旧撑在窗台上,这个怪异的幽魂扭曲身体,将身体一点一点地挤出了那个狭窄的开口。这扇窗户被设计成只允许打开一条缝,挤出这个黑暗的垂直条带时,他变得异乎寻常的细瘦。他钻过窗口的过程与精灵钻出神灯一样引人入胜。鼠王紧紧地攀住室外的窗框,姿势和他在室内时毫无二致,他站在几厘米宽的木架上,距离地面有五层楼高。最后,那双朦胧的眼睛隔着肮脏的玻璃盯住绍尔。

只有鼠王的右手还留在警察局内。它在对绍尔打着招呼。外面的黑影对着玻璃哈了几口气,然后用左手食指写起字来。他写的是镜像字体,对于绍尔来说恰好是正过来的。

"到你了。"他这样写道,然后在那儿等着。

绍尔试着站上扶手,但两条腿立刻滑落,他再怎么乱抓也徒劳无益。他绝望地抱住栏杆,第二次试着爬上去,可体重却拖了他的后腿。他开始大喘粗气。

他抬头望着窗口那个瘦巴巴的人影。瘦骨嶙峋的右手依旧在等他。绍尔下到夹楼里。那人在窗台上尽量放低身体,右手跟着绍尔荡来荡去,伸向室内的地面。绍尔仰望窗框中的那个狭缝:顶多不过二三十厘米宽。他低头看看自己。他肩宽体阔,肉有点儿多。他顺着自己的体侧摊开双手,再次抬头看窗,看着正在外面等他的那个人,然后摇了摇头。

伸向他的那只手不耐烦地在空中抓挠,一下一下地攥住虚空。拒绝可不是对方能够接受的答案。楼下某处的一扇门砰然关闭,有两个人说着话走进楼梯间。绍尔探出栏杆张望,看见底下两层楼的地方有几只脚和两个头顶。他忙不迭地跳开。他们正朝他走来。那只手还对着他在虚空中抓挠着,窗外那张阴影中的脸皱眉瞪眼。

绍尔站到那只手底下,伸长双臂,跳了起来。

KING RAT

强壮的手指握住了他的左腕,扣得很紧,手指陷入了他的肌肉。他张开嘴险些叫出来,但还是忍住了,只在齿间发出咝咝的响声。他这十三石[①]的血肉加衣服被悄无声息地提入空中。又一只手转过来抱住了他的身体,一只穿靴子的脚牢牢地撑住了他。这位强壮的恩人是怎么保持平衡的?绍尔曲曲折折地穿过空气,看着窗户越来越近。他将头部转向一侧,感觉到双肩和胸膛嵌进了狭小的空间。两只手抚摸着他的身躯,寻找可以借力的地方,帮助他进入外面的世界。此刻他正滑出窗口,他的腹部被固定在窗框上的插销顶得生疼,但他还是顺利地穿过了那条细窄的缝隙,来到了寒风阵阵的室外。

难以想象,他仿佛分娩般地出来了。

风吹着他的身体。温热的呼吸令他的脖颈刺痒。

"抓紧喽。"那人从牙缝里咝咝地命令道,绍尔又被拽入了空中。绍尔抓得很紧,双腿盘住鼠王干瘦的腰部,两臂抱住他骨节突出的肩膀。

鼠王站在狭小的窗台上,靴子不甚牢靠地贴紧漆面。体形大得多的绍尔趴在他背上,又冷又怕。鼠王的右手抓着窗框,左手扣住头顶上方一条窄得不可思议的裂缝。上方是直上直下的砖墙,约有一两米高,砖墙尽头是一道塑料排水槽。再往上是屋顶,在这里甚至看不见石板陡峭的屋顶。

绍尔扭过头去。他的胃部如铁锚般下坠。五楼之下是结冰的后巷,水泥地面,点缀着垃圾。骤降的眩晕让绍尔一阵恶心。他的意识在对他嘶喊,叫他把双脚放回地面上。**他不可能撑得住!**绍尔心想,**他绝对不可能撑得住!**他感觉到底下那个柔软的身躯动了起来,几乎惊呼出声。

绍尔模糊地听见楼梯间里的声音走近了窗口,但声音忽然消失了,他感觉到自己再次开始移动。

鼠王放开抓着窗框的右手,用手指抠住上方墙里一枚锈迹斑斑的钉子,钉子的用途早已被人遗忘。他的左手也动了起来,沿着砖块和灰泥之间的隐形路径飞快地摸索,忽然在某处停下,攀住立面上一个看似绝不可能借力的地方。他的手指异常敏锐,能借力这幢建筑上常人看不见的缝隙。

[①] 石(stone):英制单位,衡量体重时为1石14磅,13石约合82.5公斤。

玻　璃

　　穿着靴子的双脚离开了窗台。鼠王的右脚荡得比绍尔的肩膀还高,绍尔的身体被猛地推向一旁,鼠王仅仅用攥得发白的指节就支撑住了自己和肩上负担的重量。他的双脚在墙面上刮擦,如章鱼的触须般四处探测,最后终于找到能借力的地方,扣住了一个很小的凹凸不平处,一块砖头不平整的地方。

　　鼠王伸展右臂,抓住某个地方。然后换左手,然后又是右手,这次抓住的是黑色塑料排水槽,它标示着砖墙和石板屋顶的交界。排水槽叽叽嘎嘎地哀叫,但没有断裂。他用双手抓住排水槽,再一使劲,将双膝提到腹部,两脚牢牢地站在砖墙上。他以这个姿势保持了几秒钟,然后如游泳运动员般猛然一蹬。

　　绍尔和鼠王在空中翻滚。绍尔听见自己在哀号,墙壁、底下的小巷、大楼的灯光、路灯和星辰绕着他的脑袋旋转。鼠王手中的排水槽噼啪直响,他的身体以双手为轴转动。鼠王松开手,双脚踏上了屋顶的陡坡。他没有丝毫的停顿,如蜘蛛般攀爬着石板而上,绍尔死死地抱着鼠王,好像他永远也不会松手了似的。

　　鼠王手脚并用,在石板铺成的斜坡上飞奔,沉重的靴子没有踏出任何响动。这个离奇的人影如走钢丝一般沿着屋脊快步走向烟囱,烟囱背后是一幢耸然矗立的塔式大楼。恐惧让绍尔紧贴在鼠王身上,变形的手指揪着臭烘烘的战壕雨衣,像尸僵般毫不放松。但鼠王却轻而易举地摆脱了他,把他从肩膀上荡下来,把浑身颤抖的绍尔放在烟囱的阴影中。

　　绍尔就地躺下。

　　他颤抖了足足好几分钟,做出惊天壮举的瘦子那朦胧不清的身影傲然挺立,对他置之不理。比夜风更加可怕的寒冷让绍尔打战,绍尔能感觉到有一部分身体陷入了休克。

　　痉挛渐渐平息,危险慢慢退却。

　　这个夜晚虽然离奇疯狂,但却有什么东西让他感到了平静。害怕有什么用呢?他这样想着。半个小时前,他已经将所有的理智束之高阁,没了那东西，他就可以放心拥抱这个变故不断的夜晚了。

绍尔的呼吸逐步缓和下来。他展开身体，抬头看着鼠王，鼠王站在那儿望着头顶上的巨型塔楼。

绍尔用双手撑起身体，然后屏住呼吸，站了起来。两只脚站在大楼屋顶最高处的两侧，阵阵眩晕让他前后摇摆。他用左手扶住烟囱，稳住身体，略略放松了一些。鼠王瞪了他一会儿，眼睛不住地抽搐，随后从容地走远几步，在屋脊上保持着平衡。

绍尔远眺伦敦的天际线。一阵欣快之感涌上心头，而且越发强烈，难以置信之下，他哈哈大笑起来，身体也随之摇摆。

"真不敢相信！我他妈的在这儿干什么？"他扭头盯着鼠王，鼠王这会儿再次站在那儿，用那双难以看透的眼睛打量绍尔。鼠王对烟囱背后的大楼做了个手势，绍尔转过头去，意识到鼠王根本没看他。塔式高楼的侧面缀满了点点灯光。

"看哪，"鼠王说，"窗户里。"

绍尔看见了，细小的人影在各处窗口掠过，每个人都缩减成了一抹颜色和一个动作。大楼中部有一小块阴影保持不动。有个人正从窗口探出身来，眺望绍尔和鼠王站立的这片石板丘陵。有夜色作掩护，他们毫不畏惧。

"跟他说再见吧。"鼠王说。

绍尔扭头向他投去询问的目光。

"对面的那个人，他停下来正往这儿看，你以前顶多也只能看到这么近。他此刻正在看的地方——不，他并没有在看那里，他只是恰巧瞥到半眼，瞄到了——似乎有什么动静在眼角余光之外逗弄着他——那就是你此刻所在的地方，我的好小伙子。"鼠王低沉的噪鸣藏住了所有感情，不过看模样他应该心满意足，像是顺利完成了什么工作，"其余的嘛，对你来说现在不过是填充物了。全部的大街、前厅还有其他所有这些，只是填料而已，没有任何用途，那不是真正的城市。你只能从后门接触世界。我在那些窗口看到过你，在夜间，在光明退去之后。你望着外面，只看不碰触。好吧，现在你

玻 璃

触摸到了。各种各样的空白场地——那里现在是你出没的地方了,绍尔,是你的住所,是你的窝巢。那就是伦敦。

"你现在不能回去了,明白吗?小伙子,你得跟我待在一起。我会照看你的。"

"为什么是我?"绍尔说得很慢,"你为什么要找我?"他停了下来,几个小时以来,他仿佛第一次回忆起自己为何置身于警察局。"你知道我父亲的什么事?"

鼠王转过来,盯着绍尔,他的五官本来就模糊不清,此刻在月光下更是无法分辨。他缓缓地蹲下去,最后如骑马般跨坐在屋脊上,视线始终没有离开过绍尔。

"给我过来,小子,我跟你讲个故事。一个你不会喜欢的故事。"

绍尔小心翼翼地面对鼠王坐下去,然后向前移动身体,在两人之间只隔着一两米的地方停下。绍尔意识到,要是落在别人眼中,他们肯定像是两个学童,两个四格漫画里的粗鲁人物坐在屋顶上,双腿荡来荡去。绍尔的愉悦心情消失了,和出现的时候一样毫无先兆。他紧张得直咽口水。他想起了父亲。这是万物万事的关键,他心想。这是催化剂,是能够解释将他吞入腹中的超现实境地的传奇。

鼠王开口了。和刚才在牢房里时差不多,他的嗓音自有独特的韵律,是一种类似于风笛哼唱的单调声音,让人超脱现实。通过无意的暗示和自觉的理解,这些话语的内涵和意义溜进了绍尔的脑海。

"伦敦是个罗马人的村子,是我的领地,无论我的小小朝臣在哪儿发现稻谷和垃圾可供劫掠,我就会出现在那里。他们遵守我的律令,因为我是他们的王。但我从不是孤身一人,绍尔。我从不像今夜这样单独行动。老鼠信任底层,他们驱逐幼崽,有越多的嘴巴在外偷窃就越好。

"绍尔,你了解你的母亲吗?"

这个问题让绍尔大吃一惊:"我的……她叫爱罗伊斯……她在世的时候是,呃,是一位卫生访视员……她生我的时候去世了,难产……"

"见过她的双影子吗？"

绍尔迷惑地摇摇头。

"双影子，就是照片、相片……"

"当然见过……她个子不高，深肤色，很漂亮……问这个干什么？你要说什么？"

"有时候啊，我的老朋友，世上就是有些不合群的人，要我说的话，就是跟别人处不好。我敢掏腰包打赌，你和你老爸动不动就互相吼个声嘶力竭，对吧？没法像你希望的那样和睦相处，对吧？唉，你难道觉得老鼠能有什么不同吗？

"她作姑娘的时候一直很温柔，你妈妈。对你老爸可好了，你老爸对她也是。她真是漂亮啊，诱人得很，谁能拒绝得了她呢？"鼠王挥舞着手臂说完这句话，猛一扭头，从眼角看着绍尔。

"绍尔，你的妈妈选择了一个职业：卫生访视员！这个笑话实在太可耻了。古话说贼喊捉贼，对吧？她不也是这样吗？走进一个地方，只消动动鼻子，你妈妈就知道那儿有多少老鼠，一个个都藏在哪儿。叛徒，奸贼，他们这么称呼她，但我想这大概就是爱情的力量吧……"

绍尔不知道该不该相信，只能愣愣地瞪着鼠王。

"她的身体构造和你们不一样。你降世的时候杀死了她。你是个大胖小子，比你想象中更加强壮。有很多事情你都不知道自己做得到。你在晚上朝窗外看的时间肯定比你的同伴多，也看得更加仔细。我猜你心里早就在发痒，早就想真正进入这座城市了。

"你想知道谁对你老头子下了毒手，这我明白。那种行为可以称之为闹性子，就是把一个人扔出窗户，摔进楼下的花园。

"下手的人……他在追杀你。你老爹只是恰好挡了路而已。

"绍尔，你这孩子非常特别，血管里流淌的是特别的血液，这座城市中有人想让你血洒街头。绍尔，你的母亲是我的妹妹。

"你的母亲是一只老鼠。"

第四章

这句疯狂的断言在空气中回荡,鼠王的身体往后一晃,重心落在臀部多肉的部位上,尔后陷入了沉默。

绍尔拼命摇头,在不相信、激愤和反胃中挣扎。

"她是……什么?"

"一只……他妈的……老鼠。"鼠王慢吞吞地说,"她从阴沟里溜走,是因为看上了你老爸。这比罗密欧和朱丽叶更像悲剧。她有皇族血统,但还是义无反顾地去了。不过她可甩不掉我。我时不时就去看看她。她总是叫我快滚蛋。她想把这些事儿统统抛在脑后,但换了个新鼻子以后,她连闻自己都觉得臭烘烘的。你否认不了自己的血统,明白吗?血浓于水,而最浓的就数老鼠的血了。"

楼下如沥青般漆黑的街道上,一辆巡逻车闪着蓝色的警灯冲出了停车场。

"你老妈入土为安后,我就花了些心思照看你,不让你惹上麻烦。这才叫一家人,对吧,绍尔?但看起来麻烦还是找上你了。绍尔,你甩不掉你的血统。看起来有人要来教训你,结果让你老爸从楼上摔了下去。"

绍尔呆坐在那里,视线越过了鼠王的肩头。鼠王像在炫耀似的说出了这些话,这些能置人于死地的描述打开了绍尔心中的一扇门。他看见上百幅画面中的父亲。紧接着,他眼前浮现了一幕场景,化作回忆中那些画面的背景:一个强壮的肥硕身躯以慢动作坠入夜空,嘴巴因震惊和恐惧而大张,两眼疯狂地转动着,寻找能够逃生的方式,稀疏的头发如烛火般舞动,重力的突然改变让他下巴震颤,粗壮的四肢徒劳无功地拍打着空气,玻璃碎片围绕着他一同跌向黑暗的草坪,严寒将土壤冻得比苔原还结实。

绍尔哽咽了,他发出几不可闻的伤心哭泣声。眼泪淌下的速度让他自己都觉得惊讶,转瞬之间就吞没了他的视线。

"噢,爸爸啊……"他啜泣道。

鼠王勃然大怒。

"现在别来这套,别急着哭,你就他妈的不能*消停点儿*吗?"

他骤然抬起手,轻轻地扇了绍尔一巴掌。

"喂,喂,他妈的够了。"

"*滚开!*"绍尔吸着鼻子,啜泣着,不时用警局配发的衣物袖子擦拭鼻涕,他好不容易才叫出声来,"先别理我。让我一个人……"

为父亲而流的滚滚热泪淹没了绍尔。他在孤独中猛拍自己的脑袋,两眼直往上翻,像是他正在遭受拷打,一边拿拳头砸脑门一边有节奏地呻吟。

"对不起爸爸真对不起真对不起……"他在默然哭泣中低吟。隔绝感和不知如何发泄的可怖怒火混淆、歪曲了这些嘟哝。他用双臂抱住头部,在屋顶上感到绝望而又孤独。

透过双臂间的缝隙,他发现鼠王早就走开了,鼠王起身时悄无声息,此刻已经站在了屋顶的另外一端。他背对着绍尔眺望伦敦城,绍尔的悲伤让他怒不可遏。啜泣撼动着绍尔的身体,他在指缝中望着那个站在两块突出墙砖上的怪异人影。鼠王,他的舅舅。

绍尔没有停止哭泣,他朝后方挪动,直到觉得湿漉漉的烟囱顶在了背上。他扭头望去,屋顶边缘处两根烟囱交会的地方有块空间,他三两下蜷起身子,缩进了这个屋顶上的小小巢穴。他在狭小的空间里缩成一团,隔绝了

玻 璃

天空和四面令人目眩的高度，连鼠王也被排除在视线之外。他太累了，疲倦已经渗入骨髓。他侧身在自己找到的这个逼仄的斜向斗室中躺下，用双手盖住头部。他又哭了一阵，最后连流泪也变成了机械性的动作，活像个忘了为何而哭的孩童。绍尔躺在烟囱底下的石板上，肚子里没有任何食物，身上是别人的破旧衣物，孤独而又惶然迷惑。最后，不可思议的事情发生了：他睡着了。

醒来的时候，天仍然黑着，只有东方镶了一抹微弱的灰褐色。没有时间供绍尔奢侈地享受晨间的慵懒状态，他昏沉沉地慢慢伸展身体，逐渐回忆起他置身何处以及为什么出现在这里。睁开眼睛，红色砖墙映入眼底，他感觉到自己被紧紧地包围着，原来是鼠王蜷曲着身体抱住了他。绍尔有幽闭恐惧症，他打了个寒战，猛然警醒，挣脱了那个毫无激情、纯粹为了取暖的拥抱，直直地坐了起来。鼠王睁开眼睛。

"早上好，小子。下半夜有点儿冷。我觉着咱们能一块儿取取暖，帮你睡个好觉。"

鼠王展开身体，站了起来，轮流伸直四肢。他抓住较高那根烟囱的顶部，双臂一使劲，把自己拽了上去，两条腿在空中随意摇摆。他的视线缓缓地从左边转到右边，俯瞰蔓生的昏暗都市，然后大声清清嗓子，往烟囱里吐了口浓痰。做完这些，他舒展双臂，又将自己放回屋顶。绍尔挣扎着想站起来，却在斜坡上滑了一个趔趄。他擦掉脸上的鼻涕和污物。

鼠王转身面对他："咱们还没谈完呢。昨天夜里的谈话……被打断了。你有无数事情要学，伙计，你眼前站着的正是你的导师，喜不喜欢随你便。不过咱们还是先离开这儿再说。"他哈哈大笑：粗鄙的沙哑喉音，仿佛吠叫，直刺绍尔的耳朵，"他们昨天夜里发了疯似的找你。没鸣警笛，这点要注意——估计是不想惊动你，他们可起劲儿了：警察和警员四处乱窜，好一群蓝屁股的混球，他们从来都是这个鸟样，我呢？从头到尾就在他们的屋顶上玩躲猫猫。"他再次哈哈大笑，和他发出的所有声音一样，这笑声仿佛就来自绍尔耳边几厘米的地方。"没错，我是天底下最了不起的贼。"他拿腔拿调地说完最后这句话，好像正在演出中念台词。

他轻快地走到屋顶边缘，在陡峭的屋顶上稳稳站住。他攀住排水槽，探头探脑地向屋檐下张望，鼠王终于发现了想找的东西，扭头示意绍尔跟上。绍尔四肢并用，沿着屋脊一点一点往前蹭，不敢把自己交给险峻的灰色石板。他挪到了鼠王的正上方，停下来等着。

鼠王对他一龇牙："滑下来。"他悄声说。

绍尔用双手抓住跨骑的水泥屋脊，慢慢将一条腿转过来，最后，他的整个身体在鼠王上方的斜坡上趴成了X形。这时候，他的胳膊背叛了他，怎么也不肯松开屋脊。他顿时有了另一个念头，想把自己拽回屋脊上去，但是他的肌肉已经被吓得僵硬了。绍尔被困在滑溜溜的坡面上，惊慌失措。失去力气的手指松开了屋脊。

接下来这个漫长的瞬间令他反胃，绍尔滑向自己的死亡，但最后迎接他的却是鼠王强有力的手臂。绍尔的下滑骤然停止，被一个恐怖的拖拉动作从屋顶上掀起来，在空中转了大半圈，然后重重地落在了底下的钢铁防火梯上。

摔落的声音有些发闷，不怎么实在。鼠王在他头顶上咧嘴微笑。他的左手仍旧攀着屋顶边缘，右手则伸向绍尔所在的楼梯。鼠王在绍尔的注视中松开手，下坠了一小段距离，落在金属网格平台上，粗糙的大靴子没有发出半点声音。

绍尔的心脏还因恐惧而怦怦乱跳，但刚才那颜面尽失的摔落更让他备感屈辱。

"我……我他妈的又不是一口袋土豆。"他带着怒气虚张声势地说。

鼠王笑呵呵地答道："烦人精，你连上下都辨不清楚呢。在你学会一两个花招之前，你就是一口袋土豆。"

两人蹑手蹑脚地走下台阶，经过一扇又一扇逃生门，下到了巷子里。

黎明来得飞快。鼠王和绍尔穿梭在微光中的大街小巷里。绍尔又是害怕又是兴奋，有些期待他的同伴重复昨夜的胡作非为。他不时警视左右两

玻 璃

边的排水管、车库屋顶和通往屋顶通道的出入口。但这次他们始终停留在地面上。鼠王领着绍尔穿过杳无人烟的建筑工地和停车场,走进伪装成死胡同的狭窄通道。绍尔没法理解鼠王出于何种本能选择线路,他们一路上没有看见任何晨间的步行者。

黑暗在隐退。七点钟的阳光虽说苍白而贫瘠,但仍旧在尽量发挥它的作用。

绍尔靠在一条小巷的墙上。鼠王堵在巷口,伸展右臂,指尖触碰砖墙,在背后阳光的衬托下神似黑色电影主角的剪影。

"我很饿。"绍尔说。

"我也是,小子,我也是。我饿了很长时间了。"鼠王探出巷口,他在注视一排毫不出奇的红砖排屋。每个屋顶的最高处都有一个跃立龙纹装饰:小小的黏土饰物现已破损剥离。酸雨洗掉了它们的细节特征。

今天早晨,这座城市似乎满是后街陋巷。

"觅食的时间,"鼠王嘟囔道,"到了!"

鼠王鬼祟如维多利亚时代的恶党,他小心翼翼地走出藏匿之处,对着空气抬起脸孔。在绍尔的注视下,他嗤嗤地嗅闻两下,皱皱鼻子,把脸稍微朝一边侧了侧。鼠王示意绍尔跟他走,他蹦蹦跳跳地走下没有人的街道,钻进了两幢房屋之间的窄缝。窄缝的另一头是堆满整面墙壁的黑色垃圾袋。

"一定要跟着鼻子走。"鼠王微微一笑。他在窄缝那头蹲下,化作砖石裂隙底部的一个弯腰驼背的人影。两边的墙壁都没有窗户,透不出半分光线。

绍尔走了过去。

鼠王刚撕破一个塑料口袋,浓烈的腐败气味扑面而来。鼠王的胳膊伸进扯开的洞口,在垃圾袋里四下摸索,像是在做外科手术,令人不安极了。他从裂口中抽出一个泡沫塑料盒。盒子上沾了不少茶叶和蛋黄,但汉堡的标记依旧清晰可辨。鼠王把盒子搁在地上,胳膊再次探入口袋,这次掏出了一条受潮的硬面包。

他把那个撕破的垃圾袋推到一旁,伸手拽过另外一个撕开。这次他找到的是半个水果蛋糕,被压扁了还沾了些锯末。鸡骨头和碎巧克力、吃剩下的甜玉米和米饭、鱼头和受潮的薯片……他从各个口袋里翻出这些东西,在水泥地面上垒成臭烘烘的一堆。

绍尔望着剩饭剩菜的小山越堆越高。他伸手捂住嘴巴。

"你不是在开玩笑吧。"他吞了口唾沫。

鼠王抬头看着他。

"就知道你挑食。"

绍尔惊恐地拼命摇头,手依然紧紧地捂着嘴。

"你上次呕吐是什么时候?"

这个问题让绍尔皱起了眉头。鼠王在战壕雨衣上擦了擦湿漉漉的手,身上又多了几条深灰色花纹状的污渍。他用手指戳戳食物。

"你记不起来。"他没有看绍尔,自顾自地说道,"你记不起来,是因为你从来没有呕吐过。你从来没吐过任何东西。你肯定也生过病,但你和其他人类不一样。你从不感冒和打喷嚏,只偶尔因为奇怪的疾病而接连发抖好几天。但即便是这种时候,你也从不呕吐。"他终于和绍尔对视着,嗓音低沉起来了。他咬着牙对绍尔说话,声音中不无胜利之意。"你明白我的意思了吧?你的肚皮绝不会造反。你绝不会吐个天昏地暗,无论醉得多厉害,无论复活节之夜躺在枕头上胃中直往上泛的巧克力有多么甜腻,无论海鲜怎么在地板上蹦来蹦去,无论外卖食物有多么不卫生。你的血管里流的是老鼠的血。没什么是你不能消化的。"

两人默默地对视了很长一段时间。

鼠王继续说了下去。

"其实还不止这些。你对任何食物都有食欲。你说你饿了。我也这么想。你好久没吃东西了。现在不就有东西吃了吗?找个舒服的地方坐下。我来教你怎么当老鼠。看哪,你的舅舅都帮你找来了什么好吃的。你说你饿了。这就是早餐。"

鼠王拿起水果蛋糕,眼睛始终盯着绍尔。他慢慢地把蛋糕举到嘴边。

玻　璃

湿乎乎的碎块从手中掉落，蛋糕在黑塑料袋里闷了很久，小葡萄干都变成了果泥。他咬下一口，心满意足地长出了一口气，碎屑从嘴里喷了出来。

他说得对。绍尔从来没有呕吐过。他一向吃得很多，即便考虑到他牛高马大，但他的食量还是很惊人，他和丢弃食物的人永远也合不来。吃意大利烩饭时有人讲蛆虫的恶心故事，他却丝毫不为所动。吃得再甜再油或者喝了再多的酒，他也完全不会难受。他从来没有想过为什么自己不会呕吐。其他人抱怨说吃了什么东西很恶心的时候，他尽管同情，但从来没想过要问这话什么意思或者是否真有这回事。

现在，他正在抛弃一层又一层的世俗习惯。他站在那里，看着鼠王进食。瘦子的眼睛一直在盯着他。

上次吃饭是不知多少个钟头之前的事儿了。绍尔琢磨着自己的饥饿程度。

鼠王还在咀嚼。逐渐崩塌的食物堆散发出势不可当的恶臭。绍尔看着堆积在垃圾袋前的剩饭剩菜，看着食物上的霉斑、齿痕和尘土。

唾液开始分泌。

鼠王吃个不停。

他张开嘴，湿乎乎的蛋糕渣清晰可见："你可以吃从车轮上刮下来的死鸽子，"他说，"味道还很不错。"

绍尔的胃咕咕直叫。他在食物堆前蹲下，小心翼翼地捡起了那个没吃完的汉堡包。他闻了闻。早就凉透了。他能看见牙齿哪里咬过这个面包。他尽可能地拂去了上面的尘垢。

潮乎乎，冷冰冰，黏糊糊。下嘴的地方，唾液还在闪闪发亮。

绍尔把它拿近嘴边。他放任自己去想象垃圾桶有多肮脏，等待胃里翻江倒海。但什么也没等来。

多年前听过的告诫还在脑海里回响——*别碰，那很脏，从嘴边拿开*——但他的胃，他的胃却安如泰山。肉香非常诱人。

他逼着自己感到难受。他强迫自己反胃。

他咬了一口,用舌头搅动肉块,沿肌理把肉撕开。他试着嚼了嚼,尝到了泥土和腐败的味道。软骨块和脂肪在嘴里碎裂,与唾液混在了一起。

汉堡十分可口。

绍尔吞下了一口,没有感到恶心。饥火被点燃,他想吞下着更多的食物。绍尔又咬了一口,然后又是一口,他吃得越来越快。

他觉得体内的什么东西在悄悄溜走。他从垃圾堆里的冰凉肉块中汲取力量,这食物曾经被人丢弃,等待腐烂,现在却给了他。他的世界改变了。

鼠王点点头,继续吃。他抓起一把把食物,看也不看就塞进嘴里。

绍尔伸手去拿一根黏糊糊的鸡翅。

仅仅七八米之外的地方,孩童穿着肥大的校服走上街道。砖墙和垃圾堆遮蔽了绍尔和鼠王的身影。孩童经过的时候,他们停止了进食早餐,抬头张望。

他们吃东西的时候没发出任何声响。吃完了,绍尔舔舔嘴唇。嘴里,垃圾和腐肉的味道异常强烈,他琢磨着这味道,惊讶地发现自己居然没有呕吐。

鼠王舒舒服服地靠在垃圾袋上,把大衣拉起来盖在身上。"觉得好些了吗?"他问。

绍尔点点头。突如其来地越狱之后,他的心情第一次平静下来。他能感受到胃酸在体内工作,正在消化他吃下去的陈腐食物。他感到食糜行进在肠道中,其他人的晚餐和早餐的残渣带来了奇异的能量。他正在由内而外地发生变化!

我的母亲就像这个怪物,他对自己说,这个鬼鬼祟祟的东西。我的母亲就像这个有魔力的瘦脸流浪汉。看起来,我的母亲是条游魂,肮脏的游魂。我的母亲是只老鼠。

"你回不去了,这你知道。"鼠王垂着眼皮看着绍尔说。绍尔早就明白,他很难辨清鼠王的五官了。无论鼠王是立是坐,光线都不可能完全落在他的脸上。绍尔又瞥了他一眼,但视线没有找到落脚之处。

玻 璃

"我知道。"他说。

"他们认为是你杀了你老爸,他们要为此而弄死你。你逃出了他们的牢房,他们非得严惩你不可。"

这座城市不再安全了。绍尔感觉到城市对他张开了血盆大口,大得远远超乎他的想象,无从理解而又险恶异常。

"那么,那么……"绍尔慢慢地说道。那么,伦敦是什么?他心想。如果你能承认自己的血统,那么伦敦呢?那么世界呢?我全都搞错了。公园的小桥底下有人狼和巨魔吗?这个世界的边界在哪里?

"那么……现在我该怎么办?"

"嗯,你不能回去了,你只能披荆斩棘向前走。我必须教你怎么当老鼠。小子,前面有很多事情在等着你呢。像雕像般屏住呼吸,紧紧缩成团,纹丝不动……你就隐身了。踮着脚尖小心翼翼地走,动作正确,你就不会发出一点儿声音。你能像我一样。你会明白的,上面没有什么地方是你不能去的,下面也没有任何事物是值得害怕的。"

他懂不懂其实已经无所谓了。难以置信的是,鼠王的话驱走了绍尔心中的惊恐。他感到自己越来越强壮。他伸开双臂,想大笑。

"我觉得我什么都能做到。"他说。激烈的情感压倒了他。

"你的确可以,好小子。你是个年轻的鼠人。只需学会那些诀窍就行。我们会磨尖你的牙齿。你和我一起就是炸药。我们要通过自己的努力去赢回一整个王国。"

绍尔已经站了起来,凝视着面前的街道。鼠王的话让他慢慢地转过身来,低头看着那个缩在黑色垃圾袋之间的瘦削人影。

"赢回?"他平静地说,"从谁手中?"

鼠王点点头。"你的死脑筋怎么就是不开窍呢?"他说,"虽然不想坏了你的好心情,但你的确忘了一件事情。你现在之所以置身异域,是因为你老爸来了个六层楼倒栽葱。"鼠王愉快地说着,并不理会绍尔痛苦的眼神。"老家伙完全是代替你掉下去的。外面有什么东西要你的项上人头,小伙子,你最好别忘记这一点。"

　　绍尔摇摇晃晃地跪下。"是谁?"他嘶声说。

　　"嗐,这一点最重要,对吧? 这就是问题了。其中藏着一个故事,一个曲折离奇的老鼠传说。"

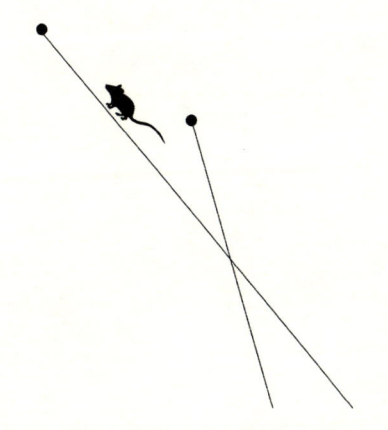

PART 2
【新城】

第五章

法比安一直在给娜塔莎打电话,但就是拨不通。娜塔莎把听筒从挂钩上取了下来。绍尔父亲的新闻在朋友间如病毒般传播,娜塔莎觉得自己也抵抗不了多久了。

刚过正午。阳光明晃刺眼,但天气冷得跟下过雪似的。拉德布罗克丛林路的声响沿着小巷传进了贝塞特路上的一所公寓。声音溜进窗户,充满了前厅。纷乱的杂音中有狗叫、报纸贩子在叫卖,还有车声。声音很微弱,但在这座城市中已经算得上安静了。

公寓里,一个女人动也不动地站在电子键盘前。她个子不高,神情严肃,深色眉毛下是一个状如短弯刀的鼻子。她留着乌黑的长发,黄皮肤,名叫娜塔莎·卡拉金。

娜塔莎闭着眼睛站在那里,侧耳聆听外面街道上的动静。她伸手揿下取样器的电源按钮。随着砰一声的静电噪音,扬声器活了过来。

她的双手在琴键和旋钮上掠过,然后又一动不动地站了一两分钟。即便独处时,她还是有些忸怩。娜塔莎创作音乐时不让其他人旁观。她怕别人会觉得,她闭着眼睛在沉默中准备很矫揉造作。

她在一组小按钮上键入了一条讯息,然后转动旋钮,让采样来的猎物显示在液晶屏幕上。她在收藏中翻找，从数码毒瓶①中挑出最喜欢的贝司线②。这条音轨来自一首早被遗忘的雷鬼歌曲，她取了样，保存至今，现在她将这条贝司线拿出来循环播放，赐予它新的生命。沦为僵尸的声音穿过机器的内脏，经由线缆传输进入墙边巨大的黑色立体声音响，最后从那双硕大无朋的扬声器中轰然溢出。

音响充满了她的房间。

贝司线受困笼中。这段采样结尾时，演奏者正要抵达高潮，能听得出其中的期盼，轰鸣的琴弦正在探向某处，即将迎来凯旋……但就在这时音响戛然而止，循环从头开始。

这条贝司线身处炼狱。一次次带着兴奋勃然而起，等待着永远不会到来的释放。

娜塔莎缓缓点头。这是碎拍③，这种节奏是磨人的音乐。她爱这样的音乐。

她的手又动了起来。这次加入了砰然敲击声，铙钹如昆虫振翅般铿锵响起。这个声音也开始循环。

娜塔莎随着节奏摆动肩膀。她圆睁双眼，扫视着被她杀死的猎物，经她腌制的声响，随即找到了她想要的东西：林顿·奎塞·约翰逊的小号凄鸣，托尼·雷贝尔的哀号，艾尔·格林带着诱惑的叫喊④。她把这些声音加入她的曲

---

① 毒瓶（killing jar）：装有适量剧毒药物的广口瓶，用来迅速熏杀捕获的昆虫，以便及时制成完整的标本。

② 贝司线（bassline）：或"低音声部"、"贝司声部"。指各种流行音乐（如爵士、布鲁斯、放克、插录和电子）里由节奏乐器组（如电贝司、低音提琴和包括钢琴、哈蒙德琴、电子琴、合成器在内的各种键盘乐器）演奏出的低音调乐器声部。

③ 碎拍（breakbeat）：电子音乐中常见的节拍类型，不像标准的4/4鼓点那么有规律，而是以破碎的方式呈现，例如使用切分拍，或者在两拍中加入小碎鼓等。

④ 林顿·奎塞·约翰逊（Linton Kwesi Johnson）：出身于1952年的牙买加裔英国插录乐（dub）诗人，是第二位在世时"企鹅经典"（Penguin Classics）系列就为其出版作品的诗人。

托尼·雷贝尔（Tony Rebel）：出身于1962年的牙买加歌手和DJ。

艾尔·格林（Al Green）：出身于1946年的美国福音和灵魂乐歌手。

调。它们与隆隆贝司声和轰然打击乐顺滑地融为一体。

这就是丛林[①]。

这是浩室[②]的孩子,是雷鬼[③]的孩子,是舞池[④]的孩子,是神化的黑人音乐,是伦敦城所有的公共租屋和肮脏墙壁,所有的黑人青年、白人青年和亚美尼亚女孩的"鼓打贝司"配乐。

这音乐不肯妥协。这韵律窃自嘻哈[⑤]乐,是放克[⑥]的子嗣。这节拍很快,快得没法跳舞,除非你触了电。你的双脚跟随的是贝司奏出的旋律,是贝司采样赋予丛林音乐灵魂。

在贝司线之上是丛林音乐的高端:高音部。偷来的和弦与喊叫声如冲浪者般驰骋于贝司的波浪之上。它们在疾驰,在嘲弄,被绑架来的声音闪动着出现,在节拍上滑行,沿着节拍前进,随后再闪动着消失。

娜塔莎满意地点点头。

她能感觉到贝司线的存在。贝司线是她的至交密友。她转而寻找顶上

[①] 丛林(Jungle):狭义的丛林音乐即后文中的"鼓打贝斯"(drum and bass),是一种电子舞曲类型,出现于1990年代早期,以快速的节奏与碎拍的鼓点(一般而言介于每分钟160—180拍之间)并辅以厚重复杂的贝司线著称。

[②] 浩室(House):电子音乐类型名,源自于美国1980年代初期到中期的芝加哥,名称出自芝加哥的著名舞厅"仓库"(Warehouse)。驻场DJ法兰奇·纳寇斯(Frankie Knuckles)在此连续播放经典迪斯科和欧陆合成器电子音乐的混音舞曲,舞厅常客将他的作品命名为"浩室"类型。绝大部分的浩室由鼓声器组成4/4拍子,伴随有厚实的贝司线(bassline),在此基础之上再加入各种电子乐器制造出来的声音和来自爵士乐、蓝调或合成器流行乐的取样。

[③] 雷鬼(Reggae):源自西印度群岛的一种舞蹈及舞曲,是牙买加各种流行音乐的统称,其显著特点是翻拍上的重音,从1960年代起对西方流行音乐产生了很大的影响。

[④] 舞池(Dancehall):牙买加流行乐的一种,是雷鬼乐的变种,起源于1970年代末期的牙买加,不像根源雷鬼(roots reggae)那样直接,但亦关注政治和信仰。电子舞池音乐又称雷加(regga)。

[⑤] 嘻哈(Hip-hop):音乐风格名称,诞生于1970年代的美国,并于1980年代成为大众流行文化之一,说唱(rap)和DJ是其重要元素。

[⑥] 放克(Funk):音乐类型名称,起源于1960年代中期至晚期,美国黑人音乐家将灵魂乐、灵魂爵士乐和节奏蓝调融合成一种节奏强烈、更适合跳舞的音乐形式,"不再强调旋律与和声,而强调电贝斯与鼓的强烈节奏律动"。

的声音,她想要某种完美的东西,想找到一个主导主题,把它融入、化出打击乐部分。

她认识不少俱乐部的经营者,他们总是乐意播放她的音乐。人们非常喜欢她混的音轨,很尊敬她,经常预约她出场。但她对自己所有的作品就是有种说不出的不满,即便受到称赞也无法减轻这种不满。做完曲子,她从没有过情绪得到宣泄后的净化感,有的只是一丝不安。娜塔莎一直在四处搜寻,翻查朋友们的唱片收藏,希望能找到她想窃取的声响。她也用自己的键盘演奏,但得到的结果始终没法像那段贝司一样让她感动。那段贝司绝对不会逃避她,她只需要伸手召唤,它就会从扬声器里一跃而出,完整而又完美。

这一曲正接近高潮:*格温,一个采样得来的声音恳求道,格温姑娘*。娜塔莎中断了打击乐,小心翼翼地挑出旋律,削减它的音量。她从曲调的骨骼上剥去血肉,采样在节拍那洞穴般的胸腔、肚肠里回响。*来吧……粗仔*[①]*,我们这样摇滚……*她逐个抽出那些声音,到最后只余下了贝司线。贝司为这首曲子引路入场,现在又要引路退场。

房间陷入沉寂。

娜塔莎等了一会儿,直到城市里孩童嬉闹和车声构成的"寂静"再次爬进她的耳朵。她环视四周。这套公寓有个狭小的厨房,有个狭小的浴室,还有她此刻所在的漂亮而宽敞的卧室。她收藏的照片和海报数量不多,都挂在其他房间和门厅里。卧室的墙壁干干净净。房间里除了直接放在地上的床垫,就只有摆放音响的笨重黑色支架和电子键盘了。木制地板上,黑色电缆纵横交错。

她弯腰把听筒放回电话上。正要走进厨房的时候,门铃响了。娜塔莎穿过房间,到打开的窗户前探头往下看。

[①] 粗仔/粗妞(rudeboy/rudegirl):起源于牙买加的称呼,出现于1960年代,最初所指是青少年罪犯,后来也用于其他语境;于1970年代末随着斯卡(ska)音乐进入英国,初期所指是斯卡音乐的乐迷,在2000年以后逐渐可指与街头文化有关的任何人(尤其是年轻人)。

新　城

有个男人站在她的门前,直勾勾地看着她的眼睛。娜塔莎缩回房间里,走向楼梯,她隐约看到了一张瘦削的脸、明亮的眼睛和长长的金发。他不像是耶和华见证人的宣教者,也不像是来找麻烦的。

她穿过黑洞洞的公用大厅。隔着前门上的波纹玻璃,她发现那男人个子很高。她拉开门,旁边房屋的声响和洒满街道的阳光扑面而来。

娜塔莎抬头看着对方瘦削的脸。他约有二米,比她高出差不多整整一头。他的身材极为细长,仿佛随时都有可能拦腰折断。年龄估计三十出头,但肤色实在太苍白了,很难说得准。他的头发泛着病恹恹的黄色。在黑色皮夹克的对比下,他脸色的苍白更显夸张。要不是那双湛蓝色的眼睛和身上那股一刻也闲不住的气质,他会给人病入膏肓的感觉。还没等门完全打开,他就咧嘴笑开了。

娜塔莎和这位访客对视片刻,来者在微笑,她却流露出防备和疑惑的神情。

"太棒了。"他忽然说。

娜塔莎吃惊地看着他。

"你的音乐,"他说,"太棒了。"

娜塔莎没有想到,他这么瘦削的身体竟能发出如此低沉和饱满的声音。男人的话出口时显得有些上气不接下气,仿佛他迫不及待地想说出那几个字。娜塔莎仰头望着他,眯起了眼睛。以这样的方式开始一段对话委实过于怪异。她很是迷惑。

"你这是什么意思?"她不动声色地说。

那男人露出抱歉的笑容,说话时也放慢了速度。

"我一直在听你的音乐,"他说,"上周我路过这儿,听见你在上面演奏。告诉你,当时我站在这儿,惊得连嘴巴都合不上了。"

娜塔莎又是困窘又是讶异。她想打断他,但对方已经说了下去。

"第二次我路过时又听见了。音乐让我想在街上跳舞!"他笑了两声,"接下来的一次,我听见你在半中间停了下来,这才意识到就在我站着听的

047

时候，真的有人正在演奏。原来还以为那是录音呢。你真的就在楼上制作音乐！想到这一点，我实在兴奋不已。"

娜塔莎终于开口了。

"我可真是……受宠若惊。但你敲门就是为了跟我说这些？"他兴奋的笑容和气喘吁吁的说话声让娜塔莎有些不安。阻止闭门谢客的只是好奇心而已。"我还没有乐迷俱乐部呢。"

他盯着娜塔莎，笑容变了味。他的笑容始终很真诚，兴奋的样子几乎有些孩子气。但就在这时，他的嘴唇缓缓地合拢几分，盖住了牙齿。他挺直修长的后背，眼帘低垂遮住半个眼球，头部微微向一侧歪了歪，但眼睛始终盯着娜塔莎。

娜塔莎感到肾上腺素骤然喷涌。她震惊地看着对方。他的改变堪称天翻地覆。此刻投向她的眼神是如此性感，如此漫不经心而又世故机敏，她感觉到一阵眩晕。

娜塔莎对他的怒火油然而生。她轻轻摇了摇头，准备摔门而去。但门被他挡住了。还没等娜塔莎开口，对方的傲慢忽然消失，原先的表情又回来了。

"求你了。"他说得飞快，"很抱歉，我还没有解释来意。我有些慌张，因为我……我一直在鼓足勇气，想跟你说话。"

"要知道，"他接着说了下去，"你演奏的音乐很美，但有时候却让人觉得——千万别生气——有点儿未完待续的感觉。我总觉得高音部不怎么……合拍。之所以跟你这么说，其实是因为我自己也演奏音乐，我们或许可以互相帮助。"

娜塔莎后退了两步。她被激起了兴趣，但又觉得受到了威胁。她对自己的音乐一向敝帚自珍，只和最亲密的朋友讨论她的感觉。她很少诉说那种强烈但难以表达的挫折感，因为她无法清晰地描述这种感觉。她把这困惑藏在心里，既不告诉别人，也不让自己多想。而现在，这个男人却用令人不安的随意态度说了出来。

"你有什么建议吗?"她尖酸地说。那男人从背后拿起一个黑匣子,在她面前摇晃了两下。

"我太唐突了,"他说,"我的意思不是说我觉得我能比你做得更好。不过,当我听你演奏时,我便明白我能补足你的音乐。"他解开匣子的扣钩,在她面前打开了匣子。她看见了一把拆卸开的长笛。

"我知道你或许会觉得我疯了,"他急匆匆地抢先说,"会认为你我的音乐截然不同。但是……我一直在寻找你那种贝司音轨,我找了很久,久得超乎你的想象。"

他的语气变得非常热忱,皱起眉头与娜塔莎对视。她毫不畏缩地瞪了回去,拒绝被这个不速之客击败在自家门口。

"我想同你一起演奏。"他说。

这太愚蠢了,娜塔莎对自己说:就算他不是个傲慢得难以置信的混蛋,**你也不可能在丛林乐里演奏长笛**。她上次看见传统乐器是很久以前的事情了,似曾相识的感觉不禁涌上心头:那是九岁时的自己,在学校乐队中敲打木琴。在孩童手里,长笛代表的是充满热情的突变音,在陌生的古典音乐领域中也是一样,那个吓住了她的世界优美和疏离感并存,她始终没搞清楚进门的口令。

然而,这个瘦长的陌生人却打动了她,连她自己也觉得惊奇。娜塔莎想让他进门,听他在自己的房间里演奏长笛,听他在贝司音轨的伴奏下演奏。玩不调和音乐的独立乐队做过这种事情,她很清楚:"我该死的情人"乐队[①]就用过长笛,但效果和这个门类的其他音乐一样,丝毫没能打动她。但是,现在她正面临着那种不调和的联合。她明白,自己的胃口被吊住了。

但她不打算就这么站到旁边,让出一条路。她在受到威胁时的反应闻名遐迩。她不喜欢就这样毫无防备,于是,她开始反击了。

"听着,"她慢慢地说,"我不知道你有什么资格觉得能对我的音乐评头

[①] "我该死的情人"乐队(My Bloody Valentine):1983年成立于都柏林的另类摇滚乐队,风格属于瞪鞋摇滚(Shoegazing)。

论足。我凭什么要跟你合奏一曲？"

"就试一次。"他答道，五官的表情突如其来地又变了，嘴角挂上了轻蔑的笑容，眼皮也耷拉下来，漠然冷淡。

突然间，这个装模作样的学院派混球惹得娜塔莎怒火万丈，尽管片刻之前她还被打动了，但此刻只觉得气不打一处来。她凑上前，踮起脚尖，尽量把脸靠近那家伙的面门，挑起一侧眉毛，说道："我不愿意。"

她当着他的脸摔上了门。

娜塔莎硬邦邦地爬上楼梯。窗户开着，她站在窗户旁边，贴近墙壁，窥视底下的街道，但不让自己出现在别人的视野中。她看不到那家伙的踪迹。她慢吞吞地走到键盘前，露出了微笑。

好吧，傲慢的混账东西，她心想，*让我看看你的本事吧。*

她略微放低了音量，从收集的旋律中挑出另外一首。这次的鼓点打得散乱无章。贝司线在后紧追不舍，填补了空隙，用放克风格的背景圈住节拍。她又扔进去几种极简派的喊叫声和丁点儿铜管乐，让小号片段不停重播，但削平了曲调的高音部。这是在邀请外面那家伙加入，万事俱备，只欠旋律。

打击乐重复了一次，两次。接着，一缕纤细的音乐从街面上冉冉升起，长笛用轻颤音模仿娜塔莎奏出的盘旋回放的音乐，但其本身又在精心创造，每次循环都略有改变。他站在娜塔莎的窗下，匆忙组装起来的乐器放在唇边。

娜塔莎笑了。他的确有资本傲慢，否则的话，娜塔莎会很失望的。

她降低节拍，让音乐暗自循环。她后退两步，静静聆听。

长笛飞掠过打击乐，逗弄着音乐的节拍，触碰但仅仅只是暂时落脚，紧接着就让自己进入了狂喜状态。笛声突然化作一系列的颤音断奏。它在鼓点和贝司线之间轻快舞动，一时如警笛般哀鸣，一时如摩尔斯电码般断续演奏。

娜塔莎即便没有听得入神，至少也是被打动了。

她闭上眼睛。长笛时而高飞,时而低潜,以她从未达到过的程度为骨架添上血肉。新鲜热辣的音乐焕发着勃然生机,刺激着听觉神经,与复活的贝司线碰撞出火花,不折不扣地与亡灵共舞。那种张力中藏着一份希望。

娜塔莎点点头。她很想再多听听这管长笛和她的音乐的合奏。她露出了讥讽的笑容。她愿意认输。只要那家伙别乱来,别再露出那种啥都知道的表情,娜塔莎就愿意承认她想听到他演奏更多的音乐。

她悄悄走下楼梯,打开门。他站在几米开外,长笛凑在唇边,眼睛望着她的窗户。看见娜塔莎,他停了下来,放下拿着长笛的双手。他脸上没有任何笑容,急切地盼望着娜塔莎的认可。

娜塔莎侧过脸去,斜眼看着他。他有些犹豫。

"不错,"她说,"我买了。"他终于绽放笑容。"娜塔莎。"她对自己竖起大拇指。

"皮特。"高个子男人说。

娜塔莎让到一旁,皮特走进了她的住处。

第六章

法比安又试了一次娜塔莎的号码，还是占线。他骂骂咧咧地摔下话筒，转过身，漫无目的地踱着步子。他跟所有认识绍尔的人都打过了招呼，只除了娜塔莎，而她却是至关重要的。

法比安不是在传闲话。听说绍尔的父亲出事，他一把抓起了电话，还没意识到自己在干什么，他就已经开始传播新闻了。电话打到一半，他冲出去买了份报纸，然后再次抄起电话。但这绝对不是在传闲话。他有一种强烈的责任感。他深深相信，这正是他应该履行的义务。

他穿好上衣，把稀薄的长绺发绾成马尾辫。好吧，他心想。他这就去找娜塔莎，面对面告诉她。从布里克斯顿到拉德布罗克丛林路有点儿距离，但吹吹凉风、呼吸点儿新鲜空气也挺惬意。他的住处有些压抑。今天早晨他在电话上消磨了几个钟头，一遍又一遍地重复相同的话——六楼，直直地掉下去……那群流氓，不许我跟他说话——四面墙壁都已经听腻了老人的死讯。法比安需要空间。他想清醒一下头脑。

他把一页报纸揣进衣袋。他已经能背得出这则报导了。新闻简报。昨天，北伦敦韦利斯登，一名男子从六楼窗口坠地身亡。警方不肯透露这是否是事故。事件目前存疑。死者的儿子正在协助警方进行调查。最后一句话中触目惊心的控诉意味刺激了他。

　　他离开房间,走出公租房污秽不堪的门厅。有人在楼上大喊大叫。肮脏而扎眼的地毯一如既往地让他恼火。此刻更是让他暴怒。他费劲地搬出自行车的时候,瞥了两眼很长时间没擦洗过的墙壁和破损的栏杆。这幢屋子沉甸甸地压了下来。他冲出前门,如释重负地叹了一口气。

　　法比安对自行车很粗鲁,下车的时候总是随便往墙边一扔,任其跌倒。这会儿,他带着不假思索的野蛮态度跳上了车,拐个弯,骑上马路。

　　街道很拥挤。今天是周六,大街小巷人群如织,来往于布里克斯顿的市场,出去的时候一个个脚步坚决,回来的时候则慢吞吞的,满载五颜六色的廉价衣服和肥硕的水果。列车隆隆经过,索卡、雷鬼、锐舞、饶舌、丛林、浩室等各种音乐及喊叫声响混杂:这就是引人注意的市场旋律。身穿奇异裤子的粗仔在街角和唱片店聚集,互碰拳头。穿紧身上衣、扎着艾滋病红丝带的光头男人走向布洛威公园和布里克斯顿咖啡馆。地上的食物包装纸和废弃的电视节目增刊直绊脚。喜怒无常的交通灯堪比最糟糕的笑话:步行者在人行道边缘如自杀者般踌躇不前,一瞅见车流出现缝隙就冲将出去。汽车发出愤怒的噪音,加快速度,一门心思只想逃离此处。人们则冷眼旁观车辆经过。

　　法比安扭转车头,穿梭在城市之间。铁路桥横跨头顶,前方的钟塔告诉他已经九点钟了。他时而骑行,时而推车步行。过了地铁站,他穿过布里克斯顿路,驶向阿克雷巷。这里没有拥挤的人群,也没有雷鬼乐。阿克雷巷很宽,两旁的建筑物稀稀落落,而且都不高。阿克雷巷的天空总是很开阔。

　　法比安跳上自行车,沿着平缓的斜坡骑向克拉珀姆。到了那儿,他就可以拐到克拉珀姆马诺街,然后穿过几条小巷,转进银棘路。银棘路是一条如正弦曲线般高起高落的街道,两边是小型工业厂房和怪兮兮的城郊住宅,它卡在贝特西和克拉珀姆之间,最后经切尔西桥过河,汇入昆斯敦路。

　　法比安今天第一次觉得头脑很清醒。

　　上午很早的时候,一个疑心病很重的警察接听了绍尔家的电话,要法比安报上姓名。法比安大为震怒，挂上了电话。他给韦利斯登警察局打去电话，依然拒绝透露身份，只顾询问打给朋友的电话为何会被警察接听。最后他勉强说出了自己的姓名，之后警方才告诉他，绍尔的父亲死了，绍尔和他们在一起，协助警方进行调查——又是那种模棱两可的措辞。

刚开始，他只是感到震惊。很快就觉得发生了天大的错误。

然后，是巨大的恐惧。因为法比安立刻就明白过来，警察很轻易地就认定是绍尔杀害了父亲。但他毫不含糊、毫不怀疑地相信，绍尔肯定没有杀人。但他非常害怕，因为只有他了解绍尔，只有他深信这一点。还有，他无法说服外人理解这件事情。他想见绍尔。法比安提出要见绍尔的时候，那个警察的声音突然变了。警察说他必须等一段时间才有可能见到绍尔，绍尔正在跟人长谈，他的心思全在谈话上，法比安必须等待。法比安知道对方没说实话，这让他更加害怕。他留下了电话号码，对方信誓旦旦地保证，绍尔一有时间就会联络他。

法比安沿着阿克雷巷飞速骑行。一幢气势非凡的白色建筑物从左边掠过，它有许多脏兮兮的角塔和破烂的装饰派窗户，看样子已经废弃很久了。楼门口的台阶上坐着两个男孩，身上穿着过于肥大的外套，外套上美式橄榄球队的名字早就过气了——他们早已被庄严的赛场遗忘。其中一个男孩闭着眼睛，像通心粉西部片[①]里的墨西哥炮灰士兵那样靠在门上。他的朋友正愉快地对着掌心说话，小小的移动电话藏在叠了好几层的袖筒里。法比安突然有些嫉妒这种生活，但他连忙将这想法按捺了下去。法比安经常会有类似的冲动。

我不能这样，他和平时一样想道，我要尽量多忍耐一段时间。我不能变成一个手持移动电话的黑人，变成一个捣蛋鬼，前额刻着只有警察才看得见的"毒品贩子"标记。

[①] 通心粉西部片（Spaghetti Western）：指由意大利人导演及监制（多与西班牙或德国联合制片）的西部片，出现于1960年代。因电影中的临时演员多是说西班牙语的，故此类电影常把故事背景设定在美国和墨西哥的交界，也经常选择墨西哥革命等与墨西哥有关的题材。

他从座位上立了起来，两腿用力猛蹬，加速冲向克拉珀姆。

法比安知道，绍尔厌恶父亲对他的失望。法比安知道绍尔和父亲没法好好交谈。在绍尔的朋友中，只有法比安见过他翻来覆去地把玩那本列宁著作，一会儿打开，一会儿合上，一遍又一遍地读着扉页的题词。他父亲的字很密，很有自制力，仿佛一不小心就会折断写字的笔。绍尔曾经把书扔在法比安的膝头，让他的朋友看那个题词。

致绍尔，我一向觉得此书甚有道理。爱你的老左翼分子。

法比安记得他抬起头看到的绍尔的脸。绍尔的嘴唇抿成了一条缝，眼神疲惫。他从法比安的膝头拿起那本书合上，摩挲着封面放回书架上。法比安知道，绍尔不会杀害父亲。

他穿过克拉珀姆高街，这条宽阔的街道两旁遍布餐馆和慈善商店，他一头钻进小巷，在停泊的车辆之间迂回穿梭，最后终于上了银棘街。然后，他骑下长长的缓坡，向河畔方向骑行。

他知道娜塔莎肯定在工作。他知道等他拐上贝塞特路，肯定会听见鼓打贝司的微弱嘭嘭声。娜塔莎肯定又趴在电子键盘上，带着炼金术士般的专注拧旋钮和按琴键，耍弄0和1的漫长序列，将数字转变成音乐。聆听和创造。娜塔莎的全部时间都花在了音乐上。如果她不是站在朋友唱片店的收银机前，把全部心思都放在琢磨原始音源上，同时用效率奇高的自动导航模式打发顾客，那就是正忙着将原始音源重构成一首又一首的曲子，然后给它们取几个带刺的单词式标题：《抵达》、《叛乱》、《大漩涡》。

法比安认为，正是娜塔莎的专注让她缺少了女性魅力。她魅力非凡，从来不缺邀约，特别是在俱乐部里，大家都知道正在播放的音乐是她的作品。但是，法比安从来没见过她表现出很感兴趣的样子，甚至在她带别人回家的时候也是一样。但法比安的朋友凯伊认为，只有法比安这样想。凯伊是个快活的滑稽家伙，吸毒吸坏了脑子，一看见娜塔莎就色眯眯地流着口水跟在她背后。音乐是表面现象，凯伊如是说，专注也是表面现象，疏忽大意还是表面现象。就好比修女，袍子底下的东西才最有看头。

但法比安只能对凯伊露出羞怯的笑容,尴尬得难以言表。全伦敦的业余心理学家,包括绍尔在内,都会毫不犹豫地认为法比安爱上了娜塔莎。可是,法比安却觉得实情比这复杂多了。她对格调抱着近乎法西斯式的偏执态度,而且一贯目中无人,这些都让法比安十分恼火。不过,他确实认为自己爱着娜塔莎。然而,这种爱与绍尔口中的"爱"有所不同。

他在昆斯敦路垃圾满地的铁路桥下左冲右突,快速接近贝特西公园。这段路是上坡,他正驶向切尔西桥。他带着漫不经心的傲慢穿过环形交叉路口,低着头朝河畔方向爬坡。法比安的右手边,贝特西发电站的四个烟囱赫然挺立。发电站的屋顶早已消失,如今看起来既像是挨过轰炸的遗迹,又像是闪电战的幸存者。发电站仿佛倒放的巨大瓶塞,正忙着从云层中吸出电流,这是献给能源的纪念碑。

法比安冲出了南伦敦。他放慢车速,观赏着泰晤士河,切尔西桥上的塔柱和铁栏杆从身边闪过,他紧贴着桥面骑行。河流将冰冷的阳光反射洒向各个方向。

他像在池塘溜冰般地掠过水面,切尔西桥强健的大梁和螺栓让他显得矮了一大截。他在南岸和北岸之间停留了片刻,伸长脖子隔着桥边望向河水,看那些从不移动的黑色驳船,它们在等待运送早已被遗忘的货物。他没有蹬车,任凭惯性将他带向拉德布罗克丛林路。

去往娜塔莎住处的路线载着法比安经过阿尔伯特音乐厅,穿过了肯辛顿,他格外痛恨这个地区。这里没有灵魂,是个炼狱,满是有钱的闲人,漫无目的地在"尼哥花尔"和"红或死"①的店里乱逛。他在朝诺丁山去的肯辛顿教堂街上加快速度,过了诺丁山,他驶上波多贝罗路。

今天是本周内的第二个集市日,旨在榨取游客钱财。周五还是区区五镑的货品今天开价十镑。一眼望去都是冲锋衣和背包,耳中全是法语和意大利语。法比安暗骂几句,在人群中一点一点地往前挪。他向左拐上埃尔金新月路,然后右转冲向贝塞特路的那幢公寓。

---

① "尼哥花尔"(Nicole Farhi)、"红或死"(Red or Dead):均是著名的时尚品牌。

新 城

一阵冷风吹得空中落叶纷飞。法比安拐上贝塞特路。落叶在身旁飘舞，粘在了衣服上。柏油马路两边，树木相向拱立。法比安没有停车就跳了下来，快步走向娜塔莎的公寓。

他能听见娜塔莎在工作。鼓打贝司的微弱嘭嘭声在街道的另一头都听得很清楚。他推着自行车前行，听见了翅膀扇动的声音。娜塔莎的那幢房子屋顶上停满了鸽子。每处突起、每条壁架上都灰扑扑地挤满了活泼的圆胖躯体。有几只鸽子飞在空中，不安地绕着窗户和山墙盘旋，想赶走同伴，给自己找个落脚地。法比安在鸽子正下方的门口停下，它们骚动起来，还有几只在排便。

站在这里，能很清楚地听见娜塔莎奏出的曲调，法比安听见了不寻常的东西，那是一种清澈的声音，像是出自管乐器——竖笛或者长笛，带着能量和生机喷薄而出，尾随着贝司线。他站在门口，一动不动地倾听着。这声音的质感和采样有所不同，而且没有受困于任何形式的循环反复。法比安觉得乐声来自于现场演奏，而且演奏者无疑是此道高手。

他揿响门铃。贝司线的电子轰鸣声戛然而止。长笛的颤音又持续了一两秒钟。随着寂静降临，鸽子大军陡然警醒，振翅起飞，如鱼群般兜了一圈，然后很快消失在了北方。法比安听见楼梯上传来脚步声。

娜塔莎打开门，对他露出笑容。

"好啊，法比。"她说着握紧拳头跟他碰拳。他也伸出了拳头，一边弯腰单臂搂住娜塔莎，亲了亲她的面颊。她也亲了他的脸颊，但她显然十分惊讶。

"塔莎。"他轻声说，既是问候也是警告。她听出了法比安的语气不对，抽身后退，用双手抓着他的肩头，面容因关切而显得线条分明。

"怎么了？发生什么事了？"

"塔莎，是绍尔。"那件事情他今天复述了太多遍，他如同机器人般重播那些字句。但是，此时此刻他觉得自己没法从头再说一遍了。他舔舔嘴唇。

娜塔莎吓了一跳。"法比，怎么了？"她的声音嘶哑起来。

"不,不,"他连忙说,"绍尔没事。呃,我想……他被猪猡抓走了。"

娜塔莎困惑地摇着头。

"听我说,塔莎……绍尔的爸爸……他死了。"他可不想让娜塔莎误会,于是匆匆忙忙地说了下去,"是被杀的。前天夜里被人从窗口扔了出去。我……我觉得……我觉得警察认为是绍尔干的。"他掏出衣袋里那张被揉皱的报纸。娜塔莎读了起来。

"不。"她说。

"我知道,我知道。但我估计警察听说了他和他老爸经常争吵什么的,然后……唉,我也不知道了。"

"不。"娜塔莎又说了一遍。两人呆站在那里面面相觑,最后还是娜塔莎先反应过来。"这样,"她说,"快进来。咱们最好商量一下。有个家伙在屋里……"

"吹长笛的那一位?"

她微微一笑:"是啊。他很不错,对吧?我这就赶他走。"

法比安随手关上门,跟着她走上楼梯。娜塔莎把法比安甩下了一段路,法比安走近她的房门时,听见了说话声。

"发生了什么?"这是个男人的声音,有些发闷,很紧张。

"朋友有难。"娜塔莎答道。法比安走进物品稀少的卧室,隔着娜塔莎的肩膀对高个子金发男人点头打招呼。那人的嘴巴微微张开,正在不安地摆弄马尾辫。他的右手握着一管银色长笛。他上下打量着门口的娜塔莎和法比安。

"皮特,法比安。"娜塔莎在两人之间随便挥了挥手,匆匆忙忙地做了介绍,"不好意思,皮特,但你必须得离开了。我得跟法比商量一下。发生了麻烦事。"

金发男子点点头,三下五除二地收拾起了他的东西。他一边收拾,一边飞快地说道:"娜塔莎,你愿意再合奏一次吗?我觉得我们……真的挺合得来的。"

法比安一挑眉毛。

高个子挤过法比安,但眼睛始终盯着娜塔莎。她的心思显然不在这上面,但还是笑着点了点头。

"行啊,当然了。能留个电话号码什么的吗?"

"不了,我下次再来。"

"那你要我的号码吗?"

"不了。我反正过来就是了,你要是不在的话,那我以后再来。"皮特在楼梯口停下,转过身。"法比安,希望还能再见到你。"他说。

法比安心不在焉地点点头,然后盯着皮特的眼睛。高个子投来的视线格外强烈,期待着他的回应。两人对视了好一会儿,直到法比安败下阵来,更加肯定地点了点头,皮特这才露出满意的表情。他走下楼梯,娜塔莎跟在背后。

他们两人在说话,但法比安听不清具体在说什么。他皱起眉头。前门砰然关上,娜塔莎回到了房间里。

"这人挺怪的,是吧?"法比安说。

娜塔莎使劲点头:"是很怪,兄弟。知道我什么意思吗?一开始我没搭理他,他居然和我摆谱。"

"跟你摆架子?"

"差不多吧。但他没完没了地缠着我,想跟我合奏一曲,我被他勾起了兴趣,然后他在楼下吹笛子。吹得相当不错,所以我就放他进来了。"

"只是在适当地谦虚,对吗?"法比安咧嘴一笑。

"对极了。可他的演奏……跟他妈的天使唱歌似的。"她很兴奋,"这家伙很不正常,没错,我知道,但他的音乐里有些东西特别对劲。"

两人沉默了片刻。娜塔莎拽着法比安的上衣,把他拖进厨房。"兄弟,我需要一杯咖啡。你也需要一杯咖啡。还有,我想知道绍尔到底怎么了。"

高个子男人站在街上。他抬头看着窗口,长笛耷拉在手里。风吹皱了他的衣衫。他站在冷风之中,背后是黑黢黢的树木,显得他更加苍白了。他完全没有任何动作。望着光影随着人走进走出客厅而发生的细微变化，他微微竖起耳朵，眼角的皱纹便随之拉平了。他用手指缠绕着一缕头发。眼睛色如乌云。他缓缓地将长笛举到唇边，吹出一段短短的副歌。一小群麻雀离开枝杈，绕着他兜起圈子。他放下长笛，看着鸟儿散去。

第七章

　　两只被死亡染成黄色的眼睛愣愣地大睁着。死寂放大了人类躯体的一切不完美。克罗利仔细打量着这张脸，注意到了粗大的毛孔、痘痕、丛生的鼻毛和喉结下方剃刀未能照顾到的胡须楂。

　　下颚底下的皮肤皱得厉害，像是绕得很紧的一卷绳索，或者是扯出来风干的一团血肉。尸体胸部朝下，四肢的角度很不自然，脸膛却对着天花板，几乎被拧转了一百八十度。克罗利站在那里，两只手深深插进衣袋，不想让别人看见他的手在颤抖。他转身面对他的随从，这两位身材魁梧的警官都在脸上写满了难以置信和厌恶，他们还没这位倒下的战友强壮。

　　克罗利穿过小走廊走进卧室。公寓里挤满了匆匆忙忙的人们，有照相师，有法医。采集指纹用的细尘一层一层平展展地飘浮在空气中，活像是地质断层。

　　他端详了一遍卧室门的门框。有个穿制服的男人蹲在房间里，面前是一具背靠墙壁、分开双腿坐在地上的尸体。克罗利看着那具坐在地上的尸体，像是见了腐败食物般发出厌恶的叹息。他看着死者被砸烂了的面门。墙上涂满了血污。死者的制服也浸透了血液，硬挺得仿佛油布雨披。

　　穿制服的医生抽回正在勘察血污的手指，回头瞥了一眼克罗利。"您是……"

"克罗利探长。医生，这儿发生了什么？"

医生对瘫坐在地上的尸体打了个手势。他嗓音冷静得可怕，克罗利在其他令人不快的死亡现场也见识过这种极佳的警务人员素养。

"唉，这个小伙子是巴克巡官，对吧？呃……大体而言，就是他被击中了脸部，这一击非常快，非常重。"他站起身来，用双手捋了捋头发，"我认为，是他走到这个房间门前，打开门，然后就被……他妈的打桩机重重击中，把他撞在墙上，然后滑坐在地。接着这位袭击者扑过来压住他，又给他来了好几下。照我说，有一两下用的是拳头，然后是棍棒什么的，死者的肩头和脖子上有好些又长又细的淤青。还有，这条伤口……"那张脸仿佛烂泥，底下的骨头清晰可见，他指着面门中央一条模样特别的凹槽说。

"另外那一位呢？"

医生摇摇头，眨巴了几下眼睛："实话实说，从来没见过这么惨。他的脖子被扭断了，这似乎没啥特别的。但是……唉，上帝啊，你看见他了，对吧？"克罗利点点头，"真不知道……探长，你明白人类的脖子有多结实吗？折断脖子虽说并不难，但有人却把死者的脖子*拧了半圈*……说明死者的几节颈椎全都错位了，否则血肉的应力早就把头部转回了原处。对方不单将他的头部转了一百八十度，还在转的同时拔高了脖子。你对付的是一个非常、非常强壮的男人，我猜他还会空手道，或者柔道。"

克罗利抿紧嘴唇："没有挣扎的迹象，那么对方下手一定很快。开门的是佩奇，半秒钟内就被折断了脖子，只发出一丁点儿响动。巴克走到卧室门口，然后……"

医生默默地看着克罗利。克罗利点头表示感谢，转身回到他的同伴身边。赫林和贝利还在盯着佩奇巡官那让人难以置信的尸体看个没完。

听见克罗利走近，赫林抬起了头："我的老天啊，长官，就像那部电影……"

"《驱魔人》[1]。我知道。"

"但是,长官,像这样完全拧过来……"

"我知道,探员,别再说了。咱们先离开吧。"

三个人从封住公寓的隔离带底下钻出去,向下穿过幽暗的大楼内部。外面,同样的胶带还圈着那片草地。形状凶险的玻璃碴仍旧散落在地面上。

"长官,实在是不可能啊。"快要走到车前的时候,贝利说。

"什么意思?"

"呃,绍尔·杰拉蒙德进警察局的时候我见过他。块头挺大,但比不上施瓦辛格。另外,他看起来不像是能……"贝利的语速很快,他还没有从震惊中恢复过来。

克罗利一边给车掉头,一边点了点头。"我知道,不应该以貌取人。但我必须承认,杰拉蒙德吓住了我。我的猜测是这样的:'嗯,起因也没什么大不了。他跟老爸吵架,打了起来,结果把老爸从窗口推了出去,然后带着惊吓上床睡觉。'这样猜测有点怪,我承认。但一个人要是喝醉了而且吓坏了,他的行为就是会很怪。"

"但我决计没想到他上演了胡迪尼[2]的那套把戏。而今天这个案子……"

赫林使劲点头。

"他是怎么做到的?门开着,牢房空了,谁也没有看见他,谁也没听见任何响动。"

"今天这个案子,"克罗利继续道,"实在……让我吃惊。"他带着厌恶吐出了这个词语。他说得很慢,声音很平静,每说出一个单词就停顿片刻,"昨天夜里我讯问的是一个惊恐、困惑、倒了霉的小人物。逃出警察局的却是一位犯罪大师。而杀死了佩奇和巴克的则是……一头野兽。"

---

[1] 《驱魔人》(The Exorcist):1973年的美国电影,片中的女童被恶魔附体,将脖子转了一百八十度。

[2] 哈里·胡迪尼:20世纪初美国著名魔术大师,以不可思议的脱逃术名噪世界。

他眯起眼睛，轻轻拍打着方向盘：“但这个案子的方方面面都很蹊跷。为什么没有邻居听见他和父亲闹出的任何响动？他去野营的说法证实了吗？”赫林点点头。"咱们可以假定他大概十点钟到达韦利斯登，而杰拉蒙德先生在十点半到十一点间坠地。总该有人听见些什么吧。他们家的其他成员查得如何了？"

"都是空白，"贝利说，"母亲过世得早，这你知道。母亲是孤儿。父亲的双亲都死了，父亲没有兄弟，有个姑妈在美国，好些年没见过面……我已经开始查他的朋友了。他有个朋友给警局打过电话。我们会找到他们的。"

克罗利咕哝着表示赞同，一边在警察局停下了车。同事们看见他快步走过，纷纷放慢步伐，对他投来阴沉的目光，想听他说些佩奇和巴克的事。他先发制人，只是哀伤地点点头，然后径直走了过去。他没有兴趣和大家分享他的震惊。

回到办公桌前，他小口喝着咖啡机里吐出的糟烂东西。克罗利越来越搞不懂这个案子了。他深感不安。昨天晚上，发现绍尔从牢房里溜走了以后，他简直怒不可遏、暴跳如雷——但他还是提出了正确的意见，做出了合理的决定。很显然有什么地方出了大纰漏，他会严厉斥责手下，就像他的上司会严厉斥责他一样。他派人去韦利斯登的黑暗处搜查。绍尔逃不了太远。出于谨慎，他派巴克去和佩奇一起执行监视犯罪现场的乏味任务，以免绍尔真的蠢得溜回了家。

但他似乎就是回了一趟家。然而，去的却不是他讯问的那个绍尔，他不相信这是同一个人干的。克罗利承认自己可能犯错，也可能错判他人，但不可能错成这样，他不相信。有什么事情让绍尔失去了理性，赋予了他疯子才有的力量，把他从克罗利讯问过的那个人变成了在狭小公寓里大开杀戒的狂躁凶手。

他为什么不远走高飞呢？克罗利实在无法理解。他用手指按住眼睛揉捏，直到眼球发疼为止。他设想着当时的场景：绍尔回到家里，晕头转向，跌跌撞撞。也许是想弥补过失，也许是想回忆起究竟发生了什么。打开门，看见穿制服的警察,他应该逃跑才对,或者倒地痛哭,抽着鼻子拒绝承认他知道任何事情。

但他却扑向了佩奇巡官,用双手擒住佩奇的脑袋,在不到一秒钟的时间内将它拧了半圈。克罗利不由得畏缩起来。他闭着眼睛,却赶不走脑海中那幅残忍的画面。

绍尔悄无声息地关上门,转身面对巴克巡官,巴克在那一瞬间肯定迷惑极了,他正傻盯着绍尔看。绍尔一拳打得巴克飞出去了两米,然后走到突然瘫软下去的躯体前,有条不紊地把巴克的脸打成了一团血淋淋的碎烂玩意儿。

佩奇巡官是个迟钝的矮壮男人,刚进警队不久。他很健谈,喜欢说无聊笑话。警员往往有种族主义倾向,但克罗利知道佩奇的女朋友是混血儿。巴克这辈子都只能巡逻了,他当了很长时间的巡官,但就是不解其味,得不到升迁。克罗利对这两个人都没有多少了解。

警察局笼罩在令人不快的阴郁气氛中:除了震惊,更多是不知如何应对。人们不习惯面对死亡。

克罗利用双手捧住脑袋。他不知道绍尔在哪里,也不知道下一步该怎么办。

第八章

油腻腻的云朵滑过天空,鼠王和绍尔坐在巷子里消化食物。绍尔觉得所有东西都脏兮兮的。他的衣服、脸孔和头发上,处处都黏着一天半时间里沾上的污物,脏东西这会儿已经进入了他的身体。他在垃圾中汲取养分的同时,垃圾也在为他的视觉染上颜色,他仿佛欣赏胜景似的打量着四周这个新近被玷污的世界。肮脏并不值得他恐惧。

绍尔曾经读到过:纯净是一种否定性的状态,与自然格格不入。这句话此刻终于说得通了。他这辈子头一遭清楚地看见了这个世界,看见了它全部自然和超自然的不纯净特性。

他闻得到自己的味道:陈腐而刺鼻的酒味,多日以前洒在这些衣物上的烈酒;垃圾的臭味,来自屋顶上的排水槽;腐烂的食物气味。除此之外,这些味道之下还潜藏着一些新出现的味道。他的汗液中有动物的气味,类似于前天夜里鼠王走进牢房时身上的味道。也许是心理作用。也许不过是除臭剂的些微残余而已。但绍尔相信,他能嗅到体内的那只老鼠在往外钻。

鼠王靠在垃圾袋上,仰望着天空。

"说来,"他突然说道,"咱们该跑路了。吃饱了吗?"

绍尔点点头:"你有个故事要讲给我听。"

新　城

"我知道,"鼠王说,"但现在我还没法跟你细说。我必须教会你怎么当老鼠。你的眼睛还没睁开,还只是呜呜叫的没毛小东西呢。所以……"他站了起来。"咱们这就动身吧。带点儿食物到地下吃。"他抓了几把剩下的水果蛋糕塞进衣袋。

鼠王转身面对垃圾袋背后的墙壁。他走到砖墙与窄巷一侧直角相接的地方,以他那令人难以置信的方式挤进转角,开始攀爬墙壁。他在二十米高的墙头蹒跚而行,走在锈迹斑斑的铁丝网之间,双脚轻快得好似走在花丛中。他在铁丝网之间蹲下,朝绍尔招招手。

绍尔走近墙边。他一咬牙,下巴往前一伸,做出挑战的姿态。他用最大的力气把自己塞进墙角,感觉到身躯被填进了那块空间。他抬起双臂,尽量摸高。就像一只老鼠,他心想,*像老鼠那样挤压、移动和拖拽*。他的手指抓住砖块间的缝隙,拼命将自己拖了上去。他的面颊因为使劲而鼓胀起来,两脚不停乱刨,尽管姿势有失体面,但他真的正爬向墙头。他低吼一声,上方随即传来叫他小心的咝咝嘘声。他又伸出右臂,腋下老鼠汗液的阴湿气味更明显了。他的两腿踏了个空,摇晃着正要掉下去的时候,鼠王一把抓住了他,拽着他站在灌木丛般的锈蚀的铁丝网之间。

"还不错嘛,鼠人小子。肚子里装上些像样的食物,你也能做得很棒,对吧?你刚才都快爬到顶了。"

绍尔对他的这次攀爬颇感自豪。

两人脚下是一小片天井,四面都是肮脏的墙壁和窗户。在绍尔新生的视线中,这块封闭空间中的满地狼藉却是那么生机盎然。每个角落都有垃圾腐烂的污渍在蔓延。污秽的力量令人信服地吞噬了城市的这个薄弱地点。一排让人看了心感不安的玩具娃娃背靠墙壁坐着,眼睛望着天井一角白镴色的盖子,正在静静地朽烂。那里是一个人孔[①]。

鼠王从鼻孔长出一口气,像是在炫耀什么。

"家,"他嘶声说,"我的王宫。"

[①] 人孔(manhole):下水道出入孔,一般带有窨井盖。

他从墙头一跃而下,落下时蹲伏在了人孔上,身体盖住了它。他落到水泥地面上时没有发出任何声音。长外套垂落在地面,像个油腻腻的小池塘似地包围了他。他抬起头,等着绍尔。

绍尔俯视着鼠王,恐惧感又袭上心头。他定住心神,咽了口唾沫。他想让自己跳下去,但两条腿却牢牢地蹲在了那里。他亟欲在舅舅身边落地,变得越来越气恼。他深深吸气,一次,两次,站起来,摆动双臂,将身躯投向那个等待着自己的人。

灰色和红色的水泥和砖块在四周以慢动作左右摇摆。绍尔看见鼠王的笑容飞速接近,他移动躯体,准备落地。紧接着,整个世界重重地晃动了一下,眼睛和牙齿剧烈颤抖——到地面了。胸腹间的空气全都被双膝挤了出去,他却欣喜地笑了起来,同时控制住腹部的痉挛,拼命将空气吸入肺部。他飞起来了,而且,安全落地。他犹如蛇蜕皮一般,三下两下抛弃了人性。这么快,他的身上就显露出了另外一个形体。

"你这孩子真不错。"鼠王一边说,一边忙着掀开地面上的金属井盖。

绍尔抬头张望。他看见上面的窗户里有人影在走动,很想知道会不会有人看见了他们。

鼠王的伦敦土音又开始说教:"看着点儿,鼠人。此处通向你的正式住所。整个罗马村都是你的领地,都向你效忠。但还有一个特殊的王宫,是老鼠自己的藏身之处。人们通过这些孔道往那里倾倒废物。"他指着金属井盖说,"看清楚了。"

鼠王的手指如打字大师般在铸铁圆盖上急速移动,摸索着井盖的表面,他的头左右转动,微微昂起,身体忽然拉紧,手指滑进了井盖和井筒之间微不足道的缝隙。这就像是变戏法:绍尔看不清究竟发生了什么,看不清手指是怎么滑进去的,但等他定睛看时,那些手指已经在缝隙中拼命拉扯了。

随着铁锈摩擦的尖锐声响,人孔的盖子开始移动。鼠王将井盖拽到旁边,难闻的臭气喷涌而出。

绍尔盯着那个深坑。天井里盘旋的风拉扯着洞口升腾而起的难闻蒸汽。黑暗填满了整个下水道,也溢满了深坑,渗入水泥中,遮蔽了地面。有机堆肥的气味如潮水般涨了上来。沿着砖墙直插地下的竖梯隐约可辨,另一端消失在视线之外。将竖梯固定在墙面上的铆钉严重氧化,金属大量溶出,下水道流淌着锈红色的血液。隧道犹如洞穴,把水流的微弱声音放大成了诡异的隆隆滴淌声。

鼠王抬头看着绍尔。他的一只手握成拳头,伸出食指,在空中弯弯曲曲地画出复杂的路径,先是开玩笑似的画着圈,接着螺旋下落,最后停下来,指着下水道。鼠王站在细细的井圈边缘,向前迈了一步,然后穿过地面上的这个窟窿落了下去。井下响起溅水的微弱回声。

随后传来了鼠王的说话声。

"下来吧。"

绍尔收紧臀部,钻进孔洞。

"盖上盖子。"鼠王在井下说,然后短短地笑了一声。绍尔摸索着抓住井盖。他半个身子在下水道里,半个身子在外面。沉重的金属井盖压得他直往下坠。他把井盖在头顶关下,弯下腰。光线随即消失了。

下水道里的寒冷让绍尔颤抖起来。他踏着金属竖梯往下爬,双脚踩进水里的时候,险些绊倒。他从竖梯前退开,在黑暗中揉着身体。气流时而汹涌迸发,时而咝咝轻吹。冰冷的水浸透了他的双脚。

"你在哪儿?"他轻声说。

"看,"黑暗中传来了鼠王的声音,声音围绕着他转动,"等一会儿,你会看见的。小子,悠着点儿,你以前没这样看过。黑暗对你来说啥也不是。"

绍尔静静地站在那里。伸手不见五指。

幢幢暗影在面前浮动。他以为它们都是真实存在的,但随着廊道在黑暗中渐渐显现,他明白过来,飘浮不定的模糊鬼影只是意识的产物而已。绍尔的视力一恢复,它们就消失不见了。

绍尔看见了下水道里的秽物。他看见垃圾蕴含的能量倾泻而出,发出没有颜色的灰光,照亮了潮湿的隧道。他极目眺望前方,粪便和水藻包裹的通道墙壁在远处汇聚。在他身后和右手边有更多条隧道,到处都能闻到腐烂和排泄物的臭味,还有尿液的刺鼻气味。老鼠的尿液。他皱皱鼻子,脖颈上的汗毛竖了起来。

"别担心,"鼠王说,阴影侵蚀着他的身形,他浸泡在阴影中,成了一团黑暗,"有谁画了条边界,做了个标记,但咱们是皇家,他的领地对咱们屁也不是。"

绍尔仔细打量了鼠王一番。肮脏的小溪淌过脚边。他的每个动作似乎都能激起连串爆发的回声。他立足的这条红砖圆管蜿蜒曲折,直径有两三米。水流和落石的声音从四面八方传来,还有动物发出的吱吱叫声和抓挠声,它们越来越吵闹,然后渐渐隐去,随即被新的声音取而代之,远处的声音又被近处的盖住,仿佛是噪音的重写本①。

"我想看你奔跑,只要你愿意,你就能悄无声息。"鼠王说。他的声音在隧道中徘徊,传遍了每个角落,吓了绍尔一跳。"我想看你行动起来,飞快地爬上蹿下。我想看你游泳。学校到了。"

鼠王转过身,和绍尔对着同一个方向。他指着仿佛炭笔画出来的灰色,说:"咱们往那边走,得快些走。拿出你的劲头来,跟上我的脚步。好小伙子,准备好了吗?"

绍尔激动得颤抖起来,寒冷被他抛诸脑后,他蹲下做出起跑的姿势。

"那就出发吧。"他说。

鼠王一转身,奔了出去。

绍尔跟上去的时候都没有感觉到腿在挪动。他听见急促而微弱的脚步声,那是他自己的,鼠王没发出任何声音。绍尔能感觉到鼻子在抽动,他想放声大笑。

他满怀喜悦地大口喘息。鼠王在前方化作一团难以辨认的朦胧影子,外衣在气味难闻的风中翻飞得看不清。隧道在左右两边掠过,水溅在他的身上。鼠王的身影忽然消失,他猛然左转,进了一条更狭窄的隧道,这里的

---

① 重写本(palimpsest):指可以消去旧字另写新字的用具,尤指羊皮纸或石板。

水压更大,流水执拗地绕着绍尔的腿打转。他不停地将双腿拔出溪流。

鼠王扭头看了他两眼,那苍白的脸转瞬即逝。弓着背默默奔跑的鼠王骤然停顿下来。他等了几秒钟,让绍尔跟上他的脚步,随即一缩身子钻进了另一条通道,这条通道顶多一米高,低矮得能让人得幽闭恐惧症。绍尔没有犹豫,跟着鼠王一头扎了进去。

绍尔的呼吸声和身躯撞击砖墙的声音反射了回来,响亮而熟悉,就好像它们只存在于绍尔的脑海之中。他绊了一下,烂泥糊在两条腿上。他就用这种粗心大意但效果不错的方式奔跑在隧道中。

这时,他的鼻子撞上了湿乎乎的织物。鼠王忽然停下了。

绍尔眯起眼睛,隔着鼠王的肩头望向前方。

"那是什么?"他悄声说。

鼠王猛地一扭头,举起手,马马虎虎地往前一指。

单调的铅灰色光线中,有些东西在动弹。两只小动物在砖石迷宫中不安地前后挪动。它们犹犹豫豫地朝一个方向走了几厘米,然后换个方向再走,谁也不敢把眼睛从面前的这两个人影上移开。

老鼠。

鼠王一动不动。绍尔大惑不解,不知道该做什么。

两只老鼠分别站在污水的两边。它们动作一致,同时向前,同时向后,仿佛迟疑不决地跳着舞,它们的眼睛死死地盯着鼠王。

"发生什么了?"绍尔轻声说。

鼠王没有答话。

一只老鼠飞跑向前,在鼠王面前两米处停下,立了起来。它挑衅地挥舞着前腿,吱吱叫着,露出一口尖牙。然后它又四足着地,朝前继续爬了几步,露出牙齿,它显然很害怕,但也表露出了愤怒和蔑视。

老鼠似乎啐了一口。

鼠王忽然怒吼一声,伸直双臂,扑向前方,但两只老鼠已经逃开了。

鼠王悄无声息地从污泥中提起脚,沿着隧道继续前进。

"嘿,嘿,等一等,"绍尔讶异地说。鼠王只顾往前走。"刚才那他妈的到底是怎么回事儿?"

鼠王还在前行。

"发生什么了?"绍尔大叫。

"闭嘴!"鼠王背对着他叫道。他继续悄无声息地向前走。"现在还不能告诉你,"他压低了声音,"这正是我的悲哀之处。现在别说话。我先把你带回家。"

他拐了个弯,消失了。

下水道让绍尔安静了下来。他紧盯着鼠王,在盘旋回绕的砖石隧道中迷失了自我。更多的老鼠经过身边,但没有谁像头两只那样嘲弄他们。看见鼠王的时候,它们纷纷停下脚步,然后又飞快跑开。

鼠王没有搭理它们,而是拖着步子不停地快速前行,穿梭于地下迷宫之中。

绍尔觉得自己像个游客。他边走边细看墙面,打量砖块上的霉斑。他被自己的脚步声催眠了。时间化作连续不断的砖石支流。寒冷并不让他害怕,气味也令他兴奋。隆隆车声不时透过头顶的土地和沥青响起,回荡在洞窟般的连绵沟渠之中。

鼠王在一条隧道里停下,这条隧道非常狭窄,两人不得不跪地爬行。在如此狭小的空间里,鼠王还能转过身来面对绍尔,真让人难以置信。空气中弥漫着尿的味道,是一种很独特的尿味,强烈而熟悉,浸透鼠王衣衫的正是这股味道。

"好了。"鼠王喃喃说道,"知道你在哪儿吗?"绍尔摇摇头。"我们在罗马村的十字路口,它的中心,只属于我自己的交换站,就在国王十字车站底下。管住你的舌头,竖起你的耳朵:听见列车的隆隆声了吗?脑袋里出现地图了吗?搞清楚路线。这就是你的目的地。跟着鼻子走。我已经标出了我的领地,又清晰又强烈,地下各处都闻得到。"绍尔忽然很肯定,他能找到来这里的路,这和呼吸一样轻而易举。

新　城

但当他环顾四周的时候,看见的却只是同样的砖墙和同样的脏水,和其他地方没有区别。

"这里,"他大着胆子慢慢地问道,"是什么地方?"

鼠王用手指按住他的鼻子,[①] 使了个眼色。

"我他妈的喜欢哪儿就住在哪儿,但王者终归需要一个宫殿。"说话的时候,鼠王一刻不停地拨弄着脚底下的砖块,用长长的手指甲划过砖块间的缝隙,犁出一条越来越深的曲线。他画出一块边缘参差不齐的方形地面,每条边的长度都约有半米。他把指甲插进这一块地面的四角,提起一块仿佛由砖块构成的浅盘。

绍尔看着鼠王揭开的洞口,惊讶地打了个唿哨。风像吹笛子似的刮过新打开的洞口。他看着鼠王拿在手里的砖块。那是伪装:一整块方形的水泥盖,上面贴了层砖块样子的镶板,嵌在隧道地面上,谁也不会注意到。

绍尔向洞口里看去。底下是一条陡峭且有弯角的斜道,延伸出了视线以外。他抬起头,看到鼠王抱着盖子,在等绍尔下去。

绍尔把双腿放进斜道入口,呼吸着里面飘出来的陈腐空气。他屁股着地推着自己向前挪动,沿着狭窄的弯曲坡道滑了下去,各种生物分泌的黏液减轻了他的阻力。

在经过了一段快得能让人折断脖子的旅程后,连气也透不过来的绍尔落进了一个冰冷的水池。他噼里啪啦地拍着水,呛了两口,然后吐掉嘴里的垃圾味道,紧闭眼睛,抹掉了眼睛里的水。绍尔再次睁开眼睛的时候,已经站稳了,张开的嘴巴直往下滴水。

墙壁异常突兀和狂野地分开了,就好像它们互相畏惧似的。绍尔站在房间一端的冰冷水池里。房间四向延伸出去,这是一个三维椭球体,形如侧放的雨滴,长三十米,他目瞪口呆站在较小的一端,加固用的砖石圆拱在墙上呈条状分布,在头顶汇聚。大教堂式的建筑结构,足有十米高,像是葬在

[①] 用手指按住他的鼻子:英国化的手势。拿手指按住或轻点鼻翼一般表示"这是咱们的秘密"。

伦敦城下的鲸鱼化石的腹内。

绍尔跟跟跄跄地走出水池,朝前走了几小步。房间每侧的墙边都略微下陷,形成了一条浅浅的护城河,将水从接住绍尔的池子里引走。每隔一两米,护城河的上方就有一根根圆形水管的开口,绍尔估计它们都通向上面的主下水道。

在他前方是凸起的走道,走道一路爬升,到房间另一头的时候,距离地面有三米高,那里安放着王座。

王座面对着绍尔,做工很粗糙,实用主义设计。和地下的其他东西一样,也是用砖块垒起来的。王座空着。

绍尔身后有什么东西落进了水中。响声懒洋洋地回荡在房间里。鼠王上前两步,站在了绍尔背后。

"衷心感谢巴泽尔杰特先生[①]。"

绍尔转过身,摇摇头,表示他听不懂。鼠王轻快地跑过走道,蜷缩着身子坐进那个座位。他面对绍尔,一条腿荡过砖砌的扶手。尽管鼠王没有提高嗓门,但绍尔还是听得很清楚。

"他是设计师,在维多利亚女王统辖时期修建了整个地下迷宫。人们该为抽水马桶感谢他,而我……我为我的地下世界感谢他。"

"但这些……"绍尔压低声音说,"这个房间……他为什么要修建这么一个房间?"

"巴泽尔杰特先生是位精明的好绅士。"鼠王令人不悦地窃笑道,"我跟他聊过天,他听得目瞪口呆,我讲了几个传说,讲了我的见闻。我们讨论了他的私事和癖好,其中有些我还知道得很清楚呢。"鼠王夸张地使了个眼色。"他觉得这些传说不该公之于众。于是我们达成了共识。你在任何图纸上都找不到这个地洞,我舒适的小窝。"

绍尔走近鼠王的王座。他手脚着地,在王座前蹲伏下去。

[①] 约瑟夫·威廉·巴泽尔杰特(Joseph William Bazalgette):1819—1891,巴斯勋章获得者,英国土木工程师,伦敦城都市工作委员会的主工程师,是伦敦下水道管网的缔造者。

"我们来这里干什么？我们现在该怎么办？"绍尔忽然厌倦了像学徒似的跟着鼠王，他既不能干预也不能插手任何事件，"我想知道你的目的。"

鼠王盯着他，一言不发。

绍尔说了下去。"跟那些老鼠有关系吗？"他说。鼠王没有回答。

"和老鼠有关系吗？到底是为了什么？你难道不是他们的王吗？你是鼠王啊。那就命令他们好了。我没有看见他们赞颂你，也没有看见他们对你表示恭敬。我觉得他们都很恼火。到底是为什么？你应该召唤老鼠，让他们来朝拜你。"

大厅中没有任何声响。鼠王继续盯着绍尔。

最后，他终于说道："不是……时候。"

绍尔等待着。

"我还……不行。他们还在……流放……我。他们现在还不肯按照我说的做。"

"你被……流放多久了？"

"七百年。"

鼠王的模样非常可怜。他躲躲闪闪，流露出既防备又傲慢的特有神态。他看起来很孤独。

"你……根本不是王者，对吧？"

"我是王者。"鼠王站了起来，唾沫横飞地对脚下的绍尔叫道，"竟敢用这种语气跟我说话！我是王者，我受命于天，我是扒手，我是盗贼，我是叛匪的领袖！"

"那到底发生了什么？"绍尔吼道。

"有些事情……出……差错了……在很久以前。老鼠拥有久远的记忆，明白吗？"鼠王用手猛拍脑袋，"他们什么也不会忘记，把所有东西都装在脑袋里。就是这样。小兄弟，你也是局内人。这些全都和想要你命的那家伙有关系，就是他干掉了你那操蛋的老爸。"

操蛋的老爸，回音念叨了好一会儿这几个字。

KING RAT

"是……什么……谁?"绍尔说。

鼠王那双被阴影笼罩的眼睛投来了恶毒的视线。

"捕鼠人。"

PART 3
音韵课和历史课

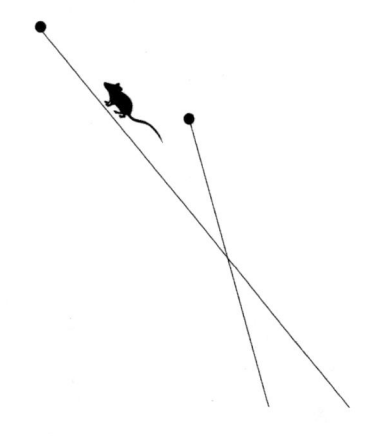

第九章

法比安一离开,皮特就出现了。他出现得这么快,其实相当可疑。娜塔莎若是在平时,说不定会被激怒,但她很想忘掉绍尔的事情,哪怕只是一会儿也行。

她和法比安在小厨房里谈到很晚才结束。法比安总喜欢抱怨娜塔莎在摆设方面的极简主义追求,说这样的风格让他觉得很不自在,但那天夜里他们心里装着别的事情。隔壁房间的立体声音响在播放"鼓打贝司"音乐,微弱的乐曲声不时飘来。

第二天早晨,娜塔莎八点起床,她很后悔陪法比安抽了几根香烟。法比安听见娜塔莎翻身的声音,便从娜塔莎借给他的睡袋里爬了出来。他们没再多谈绍尔。他们对这个话题麻木了,还很疲惫。法比安很快就离开了。

娜塔莎慢悠悠地走出厨房,脱掉睡衣随手一扔,套上无袖厚毛衫。她打开立体声音响,把唱针放在转盘上的黑胶碟上。这是去年的曲目精选,现在过时了好几个月,在"鼓打贝司"这个快速变异的世界中已经称得上是远古经典了。

她用双手拢了拢头发,粗鲁地打散纠结在一起的发丝。

皮特揿响门铃。她猜到肯定是他。

她很疲倦,但还是让他进了屋。趁着他喝咖啡的时候,娜塔莎靠在厨台上端详这个人。她觉得皮特很丑,肤色苍白,四肢细长,也肯定算不上潮流先锋。丛林音乐的世界有精英主义倾向。想到要把这个没晒过太阳还手持长笛的怪人介绍给 AWOL 俱乐部里那些粗仔和重踏舞者①,娜塔莎就忍不住微微一笑。

"你对'鼓打贝司'有多少了解?"她问。

他摇着头说:"说真的,不多……"

"看得出来。你昨天的演奏相当精彩,但我必须告诉你,在丛林音乐里添加长笛之类的东西,这点子实在有些怪异。要是有机会成功的话,咱们必须得仔细想清楚才行。"

皮特点点头,专注让他的面容显得有些滑稽。娜塔莎甚至希望他能重演昨天那非同寻常的戏码,突然露出那种啥都知道的笑容。此刻,眼前的这个他过于低三下四,过于想取悦娜塔莎,这只能让娜塔莎打心眼里反感。如果今天不顺利的话,她决定,那就到此为止了。

她叹了口气。"在你对这种音乐有所了解前,我不会和你录制任何曲目。就因为他妈的列维将军②弄了首单曲打入十大,艺校的白痴们开始大写特写丛林音乐,接下来你就发现所有音乐都添了点儿'丛林音乐'的加强节拍。连他妈的'只要女孩'③也来掺和!"她抱起双臂,"'只要女孩'乐队玩的不是丛林,明白吗?"

皮特点点头。很显然,他没听说过"只要女孩"乐队。

娜塔莎闭上眼睛,忍住咧嘴微笑的冲动。

"很好。丛林音乐山头林立:有知性丛林,有重踏丛林,有铁克重踏,有爵士丛林……我全都喜欢,但我录不出重踏。掌握不了那种黑暗的锋锐

---

① 重踏(hardstep):鼓打贝司的子流派之一,出现于1994年,更贴近伦敦内城的感觉,较少使用切分音,节拍也更猛更重,因此得名。

② 列维将军(General Levy):原名保罗·列维(Paul Levy),伦敦出生的雷鬼音乐家。

③ "只要女孩"乐队(Everything But The Girls):成立于1982年的英国乐队,成员为一男一女,风格上融合了流行、爵士和电子音乐。

感。想要重踏,就去找埃德·拉什、'摩天大楼',或者别人,明白吗?我录的曲子类似于布坎和DJ Rap,差不多就是那个意思。"娜塔莎一边对皮特训话,一边看着他的眼睛狂乱地四处乱瞟,她心里偷偷直乐。他压根儿不知道娜塔莎在说什么。

"不少DJ一开始就带乐师出场。戈尔迪喜欢带鼓手登台。有些人不喜欢这样,他们认为丛林乐离了数字化就啥也不是了。我不怎么认可这种观点,但也不打算马上带你登台表演。我感兴趣的也许只是跟你合奏一段时间,用最高保真的手段给笛声采样。拿来循环、混响什么的。"

皮特点点头。他正在摆弄那个匣子,装配长笛。

绍尔在城市地下的王座房间醒来。他在寒冷中蜷着身子坐直,鼠王硬邦邦地坐在上面的王座里,一动不动。绍尔的眼睛刚睁开,鼠王就站了起来。他一直在等待绍尔醒觉。

吃过东西,他们爬上王座背后的砖石竖梯,经由另一道隐蔽的门进入主下水道。绍尔跟着鼠王穿梭于隧道中,这次他留神记下了位置和方向,在脑海里绘制了一幅地图,追踪着自己。

细雨洒在蔓生于地面的都市上,涌进他们的洞窟。水在他们四周奔流,绕过砖块,带走了突然开始泛滥的油花。墙壁上厚厚地覆满了半透明的白色脂肪渣。

"餐馆。"鼠王说着一跃而过,绍尔抬高双脚,避开滑溜溜的软泥。跑过的时候,他能闻到陈腐的油炸食物和黄油的哈喇味。这撩起了他的饥火。他一边往前跑,一边伸出手指擦过墙壁,然后举起手指,吮吸黏糊糊的污物。他哈哈大笑,自己竟这么喜欢腐烂的食物,他又是好奇又是兴奋。

绍尔听见有活物从他们的去路上慌张逃开。通道中挤满了老鼠,正在啃噬墙壁和俯拾皆是的可食残渣,随着绍尔和鼠王的靠近,老鼠们纷纷避让。鼠王发出咝咝的声音,前方清出了一条道路。

两人离开地下世界,出现在皮卡迪利大街的一条后巷中,前面有一大堆臭烘烘的被丢弃食物,这是伦敦最美好的地方吐出的美味废料。

他们饱餐一顿。绍尔享用了一份压碎了的混合物,原料是放久了的冷鱼和醇厚的酱汁。鼠王狼吞虎咽地吃下破损的提拉米苏和栗米蛋糕。

接着,他们攀爬屋顶。铸铁水管和破损砖块一旦成为鼠王的工具,作用就清清楚楚了。绍尔看到的不再是平庸的现实,他的眼光改变了,不一样的建筑结构和地形自然而然地呈现出来。他毫不犹豫地跟了上去,滑进石板筑起的遮蔽背后,神不知鬼不觉地跑过城市的天际线。

他们很少交谈。鼠王每隔一段时间就停下来盯着绍尔看几秒钟,观察绍尔的动作,或者点头称许,或者教他用更有效的方法攀爬、躲闪和跳跃。他们小心翼翼地越过银行,溜过出版社后墙,偷偷摸摸,无影无踪。

鼠王压着嗓子,对绍尔描述着这些晦涩难懂的画面。他朝两人经过的建筑物挥舞手臂,对绍尔喃喃低语,解读各种各样的隐秘真相:墙壁上为何有那些挠痕,连绵的烟囱队列为何被空缺打断,见到他们四散逃开的猫儿都去向何方。

他们时而进入伦敦中区,时而离开,攀爬、蹑行,游走于屋舍背后和屋舍之间,越过办公楼,潜行在街道下。不论绍尔是否理解,魔法已经进入了他的生命。

这样的魔法与街头魔术的俗丽世界有着天壤之别。他的生命现在受制于另一种邪咒,这力量悄悄潜入他的牢房,将他据为己有,这种魔法肮脏而粗糙,散发着尿臭味的咒语。

他们进食。他们向北飞奔,经过国王十字和伊斯灵顿时,光线已在暗示着白昼即将过去。他们经过汉普斯特,绍尔毫无倦意,他不时在后街小巷的垃圾箱旁狼吞虎咽一番。他们飞快掠过汉普斯特希斯公园,但没有靠近错综的人行步道。他们掉头回转,在诸多小花园间找到路径,沿着无人关注的巴士线路来到内城这个金融世界的边缘。

绍尔和鼠王站在霍尔本和金斯威两条街路口的餐馆背后。东方是催生海量金钱的摩天大楼森林,它们的前面蹲伏着一幢巨大的建筑物,金融界的

音韵课和历史课

歌门鬼城[①],那钢筋水泥的庞大身躯仿佛是从周围的建筑物中生长出来的。你很难说清楚它的起点在哪里,又在哪里结束。

在远处的拉德布罗克丛林路上,皮特的目光正越过娜塔莎的肩头。她指着电子键盘上小小的灰色显示屏,鼓点从扬声器中倾泻而出。她正在调制高音部,耍弄声音。皮特淡色的眼睛从显示屏移向扬声器,最后落在长笛上。

法比安走出韦利斯登警察局,难以置信之余不禁咒骂起来,用词从方言土语到美国俚语和亵渎神圣无所不有。

"擦屁眼的操了妈的脑子有屎满嘴喷粪的白皮猪胡扯蛋浪费生命的狗娘养的……"

他裹紧外衣,怒气冲冲地走向地铁站。警察毫无预兆地带走了他,不允许他骑自行车。

他余怒未消,一边嘟囔着骂人的话,一边急匆匆地走上丘陵,进入地下世界。

凯伊站在娜塔莎的窗台底下,纳闷着娜塔莎对她的音乐做了什么手脚,她是从哪儿搞到这个长笛声的。

"长官,我觉得他什么也不知道。"赫林说。

克罗利点点头,大致上算是同意。他没有在听赫林说话。*你在哪儿呢,绍尔?* 他心想。

捕鼠人是谁? 绍尔正在琢磨这个问题。*是什么东西想杀死我?* 但鼠王提起这个名字后就抑郁起来,再也不肯透露更多的事情。*以后有的是时间说,*鼠王这样答道。*现在我不想吓坏了你。*

鼠王和绍尔望着泰晤士河上空的太阳慢慢变红。绍尔发觉自己毫不畏

[①] 歌门鬼城(Gormenghast):出自默文·匹克(Mervyn Peake)的同名三部曲小说,亦是故事中的城堡名,华丽而有哥特气息。

083

惧地爬上了查令十字街铁路桥的宽幅钢缆,此刻正眺望着泰晤士河。他抱住钢缆。列车在身下如发光蠕虫般蜿蜒扭摆。

他们向南悄然穿过布里克斯顿,再朝西走向温布尔登。

鼠王一边前进,一边说着更多的伦敦往事。他的描述狂野而富有诗意,虚幻而缺乏理性。他的语气如计程车司机一般随意。

这番游历结束得异常突兀,他们开始迂回折返贝特西。绍尔觉得欢欣鼓舞。疲惫和力量在躯体内脉动。这座城市是我的,他心想。他如痴如醉,觉得自己可以肆意妄为。

他们走进一处废弃的停车场,来到一个人孔前,鼠王站到旁边。绍尔拂去金属盖上的灰尘。他摸索着盖子,用手指从四周推它。他感到自己很强壮。他的肌肉因整日的持续用力而绷紧,他揉搓着肌肉,既有几分惊叹,也有那么些自恋。他转动盖子,感到毛孔翕张,汗液涌出,毛孔随即被尘土阻塞,给他增添了新的活力。

盖子叽叽嘎嘎地发出片刻的摩擦声,陡然离开了它的容身之处。

绍尔在成就感中大喝一声,缩起身子钻进黑暗。

音乐飘出娜塔莎的窗口,法比安意识到音乐来自录音机。走到拉德布罗克丛林路花费的这段时间让他大体上平静了下来。天空随着鼓点节拍沸腾翻滚。

他使劲砸门。娜塔莎打开门,看见他的怒容,一抹坏笑凝固在了脸上。

"塔莎,妈的,你绝对不可能相信。事情越来越诡异了。"

她让到一旁,请法比安进门。爬台阶的时候,他听见了凯伊那富有特色的遣词造句。

"……一月下去一两回,知道不?戈尔迪什么他妈的有时候全都得来……嘿,法比安,兄弟怎么样啊?"

凯伊坐在床沿上瞪着他。皮特硬邦邦地坐在从厨房里拿来的一把椅子上。

凯伊那张和善的脸上全无关注之情,对法比安的坏脾气视而不见。他的笑容还是那么暧昧而开朗,等待着娜塔莎上楼走进房间。

皮特显然很局促不安,他的眼睛眨也不眨地看着法比安,直到娜塔莎进来方才作罢。

法比安定了定神,然后开口说话。

"我跟该死的猪猡度过了整个下午。他们让我受够了煎熬,他妈的没完没了地问话,'你能告诉我们绍尔的情况吗?'我他妈一遍又一遍地告诉那些狗娘养的,我屁也不知道。"

娜塔莎盘着腿在床垫上坐下。

"他们还认为绍尔杀了父亲?"

法比安夸张地哈哈大笑。

"唉,塔莎我的朋友,不,不,不再那么简单了,那只是小事一桩,他们谁也不怎么关心。"他咬紧牙关,从口袋里掏出一张皱皱巴巴的报纸,在他们面前挥舞。那则报导被他的大拇指蹭过,油墨洇了开来。"从这上面你们得不到太多消息。"三个人的视线跟着报纸移动,他说道,"只有骨架而已。让我跟你们说点儿真东西吧。"

"绍尔出去了,他是逃跑的。"

凯伊和娜塔莎目瞪口呆,法比安令人不快地笑着。他对他们的惊讶早有预料。

"还没完呢,朋友们,猛料还在后头。两名警察在绍尔父亲的公寓被杀,死得很难看。他们似乎……认为是绍尔干的。他们正在疯狂地追捕绍尔。警察也会来找你们,就要轮到你们啦。他们会问你们那些愚蠢的问题。"

谁也没有说话。

唯有大麻的缕缕烟气填满了整个房间。

第十章

鼠王离开了。

绍尔在沉思,心里塞满了超自然和超现实的事物。

他蜷缩在鼠王的王座背后。英雄史诗般的伦敦巡游之后,他就一直躲在那里,心满意足,精疲力竭。他在梦境边缘徘徊了一夜。醒来的时候,鼠王已经离开了。

绍尔起身在房间里走来走去。他听着滴水的声音和远方传来的哀叫声。

鼠王在王座上钉了一张肮脏的纸片。

去去就来,字条上说。**别乱跑**。

孤身一人,绍尔觉得一切都很不真实。

很难相信没了鼠王他能独立生存,很难相信鼠王不是他臆想中的人物,或者反过来,绍尔不是鼠王所想象的产物。绍尔感到惊恐带来的阵阵不安。

他孤身一人,忽然对鼠王的闪烁其词深感厌恶。**捕鼠人是什么东西?**他很想知道,可鼠王不肯告诉他。他们跑遍了整个伦敦城,但基本上谁也没说话。鼠王在身边的时候,绍尔默许他对自己隐瞒真相,他本人也是共谋。他在忙着倾听体内的那只老鼠慢慢觉醒。

音韵课和历史课

但孤身一人时,他意识到他有很久没有想过父亲的辞世了。他连哀悼父亲都那么三心二意。父亲的辞世仿佛杠杆的支点。理解了这件事情,他就能知道是什么东西想杀他,就能明白老鼠为何不肯遵从他们的王。

有鼠王在身边,绍尔看见了一个崭新的城市。伦敦的地图先被撕碎,继而按照鼠王的意愿重新绘制。而孤身一人时,绍尔突然开始害怕,害怕那个城市不再存在。

别乱跑? 他心想。*去你的吧。*

绍尔爬出房间,钻进下水道。

风扫过很多条隧道。绍尔站在那里,完全静止下来,侧耳倾听。他听不到鼠王在附近出没的声音。他放好隐蔽出口的门,轻快地离开了。

离开隐藏着出入王座房间的通道的支线隧道没多远,鼠王尿液的浓烈气味就消散了。三只老鼠在这条隧道外面徘徊,紧张兮兮地跑来跑去,打量着绍尔。他并不害怕,但也没有多少底气。他停下脚步看着他们。

三只老鼠中的一只朝前方快走几步,以人类的姿势摇摇头,绍尔看了很是吃惊。他穿行于各条隧道之中,战战兢兢,时不时发着抖。孤身一人时,下水道与鼠王向他展示的那个世界迥然不同,但绍尔并不害怕。他穿过嗅觉上的大杂烩,尿液的气味告诉了他一个个故事;在这儿撒尿的老鼠侵略性很强,容易发怒;在这儿撒尿的老鼠是个盲从者;在这儿撒尿的老鼠吃得太多,最喜欢的食物是鸡肉。

绍尔能够感觉到头顶上的城市。他觉得路线和方向在拉扯他。他跟随自己对地形的直觉前进。

背后传来哒哒的脚步声。转过身,在没有源头的灰色光线下,他看见三只老鼠在跟随他。他一动不动站在那里,望着他们。他们在距他六米的地方停下,身体不停地走动,但视线始终停留在绍尔身上。就在他眼前,又有两只老鼠跳出一根排水管,跑进隧道,加入了跟随绍尔的队伍。

绍尔后退半步,几只老鼠跟了上来,但保持着双方的距离。其中有一只吱吱地大叫几声,另外几只随即加入,不调和的杂音传遍附近几条隧道。细小的鼠足从四面八方奔向他。吱吱叫声回荡在绍尔的头部四周。

更多的老鼠从四周冒了出来,他们钻出边缘的小隧道和附近的黑暗处。他们或三三两两,或五十成群,尽管绍尔并不害怕他们,但老鼠的数量本身也足以让他叹服。这里没有光线能让包围他的成百上千只眼睛发亮,这些眼睛只是朦胧幽暗中的许多小小光点,背后的几条隧道里是无数骚动着的老鼠躯体。

吱吱叫声仍在继续。叫声充满了他的头颅。

忽然,战战兢兢的绍尔觉得有一股兴奋感喷薄而出。他被这种感觉搞糊涂了,它非常陌生,非常不合时宜。紧接着,他意识到这根本不是他的兴奋,而是鼠群的兴奋,他理解了老鼠们是在用尖叫声进行沟通,他意识到他能够分享老鼠的感觉。

共鸣的情感淹没了他。

绍尔颤抖着转过身去。他无法分辨前后,到处都充斥着小小的眼睛和老鼠的躯体。老鼠的声音在颤抖,他们在撒娇、在恳求。

声音的压力逼着绍尔拔腿逃窜,惊恐占据了他的心神。他转身跃过老鼠躯体的海洋,他们在他身下让出道路。绍尔落地时,下水道的地面如岛屿般出现,一根根尾巴挥动着躲开。声音忽然变得哀伤。他们紧随不放。

绍尔跑过一条又一条的隧道,老鼠在背后蹦跳奔跑。他在前方的墙壁上发现了一道竖梯,于是一跃而起,抓住梯级。老鼠也跳了起来,拼命抓挠最底下的一级横档。绍尔低头看着那些难以理解的表情,终于松了一口气。

绍尔爬到竖梯尽头,顶开金属井盖,从缝隙中向外窥探。出口周围都是高秆草。绍尔爬出幽深的地下,出现在茂盛灌木丛的一段缺口之中。这里是个公园,没什么人。远处传来嗡嗡车声,近处有鸟儿婉转啼鸣。前方有水,那是一个形状七扭八歪的湖泊,湖中有几个小岛。

树木挡住了他的视野。他在林木的边界线上方望见一个物体:巨大的鎏金拱顶,顶端是一抹弯月。路灯把伦敦中央的清真寺照得通体透亮。南边是电信塔的瘦削剪影。摄政公园。

音韵课和历史课

绍尔绕过供游客划船的小湖,悄无声息地钻过灌木树篱、树木和围栏。

绍尔攀回了黑暗的都市。

他向南走上贝克街。汽车拐弯的时候,灯光狂乱地划过建筑物的立面。耀眼的车头灯照得他睁不开眼,一辆破旧的厢式货车直冲着他开过来,与他擦身而过。那辆车开远了,绍尔的心脏还在怦怦乱跳。

他拐上玛里利本路。

人们从四面八方扑向绍尔。他隔了几秒钟才明白过来,人们经过他以后又纷纷继续前进,他们只是在沿街行走而已。绍尔吐出一口长气,呼吸间有些颤抖。他将双手插进衣袋,朝西走去。

与他擦身而过的第一个人身穿运动夹克和牛仔裤,橄榄球衫塞在裤子里,紧紧包着鼓胀的腹部。他朝绍尔瞥了半眼,随即就把视线拉回了前方。

看着我!绍尔在脑海里喊叫。我是老鼠!你看不出来吗?闻不出来吗?那男人肯定觉察到了绍尔的衣物在散发着恶臭,是不是真的比醉鬼经过的气味糟糕得多?那男人没有转身细看绍尔,绍尔则站在那里望着他的背影。绍尔转过身,瞪着下一个走向他的路人:身穿紧身衣的亚裔姑娘。她抽着烟与绍尔擦肩而过,连看也没有看他一眼。

绍尔喜出望外,哈哈大笑。后面有位矮个子黑人超过他,接着前面走来一群唱歌的少年,然后是身量奇高的戴眼镜的男子,后面又有一个穿西装的男人超过他,这人小跑几步,随即继续走向目的地。

谁也没有留心绍尔。

前方,夜晚断断续续的车流升入空中,越过艾奇韦尔路。车流短暂地返回地面,紧接着再次起飞。这是西大道,宽阔的高架道路,蜿蜒掠过伦敦上空。成千上万吨沥青路面令人难以置信地悬在半空,飞过帕丁顿和西林街,身下的城市永远在向各个方向延伸。西方,越过力提玛路,西大道扭折成了一团错综复杂的匝道和出口。过了这一段,道路挣脱纠葛,继续前行,最后在沃姆伍德·斯克拉比斯监狱外返回地面。

绍尔盯着西大道。这条路经过拉德布罗克丛林路地铁站,也就是娜塔

089

莎居住的地方。城市的各种规则对他不再起作用。西大道禁止人类步行，但对老鼠而言毫无意义。

他在稀疏的车流之间闪躲，轻快地走上中央隔离带，沿着斜坡跑了上去，绕过护栏，车辆在两边嗖嗖擦过。

脚下芥黄色的房屋中传来模糊的叫嚷声。肮脏的车灯眨着眼驶过身边。司机看不见他。他是一个黑影，全然习惯了寒冷的天气，他弓着背，双臂抱住围栏，拽着身体前行。他仿佛高速运动的卡通恶徒，动作敏捷，偷偷摸摸得有些夸张。

四个巨大的粗矮方块冉冉升起，如笨拙的手指般包住西大道：棕色的塔式大楼俯瞰着他，上面不规则地分布着许多光点。车流的声音很有节律感，始终在演奏渐强乐段，声音不停流淌，没有高低起伏，也没有停歇的时刻。

孤零零地走在宽阔道路的中央，绍尔看不见底下的街道。他没法隔窗张望，也没法越过西大道的边缘俯视深夜的步行者。他孤身一人，与之相伴的只有没名没姓的车辆和地平线。整个城市都化作了时而被肥胖塔楼打断的地平线。

在他的左手边，汉默史密斯及内城地铁线遮住了视线，与西大道仅有一米的间距。一辆列车咣当咣当地驶过。随着肾上腺素的陡然迸发，绍尔想象着自己奔过路面，腾空跃起，抓住经过的列车，如驯服野牛般骑上去。但突然间又有一阵确凿的信念涌上心头，他知道自己跳不了那么远，现在还不行。他呆呆地站在那里，目送列车驶向拉德布罗克丛林路。

他沿着西大道前行，等看见拉德布罗克丛林路车站浮现在左方半空中，这才停下脚步。车站与高架公路离得很近，近得他一使劲也许就能跳上站台。绍尔看了看右边的车头灯，匆匆忙忙跑过路面，在惊讶的司机眼中，他仿佛是随风飘飞的一件破外套。他贴在外部围栏上探头张望。

就在车站前方，拉德布罗克丛林路上，少数族裔聚居区强劲的音乐节拍依旧如心跳般搏动着。一群年轻人靠在已经关门了的奎萨大楼外面，扮出很酷的模样，竭力恐吓每一个经过的人。深夜尚未打烊的杂货店老板靠在

音韵课和历史课

各自门外,互相聊天,跟客人聊天,跟计程车司机聊天。路上虽说算不上人潮滚滚,但远算不上空旷。绍尔在半空中的藏身之处默默观察。

他爬过围栏,没有人注意到他,他背靠围栏站好,探身俯瞰街道。他很享受自己这种漫不经心的态度。

绍尔很容易就能跳到对面的排水管上,中间的距离顶多一米多,他跳了过去,没有发出任何声响。他降到嵌在车站和高架道路之间的矮屋顶上,悄无声息地溜进了西大道的庞然阴影之中。他爬过生了霉的屋檐。跳向地面的时候,他心想:三天前,我身体笨重,还是人类。离开遍布涂鸦的黑暗,走向拉德布罗克丛林路,他心想:而现在,我是老鼠,我愿意怎么通行就怎么通行。我觉醒得如此迅速。

他没有费神去隐匿身形,甚至还有些昂首阔步的架势,集结在人行道上的几伙年轻人看着他,并没有理睬,而是纷纷在他背后皱起了鼻子。他穿过用带着各种口音的英语和阿拉伯语、葡萄牙语对话的人们。

他拐上贝塞特路,大步流星地走向娜塔莎的屋子。她家的灯暗着。绍尔骂了一句,转身走向正对她家窗口的一棵树。他靠在树上,抱起双臂,考虑着要不要叫醒她。

绍尔没抱有任何的幻想。他永远也回不来了,他已经变成了一只老鼠。他无法再次踏入这个世界。但他曾经在这里居住过,他想念他的朋友。

绍尔正想下决心,这时他看见街上走来一个没精打采的人影。绍尔忽然来了精神,他认出了那个跌跌撞撞的步态。来者走近娜塔莎的屋子,放慢脚步,绍尔掩住自己的嘴巴,压低声音叫道:"凯伊!"

凯伊吓了一跳,迷迷糊糊地四处张望。绍尔又叫了一声。凯伊冲着他的方向直勾勾地看了几秒钟,眼睛瞪得溜圆,紧张得引人发笑。

绍尔走出了树阴。

"天哪,绍尔我的兄弟,你吓得我险些心脏病发作!"他松了口气,放下肩膀。"你在树阴底下简直是个隐形人,声音也变得那么奇怪……"他忽然停下了,摇着头,用双手捂住脸孔。

"我操,兄弟!"他嘶声说,一边疯狂地扫视四周,"发生什么了?你他妈的怎么样?我才听说那些烂事!天哪!发生什么了?"

绍尔已经走到了他的身边,他拍拍凯伊的肩膀,握住凯伊的手。

"说真的,凯伊,你他妈的绝对不敢相信。兄弟,我不是在跟你胡扯,只是……我自己也都不敢相信。"

凯伊的整张脸都皱了起来。

"兄弟,怎么这么臭?是你身上的味儿?不是有意冒犯,兄弟,可……"

"我在……躲藏。"

"躲在哪儿?他妈的下水道?"绍尔什么也没说,凯伊瞪大了眼睛,"我操!不可能吧!我不是真的……"绍尔打断了他的发言。

"是啊,没错,你听说我越狱的事儿了吧?我不得不躲起来,兄弟,警察认定我杀了我爸。"

凯伊盯着他看了好一会儿。

绍尔很是痛苦:"我他妈的当然没有。天哪,难道还非得让我说出来?"

谈起追捕、犯罪和缉拿,绍尔有些紧张,他拽着凯伊一起退回树底的阴影之中。

"那你在干什么?"凯伊问。

"呃……"绍尔答得模棱两可,"我必须找到证据,证明不是我干的。"他没法说出真相:他永远也回不来了。

"那两个条子呢?"绍尔愣愣地看着凯伊,"死在你家的那两个人。"

绍尔瞪着凯伊,越来越恐惧。

"你不知道?"

"到底发生了什么?"绍尔摇晃着他的衣领。凯伊皱着鼻子退到了旁边。

"我不知道,真不知道。法比安来找塔莎,手里举着一张报纸。警察讯问了他一整天,说监视你家的两个警察被狠揍一顿,都死了。兄弟,他们说是你干的。"

凯伊没有恶意。他看得出绍尔对此一无所知,他对绍尔只有关心,没有

音韵课和历史课

丝毫的怀疑。

"你……知道……你知道是谁……"他继续说道,"不,但我想我知道有谁了解情况。妈的!"绍尔用双手拢了拢头发。"妈的,他们现在会发疯似的抓我了!妈的!"

他会告诉我的,绍尔心想,愤怒冲昏了他的头脑。别再用暴躁和沉默搪塞我。等我找到鼠王,他就会告诉我凶手的身份和理由,不能让他继续哄骗我了。

他扭头看着凯伊。

"兄弟,发生什么事了吗?你为什么在这儿?"

凯伊指指马路。

"我们正在泡夜店,有塔莎和法比,还有刚开始跟塔莎一起录音的一个怪咖。这会儿是延时招待①……兄弟,我们一直在谈论你。"他无力地咧嘴笑了笑,"我想起我的包落在塔莎家了,她把钥匙给了我。我等会儿就回去。不如你也来吧?"绍尔有些犹豫,凯伊开始撺掇他。"来吧,兄弟,大家都担心死你了。法比的样子很吓人。"

绍尔想起了法比安,一阵伤感袭上心头。友情于他显得那么遥远,远得令人震惊。他想去夜店,但又忽然惊恐起来。尽管他疯狂地需要他们,但他和这些人不再有任何共同之处了;他想念他的朋友们。他能跟他们说什么呢,能告诉他们什么呢?还有,警察……警察已经在讯问他们了。最近的杀戮事件发生之后,他又怎么能冒险牵连朋友们呢?

"我……我不能去,凯伊。警察在通缉我,兄弟,我不能在夜店之类的地方出没。我必须不停逃跑。不过……能帮我带个话吗?我很想念他们,我发誓我会想办法去见他们的。还有,凯伊……告诉他们,如果他们听不到我的消息,请别担心……我正在澄清事情。记住了?替我跟他们说清楚。"

"你确定你不会再回来了?"

绍尔摇摇头。

---

① 延时招待(lock-in):指酒吧或夜店的主人在打烊后允许一些人继续逗留在店内。

凯伊朝旁边的方向点点头,算是默许。"那么……至少请告诉我到底发生了什么。你他妈的是怎么逃出监狱的?"

绍尔忍不住轻轻笑了一声。

"只是一间牢房而已,另外……这会儿我实在没办法解释。非常抱歉。"

"你能照看好自己吗?"

"凯伊……我没法多说了,行吗?别再问了,兄弟,我没法解释。"

"但你都还好吧?"凯伊很关心他,"你听起来可不怎么好。没错,你的声音特别……怪,闻起来……就像……"

"我知道,但我没法跟你说这件事。我答应你,我会好好照顾自己的。兄弟,我必须离开了。很抱歉。告诉大家,我非常爱他们。"他碰了碰凯伊的肩膀,走进黑暗中,转身挥手道别。

站在树底下的凯伊也朝他挥挥手。绍尔离开这圈黑暗,在房屋的胸墙前又找到了更多的黑暗,凯伊专注地凝视着绍尔的身影。

"保重,兄弟。"凯伊在绍尔身后说,他的声音有些太响了。

绍尔已经消失不见了。

凯伊在树底下站了好一会儿,这才慢慢走向娜塔莎家的前门,自己开门进去。他非常迷惑。绍尔身上显然有些地方很不对劲,但他说不出究竟是哪儿。必须承认,这家伙变成了忍者之类的人物,才走出去两米就成了隐形人。而他的声音……很沙哑,不知为何,听起来……特别近。

这让凯伊精神紧张,稍微有些害怕。绍尔很明显不知道警察被杀的事情,但凯伊发觉自己正在琢磨,绍尔有没有可能不知不觉地卷入了事件。今夜的绍尔无疑有几丝精神病患者的气质:两眼黑洞洞的,声音和举止都很紧张,还有身上的味道……这家伙难道住在猪粪堆里不成?他莫非真的睡在了下水道里?一个人怎么可能钻进下水道呢?

他为自己的朋友而感到害怕。

凯伊没有开灯,在客厅找到了他的包,走出公寓,锁好门。他急于回去告诉大家,他见到了绍尔。至少绍尔还……呃,好不好暂且不论,至少还活

音韵课和历史课

着。

　　他走上街道,左转,一边走一边困惑地直摇头。有什么东西从他背后的一团黑暗中浮现出来,飞快地赶了上来。凯伊什么也没有听见。金属亮光一现,有个又长又坚硬的东西砸在了他的后脑勺上。凯伊猛吐一口气,向前跌去,却在撞上人行道前被抓住了,整个身体如尸体般悬在半空中。

　　鲜血涌出,滴在他的包上,渗了进去,浸透了雷·凯斯和"全部三重奏"乐队的唱片封套。

第十一章

绍尔看见西大道粗大的立柱又在前方赫然耸立。

他右转,沿着黑暗中的主干道徐徐西行。他不知道该在哪儿拐弯。他将视线放在地面上,寻找下水道的人孔。也许他该避开人类的视线,重新与鼠王会合。他不知道自己是否能找到返回王座房间的道路。他不想面对老鼠。老鼠的恳求让他精神紧张。它们想要他付出什么东西。

几个深夜步行的人经过他的身边。绍尔想停下脚步,坐下思考一段时间,吃些东西。他不是特别累。他忽然想起死在家里的两个警察,心头不由一颤。

他像是受到了重力的吸引,走向西大道立交桥那团缠结的混凝土,一簇乱糟糟的急转曲线如迫在眉睫的威胁一般悬在半空中。犹如乱麻的钢铁和柏油底下,城市规划委员会出资修建了打篮球和踢足球的封闭空间,也设有攀爬墙和单杠。白天这片区域充满了年轻人的喊叫声,但混凝土之上的道路上和周围的人却听不见,功能性的宏伟构架包围住这块空间,隔绝了天空,营造出一个没有阳光直射的体育场。

绍尔蹿进沥青之间的暗处。他抬头眺望西大道的下腹部。上面的车声听起来远隔千里。

音韵课和历史课

他信步走上铁链围栏和足球场之间的过道。主干道底下的风很小。他站在过道上,听着风刮过这片隐蔽场地的边缘。

还有另外一种声音。

轻微而敏捷的疾跑脚步声,静静地回荡在立柱之间。

绍尔转过身,有什么东西在绕着他转。他猛地一扭头,不由得退了几步,内心泛起恐惧。捕鼠人!他想着,奔向附近路灯的微弱光圈。

他停住猛然转身,疯狂地寻找能逃离黑暗的出路。有什么东西掠过他的视野,是个黑色的躯体从上方的阴影中,从西大道下腹部的裂隙中翻了下来。黑影绕过绍尔,完全不受地心吸力的束缚,在空中朝着各个方向任意驰骋,快得他根本看不清。绍尔转身就跑,呼吸越来越急促。

黑影从上方掠过,以完美的抛物线飞过绍尔的头顶,优雅、迅捷得堪比任何一个在世的体操运动员或马戏团演员。黑影在地面上方转了个弯,轻快地落在他前方七八米处,停了下来。这个弓背缩肩的黑影猛地站直,如弹簧玩偶般陡然伸展双腿双臂。

一个又高又胖的男人在绍尔前方左右摇摆,双臂双腿伸得笔直,像是在等着绍尔和他拥抱。

绍尔刹住脚步,后退两步,骤然转身,奔向他刚刚逃离的黑暗。他想回忆起该怎么躲藏,该怎么当一只老鼠,但恐惧封冻了他所有的狡猾伎俩。

他在网球场背后刚缩起身子,飞掠的物体就掠过绍尔,越过护网,那男人再次站在了他的面前,双臂依然伸展着。一条悬在上方某处的细索收了回来,沿着飞行路线折返,擦过绍尔的身旁。

绍尔换个方向逃跑,消失在攀爬架背后。他听见背后响起嗡嗡的声音。他边跑边大口地喘息,老鼠的力量推动着他,他这辈子从没跑得这么快过。恐惧让他浑身起鸡皮疙瘩。前方出现了几丛阴郁的灌木。两段围栏之间有条狭窄的缝隙,再往前是一片居住区的花园。

他奔向那条缝隙,冲了出去,几乎没有发出声音,但有什么东西钩住了脚腕,他像被伐倒的树木般摔向水泥路面。

还没等他撞上路面,身体就被拦住了,在空中骤然悬停。一根细绳索挡住了去路,绑在两侧的铁链上。一根绳索绊住脚,另一根则横拦在胸口。他疯狂地咒骂,挣扎着想站起来,扯开绕着脚踝缠结成团的绳索。他继续前进,发现前方有无数细长的物体:更多的绳索,他选择的路线上密密麻麻的全是绳索。他先前怎么没有注意到?

他想爬过那些绳索,但绳索却困住了他。有些绑得很松,手一碰就松开缠绕在身上。但其他的却绑得很紧,如低音提琴的琴弦般颤动着推开他。他再次跌倒,陷在了这个"猫的摇篮"里[①]。他无法动弹,以四十五度角挂在那里,头朝下,离地一米。

绍尔听见背后响起脚步声。他猛然扭头,发狂般地试图解开自己,他在捉住了自己的罗网中转了半圈,面对刚才来的方向,背对着想逃进去的那片阴郁的灌木丛。

那男人站在狭窄通道的入口处。

远处路灯的光勉强照亮了他,映得他的皮肤微微发亮。他上身没穿衣服,只有瘦长的双腿上套了条截短的黑色裤子。寒冷似乎对他不起作用。这个男人的肤色很黑,硕大的腹部挂在腰带外面,但双臂和双腿却瘦长得可笑,他每动一下,便傲然显现出一块坚实的肌肉。他的腹部胀鼓鼓的,呈球形,表面紧绷,像个气泡。他缓缓走向绍尔,腹部几乎没有任何褶皱。绍尔发现他的左肩绕着一捆脏兮兮的白色绳子。

"别再给我找麻烦了,小兔崽子,否则我就把你砸个稀巴烂。"

这声音刺耳而尖厉,带着加勒比海声调的颤音。这声音和鼠王的声音一样,仿佛就在耳边响起。

男人的动作很突兀,一顿一顿的。他快步向前走了几步,停下来,端详绍尔片刻,然后再次前行。他一边靠近,一边解开肩头的绳索。

绍尔拼命晃动身体,想挣脱缠结的绳索,但结果却让绳索勒得更紧了。他开始尖声喊叫。

---

① 猫的摇篮(cat's cradle):也就是中国的"翻花绳"游戏。

音韵课和历史课

那男人站在他的上方,狠狠地扇了绍尔一巴掌,立刻让绍尔闭了嘴。他的脑袋左右摇晃。他头晕目眩,面颊一下一下地跳痛。

"闭嘴,小崽子!"那男人的嘴唇包住了牙齿。

绍尔的脑袋向前不住颤抖,他使劲眨着眼睛。那男人弯下腰。绍尔非常害怕。他举起双手,想让手穿过绳索,抵挡住他即将遭受的袭击。他在绳索中挥舞手臂,张开嘴,准备再次喊叫。

对方的动作快如毒蛇,胳膊一伸,手指插进了绍尔的嘴里。绍尔想咬他,但那人张开五指,以超乎常人的力量掰开了绍尔的嘴巴。他抓着绍尔,用空着的右手拽出一截挂在肩头的绳索,在绍尔的头上缠了一圈、两圈,然后当作堵嘴物塞进了绍尔的嘴里。

他操着黑话自言自语了几句。

这男人一边说话一边用力拉紧绳索,熟练地绕着绍尔的头部又缠了一圈,绳索遮住了绍尔的下半张脸。绍尔在绳索面具背后呜呜叫喊,眼睛不停左右闪动。

那男人拉起绍尔的双臂,用绳索扎住后抽紧,把两只胳膊牢牢捆在他背后。他将绍尔拽出小过道。绍尔一个踉跄,拔腿就跑,但双脚立刻就从身子底下冲了出去,倒在地上。是捆住他的绳索放到了尽头。他沿着水泥地面向后滑行。那男人在收起绳索。

男人把绍尔拽起来,转身面对着他。绍尔的嘴被堵住了,只能拿鼻子拼命吸气吐气,几小团鼻屎喷在了绳索上。一双黑色眼睛盯着他的双眼,他眼睛湿漉漉的,写满了恐惧。

"你这只肮脏的老鼠,跟我走。对我动歪点子没用。"

他突然把绳子甩过绍尔的脑袋,动作仿佛电影里的牛仔。绳索从空中滑落,缠上绍尔的身躯。那男人以绍尔为中心转动,收紧绳索,放出一些未绷紧的绳子,像对待陀螺般地捆住绍尔。他弯下腰,将绳索绕上绍尔的双腿,到最后,绍尔的整个躯体都缠上了一层肮脏不堪的白色绳索。

绍尔只剩眼睛还可转动。他能感觉到双臂和双腿上仿佛锤击的脉搏,

KING RAT

心脏正在拼命将血液推过切入肌肉的重重束缚。

那男人隔着绳子按紧他,在绍尔的脚部勒紧端头。他站在绍尔面前,低头看着他,点点头。

"别再胡说八道大喊大叫了,行吗?"

绍尔向前倒下,却被那男人一把抓住,往空中一卷,驮在了背上。这个举动很突然,吓了绍尔一跳。在他背上,如同鼠王当初扛他时一样轻松。绍尔觉得自己轻如鸿毛。那男人从肩头抽出更多的绳索,绕着猎物又缠了几圈,把绍尔捆得更结实了。绍尔躺在仿佛铁板般的平坦肌肉上,完全使不上劲,他的眼睛对着后方。他的双腿被扯上来,牢牢地扣住。他挂在那男人的肩头和腰间,绳索切进俘获者的皮肤,似乎没有造成任何疼痛。抓住绍尔的人突然加速冲入黑暗中,绍尔上下颤动起来,男人的势头让他害怕得连尊严都顾不上了。

那男人以数节[①]的速度奔跑在西大道下方的下层世界中,选择的路线崎岖而颠簸。隐蔽的小路在绍尔眼前飞速后掠。身下的男人突然一跃而起,绍尔眼看黑色的地平线在周围下坠。他们在空中了。绍尔瞪大双眼,闷乎乎地喊了起来,唾沫在绳索背后淌过下巴。

他们在空中飞行,时而停顿,时而向后摇摆,然后又飞起来,仿佛离地三四米的钟摆。绍尔很快意识到,他们靠绳索悬在空中。那男人开始攀高。

他的动作很轻快,背部的曲线意味着他手脚并用,步态极为圆熟。运动场在下方消失,随着他们的左右摇摆,西伦敦的夜景也不停地出入绍尔的视野。偶尔有呼啸的汽车声越来越近。

他们攀到绳索顶端。绍尔背对着高架道路,俯瞰灯光昏暗的后街小巷。那男人抓住围栏,开始沿着西大道的侧沿奔跑。绍尔的胃部因为恐惧而上下翻腾。他的脚下就是虚空。他看见底下的街道弯曲着稍稍向他靠近了一些,他看见昏暗的灯光照亮了一根细绳,这根绳子系在一幢屋子的烟囱上,正飞快地接近他们。

[①] 节(knot):英制速度单位,等于1.85公里/时。

音韵课和历史课

他们恰好面对这幢屋子,他又瞥了一眼那条细细的光线。它越来越近,扭曲着扑向他。

忽然之间,他开始坠落。

快速接近绍尔的地面突然停住了,他在空中上下颠簸。他面对地面,西大道的车辆在后上方几米之外咆哮。他刚才看见的细线是另一条绳索,一头系在屋顶上,另一头系在上方主干道的栏杆上。那男人正沿着这条绳子下降,他的头朝下,双手交替用力,令人不安地颤动着,飞快滑向线条复杂的黑暗屋顶。

绍尔祈祷这条绳索足够结实。

没多久,他们就踏到了实处,男人带着绍尔转了个身。绍尔听见响亮的噼啪一声,当他再次转身的时候,绍尔发现他弄断了背后的绳索,抹去了他们经过的痕迹。

他们越过一幢幢屋子的屋顶,这是又一场横穿伦敦的空中旅程。那男人甚至比鼠王更快,他荡过一道道障碍物,在石板屋顶上轻快奔跑。

街区在他们身下后掠。西大道的那个庞然大物在绍尔眼中逐渐缩小。

那男人向前一跃,俩人在被拦住去路的马路上空颤动不已,场面相当危险。绍尔带着恐惧意识到他们正在另一条绳索上,绳子平行系在两幢大楼之间,但这次那男人是在绳索上方移动,他走钢索的速度比绍尔跑步更快。

俘获者的动作飞快,加上绳索勒紧他的胸口,空气被挤出了绍尔的身体。底下有个孤零零的行路人紧张兮兮地走在小巷中,显然对头顶上疯狂的马戏表演一无所知。

肤色漆黑的男人跳起来,离开绳索,落在对面屋顶上,随手弄断了背后的空中小径。

他们就这样以可怖的速度越过一条条街道,依靠的是早先布好的绳索网络。他们经过草地,钻进建筑物,掠过平屋顶,以癫狂速度奔过陡峭的砖石斜屋顶。恐惧攫住了绍尔的心神,他看不见俘获他的人一路上都在做什么。

他们跑过一排灌木丛,上了铁道,沿着枕木继续飞奔。绍尔望着铁轨在背后弯曲远去。

前路又被挡住,肤色漆黑的男人爬上天桥的侧面,这座桥跨过铁轨和一旁的运河。他们冲过一处工业场地,这里有好几幢低矮、破败的建筑物,还有一动不动的叉车。在翻越这些屋子时危险到了极点,绍尔恍惚起来。他被抓住了,他不知道对方是谁,也不知道自己将要面对何种命运。

城市的噪音变得异常遥远。他们进入了一个场地,这里满是被碾平的废弃汽车,它们宛如地质现象般堆放在那里:古沃尔沃地层,福特地层,萨博地层。垒起的车辆摇摇欲坠,只留下了仅供穿行的狭窄小巷。

他们沿着通道蜿蜒前行。

那男人突然停下,绍尔听见了另一个人的声音:这声音怪异而轻慢,富有音乐韵味,带着他分辨不出地域的欧洲口音。

"这么说,你还真找到他了。"

"是啊,兄弟。在南边逮住了这个小家伙,其实也不远。"

他们没再多交谈。绍尔忽然感觉到固定住他的绳索松开了,他瘫软成一团,跌倒在尘土中。他仍旧被捆住他的绳索牢牢捆扎着。男人捞起他,像抱新娘似的将他抱在手臂中。

绍尔瞥见了一眼新出现的那个人:他很瘦,肤色非常苍白,红头发,生着尖锐的鹰钩鼻和宽大的眼睛。绍尔被带向目的地,那是个巨大的钢铁容器,像是超大号的箕斗,有三米高,上方耸立着像是起重机的黄色机械。

一路上,绍尔都在用双眼扫视四周,发现周围全是压扁了的汽车,他意识到这是一台碎车机,无论放入什么东西,黑色容器的顶盖都会施以千钧之力,就像将花朵压成二维物体似的碾压下去。绍尔被无情地送向前方,他在恐惧中瞪大了双眼,开始拼命挣扎,隔着塞嘴的绳子喊叫。

他在那男人的双臂中可怜巴巴地扭动着,试图翻滚出他的怀抱,但那人紧紧地抱住他,厌恶地直龇牙花,无论他怎么疯狂地哼哼唧唧表示抗议,怎么弯折身躯,男人的步伐也丝毫不为所动。绍尔被那男人扛在肩上,还与背

音韵课和历史课

后那位红发男子的癫狂双眼对视了片刻。绍尔被牢牢地按住,无济于事地不停弯腰和挺直,最后,高个子男人举起了他,他的身体越过了那个险恶的灰色容器的边缘……他在半空中悬停了一瞬间……坠落,掉进金属外壳的阴影之中,感觉到冰冷而凝滞的空气,摔在坑坑洼洼的底板上。

他重重地落在金属和玻璃的碎渣上,黑暗的箱底到处都是这些东西。

他之所以没有失去意识或者摔死,只因为他是老鼠,他这样想着,躺在那里不住呻吟。他挣扎着坐了起来,鲜血涓涓而下,染得捆住他的绳索变了颜色。有什么东西在接近,脚步踏得金属箱底叮当作响,他试着转身,却再次跌倒,脑袋磕在地上。绍尔感觉到有人抓住他的肩头,将他拽了起来。他睁开眼睛,一张恶狠狠地瞪着他的脸孔映入眼帘。这是一张黑色的脸,比能置人于死地的碎车机里的阴影更加黑暗;这张脸喷发着怒气,咬牙切齿,嘴角皱纹丛生,潮湿毛皮和垃圾的熟悉臭味被怒火烧得异常刺鼻。

鼠王看着他,啐了他一脸唾沫。

第十二章

唾液绕着绍尔的鼻子淌了下来。他的视线在碎车机的四壁间弹跳，来来回回，只能看见一小块地方。鼠王毫不动摇地瞪着绍尔，怒气冲天。绍尔发狂般地思考着：鼠王为什么发火？各种念头在脑海里你推我搡。发生什么事情了？是不是他们都被捕鼠人捉住了，所以我们才都出现在这里，即将被碾为齑粉，那鼠王究竟为何生气呢？他不像绍尔这样，没被捆得结结实实。他为什么不跳出容器，或者逃之夭夭，或者拯救他们两人的性命呢？

绍尔听着自己急促而难受的呼吸，望着悬在头顶的沉重顶盖，那丑陋的东西充满了势能，充满了郁积的动能。鼠王想把绍尔的视线拉回来，他正在嘟囔些什么，但惊恐的绍尔只是瞪了一眼他的舅舅，然后抬头望着顶盖，上下打量着那东西，等待它的降落。

鼠王摇晃着他的身体，咆哮起来，低沉的吼叫声中充满愤怒。

"该死的你觉得你在耍什么把戏？我出门去散了个步，上去找点儿吃的，留下你睡得像个婴儿，然后怎么着？你居然爬起来*跑掉了*。"

绍尔拼命摇头，鼠王不耐烦地扯掉了他脸上的绳子。绍尔语无伦次地说起话来，然后深深吸气，嘴里的黏液、唾液和少许血液都喷在了鼠王脸上。

鼠王没有闪躲，也没有伸手去擦，而是狠狠地扇了绍尔一个耳光。

音韵课和历史课

绍尔觉得很屈辱,他浑身疼痛,鲜血淋漓,这一巴掌带来的刺痛不算什么,但他的愤怒和迷惑终于溢出了堤岸。他吐了一口气,这次呼吸变成了长久的嘶喊,喊出了支离破碎的挫败感。他开始挣扎,感到肌肉紧紧地贴上了他的束缚。

"你在干什么?"他喊道。

鼠王伸手掩住绍尔的嘴。

"别啰嗦了,混账小子。别说搞错了什么的。一个人待着的时候别再出去乱跑,听明白了?"他动也不动地盯着绍尔,伸手狠狠地推了他一下,将他的命令压进了绍尔的脑袋,"说说你都去了哪儿,又是为啥去的?"

绍尔的声音隔着鼠王的手掌传出来,有些发闷。

"我想出去四处看看,没别的。我没打算惹麻烦。我不是在学习吗?没有人看见我,我攀爬的时候像……你见了一定会骄傲的。"

"别他妈的放屁了!"鼠王咆哮道,"麻烦的眼睛盯着你呢,小子!外面有个无赖想要你的命。我跟你说过了,你被通缉了,你是只猎物,有人正在追杀你……还有我。"

"那就他妈的告诉我到底发生了什么。"绍尔叫嚷道,猛地朝鼠王的脸膛一扬下巴。两人沉默了很长时间。"你说啊说啊说啊,说些谜语似的话,好像你觉得自己是打他妈的寓言故事里蹦出来的,我没空等你告诉我其中有什么深刻哲理。有东西在追杀我?很好。是什么?告诉我,解释给我听,到底发生了他妈的什么事情!否则就干脆闭嘴!"

寂静又回来了,持续许久。

"鼠头儿,他说得对。他必须知道正在发生的事情。你不能什么也不告诉他。他没法保护自己。"

将绍尔从西大道带回来的那个男人的声音从上方飘落,绍尔抬起头,看见他像猴子似的蹲在碎车机的转角上。就在男人盯着绍尔看的时候,红发人也出现了,他忽然出现在黑肤人的旁边,双腿悬在容器中晃动,他似乎从底下一跃而起,落下时恰好臀部着陆。

105

"*他们*又是什么人?"绍尔对这两个旁观者扬了扬头,"我还以为是捕鼠人抓住了我。我正走得好好的,那家伙忽然把我捆成了粽子,一路带到这儿来。我还以为他打算拿这东西碾碎我。"

鼠王没有抬头看容器边缘上的那两个男人,即便他们其中的一人开口说话了。

"不止有捕鼠人,小兄弟,知道吗?捕鼠人要的是你和他,还有捕鸟人、捕蛛人、捕蝠人、捕人人和捕万物之人。"

鼠王缓缓地点了点头。

"那就告诉我吧,"绍尔说,"听你的伙伴一句话。我他妈的非得知道不可!还有,给我解开这些玩意儿!"

鼠王从内袋里掏出一柄弹簧刀。刀刃咔哒一声跃出刀鞘,他把刀插进绳索底下,用力一抽。绳子随即散落。鼠王转过头,踱到容器的另一边。绍尔正要说话,但鼠王却抢先开口,声音从黑暗中传了出来。

"小子,你一个字也他妈的别说。我的好小子,如果这能够满足你的愿望,让我跟你话说从头吧。"

绍尔能够看见鼠王已经转过身来,正面对着他。其他人也都面对着他:两个在上,一个蹲着,一个像孩童般荡着腿,另一个在底下的角落里对他怒目而视。

绍尔扯掉身上的绳索,退到鼠王对面的角落里坐下,像要保护饱受虐待的躯体似的曲起双膝。他静静聆听。

"介绍一下我的伙伴。"鼠王说。绍尔抬起头。抓他的那男人依旧蹲在上头一动不动。

"小伙子,我叫阿南西[①]。"

"老小子阿南西,"鼠王接过话茬,"哥们多半救了你的小命,没让在外面追杀你的暴徒抓住你。"

[①] 阿南西(Anansi):在加勒比海地区又名南西,是起源于西非神话中的一个人物,天神之子,常以蜘蛛、人类,或者两者的混合体形象出现。

音韵课和历史课

绍尔知道阿南西这个名字。他记得自己和一圈人安安静静地坐着,大家都是还在从小瓶子里吸温牛奶的小孩子,听特立尼达裔老师讲述蜘蛛阿南西的故事。但他不记得更多的细节了。

红发人站了起来,在金属边缘上轻松自在地保持着平衡。他夸张地鞠了个躬,伸出一条胳膊扫过背后。他下半身穿着紫红色的正装裤,包得很紧,细节无懈可击,上半身穿着硬领白衬衫,系着黑色裤子背带和鲜花纹理的领带。他的衣着时髦而干净,说话时仍旧带着特别的口音,是绍尔想得到的各种欧洲语调的混合体。

"洛洛向您介绍洛洛。"他说。

"洛洛,别名霍恩鲍姆[1],鸟的首领。"鼠王说,"我们认识很久了,有时不太友好。我发现你脱钩而去,就叫来了这两位朋友。小子,你可是让我们好一番折腾。你想听捕鼠人的故事对吧?"

"捕蛛人。"阿南西轻声说。

"捕鸟人。"洛洛恶狠狠地说。

鼠王的声音让绍尔不敢动弹。鼠王往后靠了下去。

"你要知道,我们各有各的追随者,你舅舅们、南西、洛洛还有我。洛洛跟着一位画家混了一阵子,我经常喜欢念上一两段诗歌什么的。如果你对诗歌有所了解的话,肯定早就读过这个故事了,因为我曾经跟别人说起过,他记录下来拿给普通人类看——他说那叫童话故事。我无所谓。他爱怎么叫那是他的自由。但他知道这是真事。

"你知道,我并不总是住在烟雾城[2]。我曾经四海为家。我目睹伦敦诞生,但有很长一段时间这儿不过是个微不足道的小地方,因此我带着我的臣民跳上船舶,扬长而去。你老妈在别处自个儿玩,我跟我的忠实信徒在欧洲各处游历,成群结队奔过大地,我跑最前头,毛皮光滑。我的尾巴一指,老鼠大军就向西而行,或向东而去,我说去哪儿就去哪儿。我们奔过乡野,奔过

---

[1] 霍恩鲍姆(Hornebom):典出麦克斯·恩斯特(Max Ernst)所创造的鸟首领角色。
[2] 烟雾城(Smoke):伦敦的别名。

法兰西的原野,比利时的高台,阿纳姆附近的平地,来到德意志——那时候这些地方还不叫这些名字。

"接下来,我们的肚子开始抱怨,我们四处探寻。我们找到了一个地方,那儿的大麦收成①可真是不错……庄稼长得很高,黄澄澄的,熟透了,熟得都快胀裂了。我们来了一场大屠杀。'好,'我说,'这样不错。'我们继续前进,放慢速度,想找个地方安顿下来。

"我们穿过丛林,它们恐惧恶徒,便簇拥在我这个首领的身边,奔过白昼与黑夜。我们在河边找到一个小城,请记住,那里算不上特别适合居住的地方,但是地层上裂开了许多竖井,简陋的房屋有成百上千个窟窿,有可以筑巢的角落、檐角和地窖,有成百上千个角落供一只疲惫的老鼠歇息片刻。

"我下达命令,进入小城。居民扔下口袋,目瞪口呆,大为惊恐。后来他们失去了理性,四散而逃,天杀的哀号声叫得震天响……我们的部队蔚为壮观:我们喷涌而入,小城里挤满了我和我的姑娘们小伙子们。我们把吱哇乱叫的居民赶到广场上,他们站在那儿,抱紧了可怜的几件衣服和孩童。我们疲惫不堪,在路上走了那么长的时间,但我们还是在阳光下骄傲地抬起头来,我们的牙齿无与伦比。

"他们想赶走我们,挥舞着点燃的火把和不足挂齿的小铁铲。我们露出尖牙,深深地咬了下去,他们像胆小的娘们儿似的尖叫着跑远,消失得能有多快就有多快。我们占据了广场。我向大军发号施令。'很好,'我说,'快步走吧!小城是我们的了。这是元年:这是鼠年。散开,各自做标记,设置舞台,找到栖息之地,吃饱肚子,谁敢对你们下手,就送来见我。'

"无数小小的柔软躯体四散分开,广场变得空无一人。

"老鼠住进旅馆,住进住宅,住进法院,住进乡野,住进果园。我们满足了建造这些地方的目的。我四处巡游,一个字也不必说,但每只老鼠都知道谁说了算。哪个居民敢对我的人动一根手指头,我就要他好看。人们很快就明白了规矩。

---

① 此处原用词John Barleycorn,系英格兰文化中大麦及其酿造物的人格化代称。

音韵课和历史课

"老鼠就是这么来到哈默尔恩的。"

"绍尔啊绍尔,你真该看看当初的我们。好时光啊,一去不返了,最好的时光。小城是我们的。我长胖了,毛皮光滑。我们和狗作战,屠杀猫儿。城里最响亮的声音就是老鼠在交谈,我们吱吱喳喳,我们制定计划。这些谷子是我的,那块地盘是我的。他们烹饪的食物,我们要先分走一份。这些都是我的,是我的王国,我最鼎盛的时代。我是大帝,我制定规则,我是警察,我是陪审团,我是法官,偶尔在场合需要的时候,我也是刽子手。

"我们的小城出了名,老鼠成群结队而来,加入我们建立的小小香格里拉,来到我们统治的地区。我是首领。

"直到那个恶棍,那个杂种,那个天杀的游吟歌手,那个愚蠢的没品味的狗屎堆,穿着那身可笑的衣服,带着得意洋洋的娘娘腔——直到他走进这座小城为止。

"第一次听说他,是我的一个姑娘告诉我:有个怪人跟市长偷偷摸摸地在城门口相会,他身穿两种颜色的外套。'好啊,'我说,'他们要耍花招了,他们觉得在袖口藏了张好牌。'我转身在他们的广场撒尿,但接下来的事情实在让我伤心。

"飘来一个音符。

"音乐,空气中飘荡着音乐。又是一个音符,我竖起耳朵,想听清楚那是什么。全城各处的洞口都探出了光滑的小小棕色脑袋。

"接着,传来了第三个音符,末日就此降临。

"忽然间,我听见了什么异响:有人从碗里往外刮内脏,一个巨大的碗。我都能看得见!我听见苹果滚成了堆,我的臣民开始向前移动。我听见有谁离开时忘了关橱柜,我知道那扇门通向魔鬼的食品储藏室……那扇门敞开了,我能闻到里面的食物气味,我必须找到它在哪里,我必须全都吃掉。

"我开始前行,我能听见隆隆声,大地在震动,几千万只小爪子同时奔跑,附近挤满了我的小小臣民,它们都在欢呼雀跃。它们也听见了食物在召唤。

109

"我跃下山墙,在老鼠的激流中溅起水花,周围都是我的姑娘、我的小伙子、我的情人、我的士兵,大的肥的小的棕的黑的快的老的慢的好动的全都在这儿,我们都在奔向食物。

"我贪婪地不停奔跑,胸腹间忽然升起怪异的恐怖感。我的理性跳了出来,我发现我们正在前去的地方没有食物。

"'停下!'我尖叫,可谁也不听我的。他们撞开我的屁股,向前飞奔。'别去!'我喊道,但饥饿的长河却在我两边分开,然后再次合流。

"我觉得饥饿感还在增强,我跑到旁边,牙齿死死地咬住一扇木门,能咬多紧就咬多紧,用我强壮的两颗稳住身体。我的四肢在舞动,它们想听从那音乐,想要食物,但我的嘴巴咬得很紧。每次感到意识变得虚弱,我就咬得更深几分,扣紧我的下颚……但灾难还是没有放过我。

"我咬掉了一口木门。嘴巴啪的一下松开,没等我反应过来,我就置身于我的臣民汇成的河流中了,饥饿和喜悦交替占据我的大脑,我只想咬那东西一口——但是还有绝望,我是鼠王,我知道我和我的子民正在面对何等厄运,谁也不肯听从我的号令。马上就要发生可怖的惨事了。

"我们被迫前进,我从眼角看见人们探出窗口,那些狗娘养的居然一个个都在鼓掌欢呼。我们一起飞奔,无数的四条腿随着那……可憎的笛声飞快运转,尾巴像节拍器似的摆来摆去。

"我看得见我们在奔向何处,短短旅程的终点就在城郊,我恐怕无论如何也想不到终点就在那儿,与城墙外的粮仓呈一条直线。过了粮仓,在那些显眼的建筑背后,正如海洋般咆哮着穿过乡野的是那条宽阔而多石的大河,污秽不堪,带着打旋的粪便、泥土和雨水奔流着。

"就在桥边,我瞥见了那个身穿奇装异服的家伙,他正在吹奏长笛。他的脑袋起起落落,我见到他边演奏边在嘴角挤出看了就恶心的笑容。跑在最前面的老鼠已经上了桥,我看见它们平静地跑向桥面边缘,毫无不安,眼睛里只有堆积成山的可爱食物,那就是他们的目的地。我看见他们准备要跳,我喊叫着要他们停下,但这就仿佛顶风撒尿,事情已经板上钉钉了。

音韵课和历史课

"他们走下桥面的石壁,跳进河水。

"桥下响起了最刺耳的吱吱叫声,但他们的兄弟姐妹却充耳不闻。他们听见的只是裹着糖衣的诱惑舞曲。

"第二排落在他们的同伴头上,接着是更多——河流在沸腾。我忍受不了了,我能听见他们在惨叫,每一声都在我身上插下一刀,我的姑娘们小伙子们在水里失去性命,拼命把脑袋探出水面,老鼠会游泳但游不过这么湍急的河流。我听见哀嚎和恸哭,他们的躯体被带向下游,而我那几条该死的腿却还在奔跑。我在鼠群中拼命后撤,我想转身,想比其他老鼠跑得更慢些,我感觉到他们跑过我的身边,那家伙在桥上看着我,恶魔的长笛仍旧凑在嘴边,他看出了我的身份。我知道他看出了我是鼠王。

"我经过的时候,他笑得更灿烂了,对我鞠了个躬,我踏上桥面,跃入河水。"

洛洛倒吸一口冷气,阿南西喃喃自语了些什么。三个人都沉浸在自己的思绪中,眼神投向前方,各自陷入回忆。

"河水冰冷刺骨,我碰到河水脑子彻底清醒过来。每一下溅水声立刻就会引来一下尖叫声,我可怜的小小臣民拼命把鼻子探进空中,都在想'我他妈的为啥在这儿'?它们都在忙着死去。

"越来越多的躯体跳进河流,加入他们的行列,越来越多的毛皮浸泡在水中,感觉到河水拽着他们下沉,滑到上面一层的底下去,他们在惊恐中胡乱朝各个方向挥爪,撕裂了其他老鼠的肚皮和眼睛,把兄弟姐妹拽进没有空气的水下。

"我踢打着四肢想逃开。有许多老鼠都在疯狂地向前蹬腿,老鼠的躯体构成了一个岛屿,为了爬到顶上他们自相残杀,底层的老鼠纷纷死去,消失在下面的河水中。

"水塞住了我的肺部。我听见自己吸气呼气的声音惊恐而不连贯,我狂暴地吞咽、反胃、呼吸。波浪带着我四处乱撞,将我投向礁石,四面八方都是成千上万死去的老鼠。我仅仅能够分辨得出长笛的怪声。到了河里,笛声便被剥去了魔力,只剩下了呜咽的音调。我能够听见更多的老鼠跃入大河自杀时的溅水声,永无休止,残酷无情。四周充斥着尖叫声和呛水声。僵硬的小小躯体载浮载沉,漂过我的身边,仿佛地狱港口的无数浮标。这是世界末日,我相信。发臭的河水充满我的两肺,我沉了下去。

"到处都是尸体。

"尸体跟随波涛移动,透过半睁的眼睛,我能看见的只有它们,围绕着我,悬在水面之下,我下沉的时候,上面、下面全是它们,一团团褐色物体在接近。在一片昏暗中,我吐出了最后几个气泡,我能看见水底的这片藏骸所,这片杀戮地,边缘尖锐的黑色岩石成了鼠族的屠场,尸体堆积如山——毛皮还没长全的幼鼠、年迈的灰色雄鼠、肥胖的主妇、好斗的青少年、健壮的、病弱的——数不胜数的死者随着上面的激流漂动。

"我独自凝视这场种族浩劫。"

听着鼠王的讲述,溺死的鼠群仿佛在绍尔眼前浮动。他的肺部挣扎着吸入空气,耳朵里不住地怦怦轰鸣。

鼠王的声音又回来了。死亡的音调悄悄爬进了他的叙述中,此刻又忽然消失。

"我睁开眼睛,说,'不。'

"我突然蹬腿,离开了灾难的现场。我没有空气了,请别忘记,我的两肺在惊呼救命,每一下心跳都像是一次鞭策,我爬出宁静的水底,见到了光亮,隔着头顶上的河水,我能听见叫喊声;我拨动四肢,不停游动,最后终于把脸探进了空气中。

"我像瘾君子似的猛吸空气。如饥似渴。

"我扭过头,事情还在继续,死亡依然不断,但水面上的浮沫已经低得多了,也没有老鼠继续从天上掉下来。我望着拿长笛的男人走开。

"他没有看见我在望着他。

"望着他的时候,我下定了决心,他必须偿命。

"我拖着身体爬出河水,找了块石头躺在底下。濒死老鼠的哭喊声又持

音韵课和历史课

续了一会儿就彻底消失了,河水冲走了所有痕迹。我躺在那里,一边喘息,一边发誓要为我的鼠民报仇。

"诗人称我凯撒、渡过河流活下来的人。但那不是我的卢比孔①,而是我的冥河。我应该死去。我应该是一只溺死的老鼠。也许我的确是。这个问题我考虑过了。也许活下来的根本不是我自己,也许是纯粹的仇恨渗进了我的骨骼,推着我起来为生命挣扎。

"我得到了小小的满足,哈默尔恩那些杂种的儿女也死了,这满足委实微不足道。愚不可及的混账东西,居然敢糊弄吹笛手,鼓掌欢送我们去死的那些蠢货扭曲了嘴脸,像是被胶水粘在大街小巷里哭喊,而他们的孩子跟着笛声蹦蹦跳跳地离开,看着这幕场景,我可真是心花怒放。吹笛子的娘娘腔让大山为那些小兔崽子裂开,他们一个接一个地跳了进去,我甚至高兴地微笑了起来。因为那些小渣滓都去了地狱,他们甚至都还没死,他们根本没有做错过任何事情,而孩子们的父母知道得很清楚。

"我说过了,这多少让我有些满足。

"但是,我更想找那个天杀的游吟歌手算账。他是真正的犯人。他欠了我好大一笔。"

鼠王语气中的怨毒让绍尔不由得颤抖,但想到那些无辜的孩子,他的颤抖停下了。

"他吸走了天空中所有的鸟儿,还奚落我,让我因为自己的无能而发狂。"洛洛开口说话了,梦幻般的语气与鼠王如出一辙,"我逃进疯人院,忘记了我的身份,认为我只是一个幻想自己是鸟王的狂人。我在笼子里烂了很多年,最后我终于记起往事,逃了出来。"

"他去过巴格达的宫殿,清理掉了所有的蝎子和我的小伙伴。他用陶笛召唤我,我迷失了意识,他虐待我,殴打我,重重地伤害我。所有的小蜘蛛都看见了。"阿南西轻声说道。

---

① 卢比孔(Rubicon):发源于意大利中北部的河流,公元前49年,朱利乌斯·凯撒率军渡河,拉开内战序幕。后隐喻为越过或经过就无可挽回的界线,通常造成不可改变的责任。

"这三位王者都被阉割了,被吹笛手褫夺了力量。绍尔回忆起下水道里老鼠的轻慢和唾弃。

"所以老鼠不肯顺从你。"他看着鼠王,喃喃低语道。

"阿南西和洛洛被抓住的时候,有些族民亲眼目睹他们受苦,看见洛洛迷失心智,看见阿南西遭受折磨。他们是君王受难的见证人。只要有眼睛就能看得清楚明白。

"而我的老鼠,我的大军,他们什么也没看见。所有的老鼠都遭受了迷惑。溺水不会留下印记,没有伤疤和绷带能证明这场劫难。城镇和乡野谣言四起,说鼠王逃跑了,任由臣民溺死在涨水的河里。他们废黜了我。一群蠢货!他们哪里有独立生存的心智?他们失去了控制,陷入无政府状态。烟雾城应该由我们统治,结果现在却一片混乱。我卸下王冠已有五百多年了。"

听着鼠王的叙述,绍尔想起了那些在地道里围住他苦苦哀求的老鼠。他什么也没有说。

"阿南西和洛洛,他们仍在统治,也许有些残忍,他们向吹笛手鞠躬投降,但保住了王国。我想要我的王国。"

"假如,"绍尔慢慢地说,"你能击败吹笛手,你认为老鼠就会回到你的身边。"

鼠王没有答话。

"吹笛手在全世界漫游,"洛洛用单调的声音说,"自从他上次将我投进鸟笼,有一百年没来过了。我知道他已经回归,因为几天前的一个夜晚我召唤我的所有鸟儿集合,但他们却没来。只有一样东西能让他们对我的命令置若罔闻:那支该死的笛子。"

"有时候,蜘蛛从我身边逃开,像是在遵从别人的号令。坏人回到伦敦城了,千真万确,这次他非得要鼠头儿死不可。"

"谁也没有逃脱过,小子,你明白吗?只除了我,"鼠王说,"他先羞辱了洛洛和阿南西,然后放他们走,他觉得这样能让他们明白谁是老大。只有

音韵课和历史课

我,他要我的性命。我是自己逃脱的。七百年了,他始终想纠正当年的错误。他发现我有个外甥,就前去找你。他正在追杀你。他不择手段,只求达到目的。"

阿南西和洛洛对视一眼,然后低头望向绍尔。

"他是什么?"绍尔低声说。

"贪婪。"阿南西说。

"欲求。"洛洛说。

"他为拥有而存在,"鼠王说,"他总要吞没各种事物,所以才对我如此恼怒,因为我居然在他眼皮底下死里逃生。他是自恋症的魂魄。他吞噬各种各样的东西,以证明其存在价值。"

"他能迷惑万事万物。"阿南西说。

"他是欲望的化身。"洛洛说,"他从不满足。"

"他能够选择,明白吗?"鼠王说,"我该召唤老鼠呢,还是鸟儿,还是蜘蛛? 狗? 猫? 鱼? 狐狸? 水貂? 小孩? 他能激起所有生物的兴趣,只要他喜欢,谁也躲不过他的魅惑力。只需要选择对象,演奏合适的旋律。绍尔,一切尽在他的掌握,只有你除外。

"他迷惑不了你,绍尔。

"你是老鼠,也是人类,你比这两者既多些又少些。召唤老鼠,你属于人类的部分对其置之不理。召唤人类,你属于老鼠的部分一甩尾巴就逃走了。他迷惑不了你,绍尔。你是双重麻烦。你是我的恶魔,绍尔,你是我的王牌。我的锦囊妙计。你是他最可怕的噩梦。他无法同时演奏两种旋律,绍尔。他迷惑不了你。

"不,他只想杀死你。"

谁也没有说话。三束朦胧的视线刺穿了绍尔。

"但无需惊慌,小子。这儿的事情即将改变,"鼠王忽然恶狠狠地说道,"要知道,我和我的伙伴怒不可遏。我们受够了。吹笛手欠洛洛的,他害得洛洛丧失了理智。阿南西被苦苦折磨,他的几条腿至今还在疼痛——而且

115

是当着他的臣民面前。而我……那混蛋欠我的,因为他窃取了我的王国,我想夺回我的王位。"

"复仇。"洛洛说。

"复仇。"阿南西说。

"复仇是正当的,"鼠王说,"吹笛手那狗娘养的准备好承受动物的魔法吧。"

"你们三位……"绍尔说,"前去打倒他的,就只有你们三位吗?"

"还有别人,"洛洛说,"但不在这儿,不能胜任这个任务。猫王梯培[①],他受困于梦魇之中,那是名叫约尔的人讲的故事。卡塔瑞斯,母狗王,她和狗一同奔跑,她失踪了,谁也不知道去了哪儿。"

"巴卜先生,蝇王,[②]靠不住的凶手,我没法与他共事。"阿南西说。

"还有别人,但我们是天命所归的核心,是受苦者,有旧账要跟他清算,"鼠王说,"我们要和他再次开战。而你,小子,你能帮助我们。"

[①] 梯培(Tibault):典出列那狐(Reynard the Fox)故事中的猫角色,在莎翁剧作《罗密欧与朱丽叶》中亦有同名角色,被讥讽地称为"猫之王子",因其挥舞刀剑时仅能发出嘶嘶响声。

[②] 巴卜先生(Mr. Bub):典出"蝇王"别西卜(Beelzebub),绯尼基人的神,新约圣经中称其为鬼王。

第十三章

  脑袋里仿佛鼓点般的血流声吵醒了凯伊。每一下落在后脑勺上的脉搏都将疼痛如波浪般传遍骨骼。
  他睁开眼睛,破开眼睑凝结的黏液,但见到的只是茫茫黑暗。他使劲眨眼,想让视线聚焦在阴影中朦胧可见的几何线条上。他感觉到面前有一个一直延伸出去的东西。
  凯伊觉得寒冷刺骨。他呻吟着抬起头,伴随这个动作而来的是一连串逐渐增强的疼痛,他扭转脖子,试图移动身体。双臂很疼,他觉察到双臂直挺挺地伸在头顶上,被牢牢地固定住了,衣衫也被剥个精光。他再次睁开双眼,发现有根脏兮兮的粗绳在手腕上捆了几道,绳索的另一头消失在幽暗的上方。他悬在半空中,重力拉扯着身躯,腋窝处皮肤紧绷。
  他试着扭动身躯,想弄清此刻的处境,但动作在一瞬间就被阻止了,因为双脚拒绝听从命令。他摇晃着晕眩的脑袋往下看,这才发现自己全身赤裸,阳具在寒冷中缩成皱巴巴的小小一团。同一根绳索也捆住了脚腕,分开他的双腿。凯伊的躯体被固定成X形,悬挂在黑暗中,这会儿他开始意识到手腕、脚腕和胳膊疼得有多厉害。阵阵寒风扑面而来,激起了一身鸡皮疙瘩。
  凯伊猛然惊起,他使劲眨眼,想弄清楚这究竟是什么地方,他再次垂下

117

KING RAT

眼睛去看脚下。冷风刺透了脑袋里的混沌痛觉,他逐渐意识到周围也有散射的光线。悬空的脚趾之下,阴影中的形状清楚起来:锐利的线条、混凝土、螺钉、木头、铁轨。

凯伊晃晃悠悠地抬起脑袋。他想把头部往后甩,去看清楚背后。

突如其来的巨大惊吓逼得他大叫一声,叫声在密闭空间中前后回荡。

身边有个小灯泡半心半意地漏出浅棕色的光线,照亮了满是灰尘和小块垃圾的地下平台。眼前的黑暗在头顶戛然而止,隧道的砖砌拱顶取而代之。拱顶弯曲着伸向左右两侧。右手边是一面墙,左手边是站台的边缘。捆住他的绳索来自于拱顶,有几颗硕大的钉子随随便便地敲进了古老的砖墙,绳索就绕在那几颗钉子上。

他以十字形被挂在隧道的入口处,列车将从这里驶出。

凯伊的惨叫声在附近不住回荡。

他摇晃身体,想挣脱束缚,却无济于事。他陷入了彻底的恐惧中。被赤身露体地挂在列车行进的路线上,他毫无抵抗的能力可言。

他喊了又喊,但无人回应。

他尽可能地向后扭头,双眼狂乱地扫过一处又一处的砖墙表面,想找到能告诉自己身处何方的线索。站台的边缘黑乎乎的,挂海报的位置空着,上方的空间也是黑乎乎的。这是北线。在受限的视野边缘,他看见了地铁标志的曲线边缘,蓝线将红圈一分为二,中间写着站名。他使劲扭头,不去理会脖子和颅骨传来的剧痛,想用下巴将肩胛推出视野,他拼命想看清楚他究竟在哪儿。他的身体前后颤抖,标志移进移出他的视野。他瞥见了标志中有两个单词,一个叠在另一个上面。

顿、站······宁顿、月站······

莫宁顿新月站。古旧的北线上,位于尤斯顿和坎登镇之间的鬼魂车站:这个偏僻、狭小的地铁站在八十年代末关门修缮,从此再没有重新开张。列车经过时要放慢车速,以免在空旷地带吸出真空,乘客或可看到一两眼站台。有时候墙上挂着安民告示,保证地铁很快就会恢复运营,有时候荒弃的

音韵课和历史课

水泥地面上扔着些看不太清的机械部件,用以修理各个状况不佳的地铁车站。通常情况下什么也没有,只有微弱的灯光照出标示站名的牌子。这个车站半生半死,没有得到安息的机会,被迟早能重新投入使用的不可靠承诺纠缠着。

凯伊听见背后传来脚步声。

"谁在那儿?"他喊道,"是谁啊? 救命!"

无论那是谁,当凯伊拼命扭头张望的时候,他始终站在月台上凯伊的视线之外。凯伊疯狂地把脑袋朝左肩扭到了极限。脚步声靠近了他。一个高个子人影踱进视野,他正在读着什么。

"还好吧,凯伊?"皮特头也不抬地说,他边读手中的东西边咯咯直笑,"上帝啊,这伙人,他们还真是喜欢炫耀呐,你说对不对?"他举起正在读的东西,凯伊发现是自己刚买的一张CD,《鼓打贝司巨作之三》。凯伊挣扎着想说什么,但忽然恐惧得口干舌燥。"'粗汉MC向你们怒喊:马虎黑帮、羞涩FX,'等等等等,'还有打北边、南边、东边、西边来的小伙子们,记住……这是伦敦的杰作! 都市风格的少数族裔聚居区贝司!'"皮特抬起头,咧嘴一笑,"凯伊,这可真是太傻了。"

"皮特……"凯伊终于发出了嘶哑的声音,"发生什么了? 兄弟,快把我放下来! 我怎么到这儿来了?"

"呃,我有些关于某人的问题想问你。我对某些事情很感兴趣。"皮特继续前行,接着读了下去。他的另一只手拿着凯伊的包。他换了张CD。"《丛林音乐对战重踏舞曲》。我操! 想跟娜塔莎合作,我非得学会许许多多的新词儿,对吧?"

凯伊舔了舔嘴唇。尽管他冷得直抖,但同时也汗流浃背。惊恐使得他浑身汗津津的。

"兄弟,你是怎么到这儿来的?"他呻吟道,"你想要什么?"

皮特转身面对他,收好CD,在凯伊左手边的站台上蹲下。凯伊发现,他的长笛如短剑般插在腰间。

119

"时间还早,凯伊,估计还不到五点。北线还得有一会儿才开始运营。没什么,就是想起来跟你说一声而已。还有,对了,我想要什么……嗯。你走后没多久,我也离开了夜店,往娜塔莎的住处走,想跟你说说话什么的。看看你在搞些什么名堂。听你们一直在说你们的朋友有难之类的话,我相当感兴趣,我想单独找你聊聊——看你能不能跟我说些他的事情。

"然后呢,我正在走向你的时候,我在下风处,闻到了一股非常特别的味道,我一直在追踪这股味道的主人。我忽然想到,你的朋友也许认识我正在追踪的那个家伙!"他露出通情达理的笑容,把脑袋往侧面一歪。

"就是这样。你昨天夜里确实碰到了你的朋友,对吧?"

凯伊吞了口唾沫:"是的……可是皮特……放我下来……求你了。我什么都告诉你,只要你能放我……求你了,兄弟……你可把我吓坏了。"

凯伊的大脑转得飞快。他的头疼得厉害,没法好好思考。皮特是个疯子。他又吞了口唾沫。必须让皮特把他放下来,必须现在就放下来。凯伊没法清晰地整理思路,恐惧引发的肾上腺素正在涌动,其效果压倒了一切。他正剧烈地颤抖着。

皮特点点头。

"你被吓坏了,凯伊,我并不惊讶。你的朋友在哪儿?"

"你说的是绍尔?我不知道,兄弟,真的不知道。求你了。"

"绍尔在哪儿?"

"他妈的快把我放下来!"

凯伊失去了自制力,开始哭泣。

皮特若有所思地摇摇头。

"不行。你要明白,你还没有告诉我绍尔在哪儿呢。"

"我不知道,我发誓我真的不知道!他,他,他说他在……"凯伊搜肠刮肚地寻找能告诉皮特的话,能救他一条小命的情报,"求你了,放开我!"

"绍尔在哪儿?"

"下水道!他说了什么话……他臭死了。我问他去了哪儿,他说下水道什么的……"凯伊的腰部使劲扭动,双腿拼命蹬踹结实的绳索。

"这个就有意思了,"皮特往前凑了凑,"他说在下水道的哪儿了吗?因为我经常怀疑……我正在追踪的那家伙在利用下水道。"

凯伊在啜泣。

"没有,兄弟,他没说别的……求你了……求求你……他很古怪,说话声音很古怪,臭烘烘的……他没告诉我别的……求你了,放我下来!"

"不行,凯伊,我不会放你下来的,"皮特的声音陡变,充满了难以言喻的恶意,他站起来,大踏步地走向凯伊,"现在还不行。你要明白,我想知道你对你的绍尔朋友了解多少,因为这对我至关重要。我想知道有关他的一切事情,凯伊,懂了吗?"

凯伊含混不清地说起话来,拼命回忆他知道的所有事情。他喊叫着下水道,一遍遍说绍尔浑身臭烘烘的,说他躲在下水道里。他倒空了所能想到的所有话语。他悬在半空中,一边抽泣,一边扭动。

皮特记着笔记,不时饶有兴致地点点头,仔仔细细地在小笔记簿上写着字。

"跟我说说绍尔的生活。"他低着头说。

凯伊说起绍尔的父亲,那位饱受他们所有人嘲笑的胖子社会主义者。说起绍尔与女友短暂而灾难性的同居生活。他如何搬回家去住,说是暂时性的,却"暂时性"了两年。凯伊说个不停,说起绍尔的朋友,绍尔的社交生活,丛林音乐,各个俱乐部,说话的时候,凯伊的泪水汩汩而下。他可怜巴巴地急于讨皮特的欢心。每次呼吸都伴随着一下啜泣。他没什么可说的了,他很害怕,因为当他跟皮特描述绍尔时,皮特看起来挺高兴,而凯伊唯一想做的事情就是让皮特高兴。然而,他实在没什么可说的了。

皮特叹了口气,把笔记簿收进衣袋。他瞥了一眼手表。

"谢谢你,凯伊,"他说,"你无疑在琢磨这一切到底是怎么回事,我究竟在盘算什么。真抱歉,我不能告诉你。但你帮了我很大一个忙。下水道?我也想到了,一个人要不是迫不得已,恐怕是不会蹚着粪便走来走去的,对吧？下水道不算我的地盘，明白我的意思吗？我必须把他弄出来才行。"他轻松愉快地做了个鬼脸。

"也许……也许……您……可以……放……我……走……"凯伊从不住打战的牙齿中间挤出这几个字。他的身体随着啜泣而颤抖，皮特说的每个字都让他更觉寒冷。

皮特看着他，露出了笑容。

"不行，"他踌躇片刻，答道，"恐怕不行。"

凯伊再次开始尖叫，叫声传进他面对的隧道，在他周围回荡。他又是威胁，又是哄骗，又是乞求，而皮特一概置之不理，只是继续用亲切友好的语气说话。

"你对我不了解，凯伊。我会耍把戏。"他抽出腰间的长笛，"看见这个了？"凯伊还苦苦哀求。"我会演奏这东西，能按照我的心思召唤任何东西。奏出合适的音符，我能让蟑螂围住我们，或者老鼠，只要离我近得能听见就行。召唤它们的感觉可真好啊。"他轻声哼唱出了最后这句话，听见他湿漉漉的黏腻声音、饱含恶意的甜美语调，凯伊不禁有些反胃。

"看着这些隧道，我在想它们看起来多么像蛀孔啊，"皮特继续说道，"要是奏响长笛，你认为我能召唤来什么？"

皮特把长笛凑到唇边，开始演奏，吹出一种怪异的嗡嗡声，这哀歌有催眠效力，淡淡然地盖过了凯伊语无伦次的恳求。

凯伊望向隧道出口。

曲调在他身后不停地奏响，凯伊能听见踏脚的声音，皮特随着自己的曲调翩翩起舞。

凯伊的四周忽然起了风，空气从远处被推向他的面门。

前方的幽暗深处，有什么东西在低声吼叫。

凯伊像个淫秽玩具似的被挂在半空中，赤裸裸、圆滚滚，地下的黑暗向他张开了大嘴。

吹来的风愈加坚决了，吼叫声再次响起。凯伊在绝望中惊声尖叫，恐惧

音韵课和历史课

让他浑身发软,他在绳索的束缚中瘫了下去,感觉到尿水沿着双腿淌下。音乐还在继续。

铁轨在疾驰而来的重量下变形移位,发出的声音仿佛钢鞭抽打。大风吹着凯伊,推开了盖住脸膛的头发。纸屑和尘土旋转着飞出黑暗,围绕着他,贴在他身上。眼里、嘴里满是沙粒,他拼命眨眼,吐出嘴里的碎石。可怖的绝望占据了他的心神,他想看清楚正在发生的事情。

低吼声越来越响,连成一片,变作了嘈杂的铿锵声,开始盖过冷冰冰的笛声。一个庞然大物正在冲向凯伊。

灯光在远处出现,两个脏兮兮的白色光团,似乎正在爬向凯伊,似乎下了永远也不到站的决心。他在绝望中推断出,只有风和噪音在高速运行,但就在他这样想的时候,他忽然发现那两盏灯在转瞬间已经到了离他那么近的地方,凯伊又是扭动,又是挣扎,又是高声向上帝和耶稣祈祷。

灯光突然朝他直冲而来,他仿佛被卷入了龙卷风中。吼叫声和隆隆声在隧道里轰然回荡,透着古怪的愤怒和犹豫,像是空洞的咆哮。两盏灯将铁轨照得透亮如发光的绳索。北线地铁今天的头班车——肮脏的米黄色车厢出现在了眼前,驾驶员的车头窗此刻还仿佛一条黑色裂隙。他肯定能看见我,凯伊心想。他会停下的!然而,车头那巨大的平面却在以可怕的速度势不可当地前进,推开空气,掀起夹带尘土的大风。这速度快得太过分了,凯伊心想,停下吧,但那两盏灯却还在靠近,丝毫没有减速,隧道里的吼叫声变成了死神的咆哮,强光照得凯伊目眩神迷,让他丧失了视觉,他一边嘶喊一边仰望上方,他仍旧能听见笛声,永远能听见背后传来的笛声,他抬起头,望着挡风玻璃上的镜像,瞥见了他可笑的小小躯体:仿佛医学标本般伸展四肢挂在半空中。视线越过挡风玻璃,越过自己的镜像中大张着的嘴巴,望着直冲而来的司机那怀疑的眼神,司机的脸上露出难以置信和恐慌的表情,一双吓呆了的眼睛,凯伊看见了那人的眼白……

车头窗如巨大的血泡般轰然破碎。今天的首班北线地铁抵达了莫宁顿新月站,费力地放慢车速,滴着鲜血,做了一次计划外的停车。

123

PART 4
【鲜血】

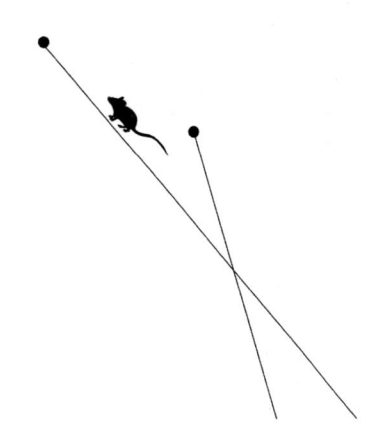

第十四章

白昼降临,进入城市。在阴沟里,在屋顶上,在运河桥下,在伦敦的各个狭窄角落,鼠王与同志们不停地举行军事会议。

绍尔坐在旁边,听着那三个幽魂般的人影交头接耳。

他们说的大多数内容对绍尔来说毫无意义,提及的人名、地名和事件都是他难以理解的。但从他们粗鲁的交谈中不难听出,尽管宣战的话说得冠冕堂皇,但鼠王、洛洛和阿南西都不知道接下来该怎么办。

令人乏味的真相是:他们很害怕。争论有时候会过于激烈,三个家伙乱哄哄地互相指责别人怯懦。这些指责是真的。车轱辘般的讨论、半心半意的计划、炫耀使性斗狠的天性,他们的全部行动都改变不了一项事实:三个人都知道,面对面的挑战将使他们中的一位陷于万劫不复之地。

只要吹笛手把笛子放到嘴边,或者撮唇而啸,甚至只消哼个小调,他们中的一个就会被他控制,就会被迫加入敌方阵营。他的眼睛将会失神,会开始与同盟者战斗,耳朵只听得见食物、性爱和自由的诱人曲调。

阿南西会听见行动迟缓的肥硕苍蝇在嘴边乱撞,渴求恋爱的轻快脚步声会踏过宽大的蛛网,前来与他交合。这就是他在巴格达听见的,吹笛手就在那一刻无情地施以痛击。

KING RAT

洛洛知道他会听见如线花丝折断的声音,草根被推到旁边,多汁的虫子盲目地拱到了阳光下,向着他的鸟喙而来。他会听见空气拂动的声音,感觉到自己掠过城市上空,与来自天国最美丽的鸟儿婉转啁啾。

鼠王会再次听见地狱的食品储藏室慢慢打开房门的声音。

他们三位都不想死。但这个任务注定了有人必然要被毁灭。动物强烈的求生本能似乎在阻止他们用哪怕三者之一的性命冒险。这场争斗没有浪漫的自我牺牲的容身之地。

绍尔模糊地意识到,他是这场争论中的一个至关重要的因素,说到底,他正是可供部署的终极武器。这个点子尚未让他感到害怕,因为他还没有开始认真考虑这件事。

有些日子,洛洛和阿南西会离开。绍尔和鼠王待在一起。

每次走路、攀爬和吃饭,他总感觉自己更强壮了。在储气塔的侧面攀爬时,他会一边俯瞰伦敦,一边心情畅快地思考我是怎么上来的?他们穿过伦敦城的旅程越来越少,越来越不规则。绍尔有些泄气。他的动作比以前更快,也更加安静。他想外出漫游,想有所成就——有时候,他还想做属于他的标记,他发现了贴着墙壁撒尿的乐趣,尿液气味强烈,他知道这个角落从此属于他了。他的尿和声音一样,也在改变。

绍尔每次醒来,鼠王总是在场。这种新的生活方式与被他抛下的人类世界格格不入,一开始的兴奋过去以后,时光流逝的速度让绍尔有些沮丧。老鼠的生活很枯燥。

独处的时刻依然让他备感刺激,但这些时刻不会很多了。

他知道鼠王在等待。他凶狠地与同伴进行的轻声争论成了绍尔生活中的焦点。他们用沙哑的咝咝声和粗粝的音调暴躁地争论,阿南西的蛛网能不能撑得住吹笛手,如何抢夺长笛才是最好的办法,蜘蛛和鸟儿谁能提供更好的掩护。鼠王越来越暴躁。他孤身一人。他无法指挥任何军队参加战斗。老鼠冷落他,不理会他的命令。

绍尔越来越安静,这三个生灵构成了他的生活圈,他对他们有了更多的

鲜 血

了解。

一天深夜,他独自在屋顶上,背靠着一处空调通风孔坐着,鼠王在底下的小巷觅食。阿南西爬上了前方一幢大楼的侧面。绍尔在阴影中一动不动,阿南西直勾勾地朝他的方向看了一会儿,然后继续扫视这片屋顶。

我越来越在行了,绍尔心想,无端地骄傲起来。*现在连阿南西也看不见我*。

阿南西偷偷地向前移动,头顶上黑红色的云朵互相叠压,一团团争先恐后地露出颜面。雨意盎然。阿南西蹲在屋顶上,和平时一样不畏寒冷,赤裸着上半身。他伸手从口袋里掏出一把亮晶晶的细小躯体,它们不停蠕动,发出嗡嗡的声响。他将这些昆虫一把塞进嘴里。

绍尔看得入神,一边皱起了脸,一边睁大双眼。目睹的场景并不让他吃惊。他觉得他听见阿南西嘴里传来几丁质[①]翅膀振动的嗡嗡声,直到他收紧面颊为止,他看见阿南西使劲吮吸没有咀嚼,而是抿住双唇,转动嘴巴,仿佛正在从大号空心糖球里吮吸果汁。

传来了一阵十分轻微的嘎吱嘎吱声响。

阿南西张开嘴,伸出紧紧卷成U形的舌头。他用力吐气,像是正吹风管。几丁质如瀑布般飞过屋顶,落在绍尔的脚边。那是苍蝇、木虱和蚂蚁脱了水的残躯。

绍尔站起身来,阿南西显得有些吃惊,有一瞬间他瞪大了双眼。

"怎么着,小伙子,"他心平气和地盯着绍尔说,"没瞅见你在那儿。你小子够安静的。"

洛洛比阿南西更难受到惊吓。他会忽然从烟囱和垃圾箱背后钻出来,浮华的长衣翘在背后。他的路线通常难以看清。他时不时地抬头眺望,对着天空长叹一声"哎呀!"然后,就会有一只鸽子或一群星椋鸟又或是一只画眉遵从他的号令,忽然从云端飞下来,紧张兮兮地落在他的手腕上。

[①] 几丁质(chitin):构成节肢动物外骨骼的保护性半透明坚硬物质,主要成分为含氮多聚糖。

他会凝视鸟儿,然后飞快地瞥一眼绍尔或正在看他的其他人,露出满意的笑容。他会将视线放回鸟儿身上,忽然变得专横,吼叫着对鸟儿下令,鸟儿会露出奉承的姿态,对他敬礼,上下点头,弯腰鞠躬。接着,洛洛又忽然变成了仁慈公正的君主,不再那么幼稚地展示权力,而是喃喃安慰他的臣民,将鸟儿扔出去,用高贵的祝福视线目送它飞得无影无踪。

绍尔认为洛洛还有点儿疯狂。

至于鼠王,鼠王还是那个鼠王:一口伦敦腔,坏脾气,暴躁,游离于尘世之外。

凯伊没带娜塔莎家的钥匙回来,娜塔莎不得不叫醒了楼下的邻居,她在邻居家留了一副备用钥匙。

凯伊就是这个样子,晃晃荡荡地走掉,全然忘记还拿着她的钥匙。娜塔莎等着他打来电话,用愉快的语气道歉。但他没有打来电话。过了几天,娜塔莎拨打凯伊的号码,与凯伊同住一套公寓的人说他们有好些时候没见过他了。娜塔莎气得暴跳如雷。又过了几天,娜塔莎录了首新歌,下定决心等凯伊再次露面,非得好好教训他一顿不可。

警察的确也来找了娜塔莎。她被带进警察局,一位名叫克罗利的沉稳男人录了她的口供,克罗利变着法子问了娜塔莎好几次,绍尔失踪后她有否见过绍尔。他问娜塔莎她是否觉得绍尔有杀人的胆子。他问娜塔莎怎么看绍尔的父亲,绍尔怎么看他自己的父亲,然而娜塔莎从未见过绍尔的父亲。他问娜塔莎绍尔对警察有什么看法。他问娜塔莎她对警察有什么看法。

他们放娜塔莎离开以后,她怒气冲冲地回到家里,发现门上夹了张法比安留的字条,说他在夜店等娜塔莎。她带着法比安回到家里,两人抽了根大麻卷,听着法比安突兀的咯咯笑声,娜塔莎用《法令》[1]里的一大堆采样在编曲机上作了首丛林音乐。两人为这首歌起名《操你妈的警察先生大人!》。

皮特来得愈发频繁。娜塔莎等着他对自己下手,她跟绝大多数男人共

---

[1]《法令》(The Bill):英国电视剧,描述警局生活,从1984年播映至2010年。

处久了似乎总会发生这种事情。他却没有,这让娜塔莎松了一口气,因为她对皮特完全没有兴趣,也不想去面对他的尴尬表情。

他听了越来越多的鼓打贝司音乐,评论也越来越能一语中的。娜塔莎取了他笛声的采样,混进她的乐曲中。她喜欢长笛发出的声音。其中蕴含着某种有机物的气息。一般情况下,对于高音部的主要声音来说,她总是用数字音源合成一些东西了事,那些声音中没有灵魂,尽管她向来热爱这种特质,但现在听来却变得陌生了。她喜欢他长笛奏出的声音,换气时的短暂停顿、慢速播放时的些微震颤,这些难以觉察的不完美之处,正是人类这种动物的标记。她让贝司跟随长笛音轨的脚步。

她还在试验,而且在皮特不在场的时候录制大量音轨。过了一段时间,她将她对长笛做的试验集中在了一条音轨上。有时候,两人合作演奏,她忽然加入打击乐的音轨、贝司的线索或其他什么插入动机,他总是会在高音部随机应变。她随心所欲录制一段段音乐,脑子里有个念头逐渐成形,那就是他们应该如何合奏:一段爵士丛林,这是对鼓打贝司法则的最新也是最具争议性的曲解。

但就此刻而言,她把精神集中在她命名为《风城》的这首曲子上。她日复一日地拈起它,细细调整,向低音部增添一层又一层的音色,逗弄长笛的声音,使之自我回卷。

她有了自己正在追求什么的明确感觉,她要的是"人民公敌"乐队[①]那种神经质的节拍,特别是在《对漆黑行星的恐惧》专辑中表现出来的,就像是一条高音线不停地扭头往自己背后看。她取了长笛的和弦,将其拉长。重复使听众警觉,等待陈述的开始;娜塔莎让长笛作了太多的声明,以其最纯净的音色周而复始、周而复始,直到纯洁性化作偏执狂的证据,单纯的甜美声音消失殆尽。

皮特很喜欢她正在做的事情。

她不肯让皮特在完成前听到这首曲子,但偶尔也耐不住他的苦苦纠缠,

[①] "人民公敌"乐队(Public Enemy):美国老牌嘻哈乐队,成立于1982年。

播放其中的片段，十五秒的乐句。事实上，尽管她总是装出恼怒的样子，私底下却很享受皮特听曲子时欢天喜地的神色。

"天哪，娜塔莎，"他听着音乐说道，"你真的理解我。比我想象中更理解。"

莫宁顿新月站凶杀案的场景仍搅得克罗利心神不宁。

虽说也报导了不明身份受害人的死讯，但其中错综复杂的细节却作为保密内容被扣了下来，这类似于新闻管制。警方抱着虚幻而绝望的期待，希望在私底下琢磨那些难以置信的事实，在内部悄悄地把这个案子消化掉，或许，他们可以理解这究竟是怎么一回事。

克罗利不相信这个法子行得通。

这桩罪案与他本人的调查没有联系，但克罗利前去勘察了犯罪现场。这桩命案的现场环境稀奇古怪，让他想起了绍尔失踪和两名警官遇害的怪异特性。

克罗利站在月台上，列车依旧停在原处，距离那位歇斯底里的司机报告的那桩让人摸不着头脑的案件已有数个钟头。经过短暂的现场勘察，警方推断司机所说"浮在空中的男人"是被绳索悬吊在了隧道的出口处。磨损了的绳索从砖壁上垂下来。他们疏散了为数不多的几名乘客，司机和心理顾问去了车站的别处。

列车前部溅满血迹。没留下多少尸骸可供辨认身份。

撞击使得牙医记录也没了用处了，金属和玻璃无情地撞烂了受害者的脸部。

你无法逃离这场血案，尸骸散落四周，有掉在站台上的，有溅在墙上的，有碳化在通电的铁轨上的，有随着重力完全染红了第一节车厢侧面的。摄像头没有拍下罪犯和受害人的身影。他们来去无踪。就仿佛金属长钉、染血的断头绳索和破碎的尸块都是自然而然地从黑暗隧道里长出来的。

克罗利与执行调查的警探交换了几句意见，对方抵达现场已经有一个多钟头了，但双手仍在抖个不停。克罗利能将这个案子与他的调查联系在

鲜 血

一起的理由微不足道。甚至连两者展现出的野性都不一样。从证据上看，两位警察都死于由极大愤怒所驱使的行为，那是发自内心的行为，残忍而有效率。但这却是富有想象力的施虐狂的杰作，仿佛是什么仪式，是在向某个危险的神祇献祭。这样的设置正是为了剥夺受害者的尊严和哪怕最后一丝一毫的力量。想到这里，克罗利不禁要猜测列车到达的时候，那个男人（警方找到的尸块告诉他们，这是一名男子）是否醒着，是否神志清楚，恐惧和反感掠过心头，他拧起了脸。

即便如此，尽管如此，虽说有诸多不同之处，但克罗利还是感觉到他正在脑子里将这几起罪案联系起来。

在这些轻易取走性命的可怖行为中存在某种东西，那种力量感似乎渗透了这几个谋杀现场，是一种确定而决然的信念：凶手知道这些受害者连最小的逃生机会也没有，连一秒钟也没有怀疑过自己。

他请还在颤抖的坎登镇警探只要有任何进展就联系他，暗示他也许能够在几个案件之间建立联系。

现在，案发几天之后，克罗利仍旧在睡梦中重访莫宁顿新月站：墙壁被血污涂得乱七八糟，活像个屠宰场，地面铺着红色的地毯，四处是内脏机体做的装饰。

克罗利相信，他正在调查的这三起杀人案背后还有秘密。事情没那么简单，警方知道的还太少。事实仿佛铁板钉钉，但他依然愿意相信绍尔不是凶手。这坚定但模糊的信念成了他的避难所，他相信有什么大事件正在进行中，是什么难以解释的事情，无论绍尔做了什么，他都不该为此负责。绍尔也许是突然发了疯，或者是被他人控制了，或者还有其他什么缘由，克罗利对此尚一无所知。

第十五章

很长时间以来,皮特一直在央求娜塔莎带他去丛林音乐的俱乐部。娜塔莎发觉他纠缠起来非常惹人讨厌,于是问他为啥不自己去,他嘟囔着说什么他是新来的,会被人欺负云云(考虑到许多俱乐部里的气氛,如此看法倒是相当公正,十分合理)。不过,他的胁迫始终停留在抱怨的范围之内。

他的借口还不止这一个。皮特的第二个借口是,他不知道该往哪儿去,要是跟着《Time Out》①上诱人的推荐词走,多半会在某个硬核铁克诺②音乐之夜化作无主孤魂什么的。而娜塔莎正恰恰相反,她见过世面,不需要花钱就能走进伦敦随便哪个最挑剔的夜店。她拿人情抵账就行,用她早年做音乐的时候积累下的旧债换门票,因为她知道许多名字,认识许多面容,懂得该怎么说话。

大象与城堡地区③流言四起。AWOL 和 Style FM 这两帮人正在铁路附近的一个仓库联手组织舞会。

---

① Time Out:重要的消费导刊,在全球各大城市均有分刊。
② 铁克诺(Techno):或译"高科技舞曲",发源于20世纪80年代中期到晚期的密歇根州底特律市,与浩室、丛林等音乐类型关系密切。
③ 大象与城堡(Elephant and Castle):伦敦一地区名。

鲜 血

所有人都会去，消息开始传进她的耳朵。她的熟人，绰号"三指"的DJ来电请她参加，带上一两首曲子，他准定播放。愿意的话，她还可以上台表演。

娜塔莎还没有带皮特上台的念头，但让他露露面或许不是坏主意。她有个把月没有好好疯上一晚了，皮特的恳求是说服自己参加的好理由。"三指"把娜塔莎列在了"可任意带人进场"的名单中。

法比安立刻说他也要去。他感激涕零到了让人可怜的地步。凯伊仍旧联系不上，他已经失踪了一个多星期，娜塔莎和法比安终于开始心生不安。然而，当他们开始准备突击南伦敦的时候，这件事情又被忘到了九霄云外。

皮特陷入了狂喜状态。

"好好好！太棒了！这一天我等了几百年！"

娜塔莎发觉自己不得不扮演丛林保姆的角色，心情一下子低落起来。

"唉，呃，皮特，我不想让你失望。但你必须明白，我在那儿不会罩着你。明白吗？咱们一起去，我听音乐，你跳舞，你爱什么时候离开随便你，我爱什么时候离开随便我。我去那儿不是为了介绍你跟大家认识的，听懂我的意思了？"

他投来奇怪的视线。

"当然啦。"他皱起眉头说，"娜塔莎，你似乎对我有些奇怪的看法。我才不会一晚上都跟着你转悠呢，而且我也不打算……让你显得不酷，行了吗？"

娜塔莎摇摇头，有些恼火也有些尴尬。有个脖子如铅笔的怪咖白人跟在自己屁股背后，这对她这个正当红的"鼓打贝司"高手营造的形象没有半分好处。娜塔莎只是模糊地感觉到了这个念头，但被人当面心平气和地揭穿使得她落了下风，心情十分不好。

皮特对她咧嘴微笑。

"娜塔莎，我想去是因为我找到了一种我从不知晓其存在的新音乐，尽管我看起来不像，但我觉得这种音乐能够为我所用，我也许可以制作这种音乐。我想你也有相同的看法，因为你还没有停止给我录音。"

"因此,请不要担心我会让你在朋友面前丢了面子。我只是想去听听音乐,见识一下那场面而已。"

最后一轮争吵之后,阿南西失踪了。洛洛在附近地区又逗留了一两天,但最后还是跟随蜘蛛藏了起来。

鼠王意志消沉,情绪恶劣。

绍尔拽着自己的身体爬进下水道,小心翼翼地不弄洒手里的那袋食物。他穿行于隧道之中。上面的街道在下雨,饱含酸性物质的脏水不断淌进隧道,在绍尔的腿边打转,想将他拖进水中,水流差不多有半米深,速度很快,污物稀释得很淡,平时那种暖烘烘的堆肥气味基本上散尽了。

鼠王除了觅食之外什么也不做,绍尔对他的自怨自艾很不耐烦,于是离开王座房间,去了垃圾堆食物处。鼠王对他愈发的放任自流。坚持多日的神经质般的管制到此时几乎消失殆尽。随着他的情绪越来越糟糕,把绍尔置于视线之内的决心也松懈了。

绍尔明白这意味着什么。他对鼠王的价值并非出自血缘。鼠王之所以把他救出监狱,并非因为他是鼠王的外甥,而是因为他有用处,是因为他的血统独一无二,对吹笛手的力量是个威胁。对抗吹笛手的阵营在微不足道的争斗和吵闹、怯懦和恐惧中土崩瓦解,绍尔对鼠王的意义越来越小。没了进攻计划,他该怎么部署这个天赐的武器呢?

绍尔在湿漉漉的隧道中小心翼翼地前行,他忽然听见了什么声音。混凝土的墙缝中站着一只泡了水的老鼠,还没睁开眼睛的幼崽在身后暗处吱吱尖叫。

她站在灰色墙缝的边缘上,望着滔滔流水,不知该如何是好。她和正在上升的水面仅有十几厘米左右的距离,居住的安适孔洞即将变成水封坟墓。她的视线扫过隧道:站立之处的对面还有另外一个洞口,是条从深处斜向上延的辅助通道。

老鼠嗅到了绍尔,用后腿站立起来,发出了特别的叫声。

她在黑暗中上下跃动,尽管始终看不到绍尔的脸,但显然意识到了他就

鲜血

在附近。母鼠又叫了一声，拖着长音的尖叫声中没了他们平时的讥讽调门。

绍尔在她面前停下，把塑料袋往肩头一搭。

老鼠在恳求他。

她在请他施以援手。

音调中透着乞求的意味，绍尔想起了两周前跟随他的老鼠大军，那些老鼠似乎受渴求和绝望驱使，急于向他一表尊敬。

这儿不行，那只湿透了的老鼠对他卑躬屈膝，流露出如是情绪。这儿不行，这儿不行！

绍尔向她伸出胳膊，她跳上绍尔的手。一群幼鼠熙熙攘攘地奔出水泥墙面上的洞穴，绍尔把手掌往朽烂的石壁深处又探了几分。小小的躯体推推搡搡地爬上手掌，躺在那儿蠕动着。他轻轻合拢手指，做成一个保护性的笼子，收回胳膊。水面还在升高，这个小小的家庭在他手心颤抖着。

他横穿隧道，将他们搁在那条壁架上，母亲可以把子女带离有危险的地方了。她从绍尔面前退开，使劲点头，叫声变了音调，不再有恐惧了。

老大，她对绍尔说，老大，然后转过身，带着家人离开他的视线，走进黑暗。

绍尔靠在湿透了的墙壁上。

他知道正在发生什么事儿。他知道老鼠想要什么。他认为鼠王不会喜欢这件事。

绍尔回到王座房间的入口时，水流更加湍急，水面还在上升。他在水面下摸索了好一会儿，这才找到遮蔽斜道的盖板，拉开后带出了一个忽然爆开的气泡，他随着水流汇成的瀑布滑进底下的黑暗房间，随手关上背后的门。

他屁股着地，落在池子里，溅起一团水花，然后站起身，走上没有水的砖砌地面。水在背后从没有封牢的砖石入口滴进房间，也沿着墙壁淌进房间，但这个房间实在太大，暗处泄洪道的设计也非常有效，环绕岛屿般的砖石结构的护城河只比平时略宽了几分而已。大雨得接连不断地下上好几天，才有可能威胁王座房间里的空气供应。

鼠王坐在气势恢宏的砖石座位上沉思。

绍尔恶狠狠地瞪着他,伸手从塑料袋里往外拿东西。

"给你,"他说着将一个纸袋抛过房间。鼠王单手接住,连头也没抬。"有点儿法拉费①,"绍尔说,"有点儿蛋糕,有点儿面包,有点儿水果。正适合君王享用。"最后一句纯属撩拨,鼠王却没有搭腔。

绍尔盘着腿坐在王座的地基上。他自己的那包食物和鼠王的差不多,不过重点更偏向甜食。虽说走上了老鼠的道路,但绍尔对甜食的偏爱却依然不减。只要有可能,他就会放纵自己享受水果腐烂带来的额外丰美味觉。

他从口袋里掏出一个桃子,这个桃子的表皮遍布瘀伤,没有留下任何缝隙。他一边吃,一边望着阴沉的鼠王。

"我他妈的受够了,"最后,他终于怒喝道,"你到底是怎么了?"

鼠王转过头来瞪着他。

"闭上鸟嘴。你他妈的知道个屁。"

"知道吗? 你一股自怨自艾的臭味。"绍尔忽然大笑一声,"你没看见我这个德性,对吧? 要是有谁应该……闷闷不乐的话……那也该是我。你把我从原来的生活中劫走,让我过上了这种该死的……噩梦……我怎么着? 去他妈的,行啊,车到山前必有路,我干得还真不赖,对吧? 而现在呢,鼠王子绍尔能够自理生活了,你却搞得这么阴沉,像是换了个人。他妈的到底是怎么了? 你……唤醒了我,让我做好准备,为了天晓得的什么目的,结果你却消沉了下去。我他妈的该怎么办?"

鼠王轻蔑地看着绍尔,有些不太自在。

"二杆子,我根本不明白你在扯什么淡……"

"少跟我说这种话! 天哪! 你他妈的到底要我干什么? 难道要我来是给你打气的? 是不是要我给你两巴掌让你清醒清醒? 让你继续奋斗下去? 去你妈的! 你要坐在你的老鼠屁股上接着阴沉下去,行啊,没问题。不如把蜘蛛精和洛洛叫来陪你,你们三个谁也不比谁强。但我他妈的要走了!"

① 法拉费(falafel):中东食物,用鹰嘴豆面、洋葱末和茄泥炸成丸子,拿皮塔卷饼夹着吃。

鲜 血

"牙尖嘴利的小杂种,你有什么点子吗?"鼠王带着咝咝的声音说。

"是的,我有。你们三个混蛋必须得有点儿胆色。事情就这么简单。你们都给吓坏了,之所以害怕,是因为每个人都想制定出一套保得住自己屁股的计划。很好,但这就是不可能的!你们都认为吹笛手是个超级恶棍,你们必须打倒他,而这是最后的大决战了——但前提却是谁也不用冲锋陷阵。咱们讨论这个话题的时候,我他妈的有种感觉,那就是我得替你上阵厮杀,但你还是退缩了,因为你想不出该怎么让我发挥作用,同时又无需冒任何风险。很好,老子他妈的退出了!"绍尔一路说到最后,合情合理的怒火终于爆发了。

"吹笛手也想要你的命!"鼠王嘶声说。

"没错,你说过了。很好,我和你不一样,也许我能想出应对的手段!"两人沉默良久。绍尔又等了一会儿,再次开口说话:"老鼠希望我继位。"

鼠王缓缓地转过脸来,注视着绍尔。

"什么?"

"老鼠。在下水道里。有时候也在街上,或者别的地方。只要你不在场,他们就会来找我,转来转去,磕头,吱吱叫,我开始明白他们在表达什么意思了。他们希望我继位。他们希望我当老大。"

鼠王起身了,站在王座上。

"忘恩负义的东西。匪徒……混蛋,杂种,我要踢烂你的屁股,这位置是我的,我的,你必须明白,是我的……"

"那就挺身而出吧,你这该死的旧王!"绍尔也站了起来,目光灼灼地瞪着鼠王,他的脸就在鼠王的脸底下,两人仿佛交火般互喷唾沫星子,"他们不想要你复辟。他们也不会允许你复辟,除非你能……赎罪。这片天杀的土地上似乎通行这样的道德规范。"

绍尔转身大踏步地走向出口。"我出去了。我不知道几时再回来,也不指望你会关心,因为你此刻不知道该怎么用好我。我离开的这段时间内,希望你能想清楚该如何行动。叫上洛洛,叫上阿南西,求他们帮忙,找到那个天杀的混蛋。等你有兴趣起来行动的时候,也许咱们可以好好谈一下。"他转身面对鼠王,"对了,别担心你的魔法王国。我不想当鼠王,现在不想,以后也不想,所以请别担心。我打算去找我的朋友。我看厌了你的嘴脸。"

绍尔转身荡出房间,短暂地浸没在肮脏的水中,随即钻进了下水道。

绍尔怒气冲冲地走过鼠王头顶上的地下世界,鼠王站在原处,气得浑身颤抖,他的双手一下一下地揪着长外套。最后,他停下手上的动作,颓然坐下。

他陷入了沉思。

他又跳了起来,几天来第一次有了主意。

"好的,小子,有道理哇。咱们谈谈*诱饵*的事情吧。"他对自己喃喃低语道。

他冲出房间,动作忽然又恢复了绍尔初次见到他时的样子,迂回而难解,快捷而纷乱。

他走得飞快,悄无声息地穿过一层又一层的地下世界,而绍尔还在挣扎着寻找方向。鼠王出现在一条漆黑的街道上。街道的另一侧,人们走进走出路灯映出的凝滞光圈,每个人都死盯着各自的前方。

他动也不动地站在暗处,隐蔽的双眼难以察觉地抽动着。他环顾四周,视线爬上了面前的这堵墙。他昂首阔步地前行,一条腿缓缓地画着弧线抬起来,以夸张的抛物曲线再次踏回地面,上半身只微微地摇晃了一下。他抬起头,伸展双臂,如对待情人般抓紧墙壁。他静悄悄地攀上了建筑物的侧面,靴子找到了不合常理的落脚点,双手抓住肉眼不可见的缝隙。他收拢双手,双臂肌肉一起用力,把注意力放在屋檐下的暗处。

他打开双臂,飞快地伸了出去。有什么东西在拼命振翅,一窝脏兮兮的鸽子被打扰了睡眠,突然飞出那个暗处。鸽子消失在了身后的天空中。他抽出一条胳膊,伸手抓住一只鸽子攥紧,鸽子扑棱着翅膀,想逃出他的手掌。

鼠王将脸孔凑近他的俘虏。见到他的脸靠近,鸽子停止了挣扎。鼠王

鲜 血

攥得很牢,他深深地望进鸽子的双眼。

"小家伙,你不必害怕我,"他嗯嗯地说。鸟儿一动不动,听候他的发落。"帮我个忙。去找你们的老大,替我传个话。鼠王在找洛洛。叫他来找我。"

鼠王放开他的传令兵。鸽子飞进空中,兜个圈子,掠过伦敦上空。鼠王目送它飞远。等再也看不见鸽子了,他转过身,消失在了这个黑暗的都市之中。

第十六章

从他那次独自沿西大道漫步算起,绍尔已经有很久没有单独行动过了。他的怒火逐渐减小,渐渐有熄灭的势头,他小心翼翼地填补燃料,维持着它的生命。愤怒让他觉得自己做得对。

他想离开能让人得幽闭恐惧症的下水道,想品尝冰冷的空气。从两腿周围的水势来看,上面的雨已经小了。他想赶在雨完全停下之前回到地面。

在地下的砖石世界漫游时,绍尔信任自己的直觉。下水道的法则与地面不同,区域和区域之间的差异和界限模糊不清。在地面上,他知道自己身处何方,明白自己该往哪儿走。在地底下,他只有一种含混的紧迫感,拖着他从隧道网的一个部分走进另一个部分,穴居生物的雷达在脑袋里嗡嗡直响,跟着鼻子前进就行了。他是否来过哪一段下水道,这无关紧要。反正他已经了然于胸。只有王座房间附近的地方与众不同,地下的所有道路最后都通往那个位置。

他弯腰走过低矮的砖石天花板,挤过一条又一条狭窄的隧道。

绍尔听见附近响起脚爪拍地的声音,还有兴奋老鼠单独的吱吱叫声。他看见上百个棕色的小脑袋在墙缝里偷窥他。

"嗨,老鼠们。"他边走边轻声说。

鲜　血

他发现前面有条废弃了的金属竖梯,年代久远,饱经锈蚀,梯身被雨水汇成的激流冲刷。他抓住竖梯,感觉到它在身下坍塌,趁着竖梯还没有完全解体,他飞快地向上爬去。推开窨井盖,他在艾奇韦尔路上探出了脑袋。

黄昏即将结束。街道上,黎巴嫩人开的面包店、小型计程车公司和折价电器行人来人往,脏兮兮的影音店和衣服仓储店用手绘标记宣传着各自的货品。绍尔的视线越过街对面的建筑工地。西方的天空边缘还有一抹美丽的亮蓝,向上渐变为黑色。在天际线的底端,楼宇的边缘锋利得很不自然。

绍尔悄悄从人行道上的洞口溜出,他知道只要藏在阴影中,遵守那些规则,就不用害怕被其他人看见或者听见,他有些满不在乎。绍尔轻巧地挤出洞口,拱着眉头等待着,他一看见人流中出现缺口,就一骨碌滚离了地面上那个散着臭气的洞口。

他回手去将窨井盖放回原处,却听见了许多个同时发出的吱吱声。从洞口边缘望下去,映出眼帘的是几十只老鼠的眼睛,它们都站在摇摇欲坠的朽烂竖梯上。

他打量着他们。他们注视着他。

他哼了一声,拉上窨井盖,但没有完全拉好,还留下了一条黑色的缝隙,他把嘴贴在缝隙上,轻声说:"到垃圾箱旁边找我。"

绍尔一下子跳了起来,动作既快捷又古怪。他将双手插进衣袋,沿着街道从容不迫地走了下去,经过一群群的行人。人们忽然注意到了他,纷纷让到旁边,为他分出一条去路,对着他的味道皱起眉头。他的背后,一道棕色的闪电射出下水道,随后又是一道,紧接着突然喷发出了一支大军。有个店主见状惊呼,所有人的视线都聚集在了那个人孔上。但那股激流此时已经几乎流淌完毕,老鼠融入城市的缝隙,各自隐匿起身形。

绍尔继续以同样的步伐行走,身后的街道忽然沸反盈天。人们匆忙逃离地面上的那个洞口。

"谁他妈的打开了不关好?"有人叫道,一群阿拉伯人随声附和。

绍尔溜进街道边缘的暗处。

KING RAT

  鼠群已经消失,热心公益的市民正在吃力地将金属窨井盖推回原处。绍尔慢慢转身,靠在墙上,姿势很是招摇,但仅限他自己欣赏。他端详着自己的指甲。

  右手边一两米处是许多垃圾桶,有几个倾覆了,垃圾袋撒了一地,能闻到淡淡的果仁蜜酥饼的味道,不过当然被垃圾的臭味玷污了。垃圾袋方向传来窸窸窣窣的声音。一个沾着蜂蜜的脑袋从那些黑色塑料袋里探了出来,周围紧接着出现了更多的脑袋。

  "这么说,是给自己觅食来的?"绍尔从嘴角挤出咝咝的说话声,"很不错。"

  垃圾桶的方向传来了一下轻微的吱吱叫声。

  一两米之外,在面包店周围,齐心协力重新封住了下水道的人们在欢笑,但依然惴惴不安。他们互递香烟,紧张兮兮地四下张望,惟恐老鼠们杀个回马枪。

  绍尔走到了垃圾桶前。

  "很好,士兵们,"他悄声说,"让我瞧瞧你们的本事。左边第一条巷子,急行军,要静如……耗子?妈的,就这么着了。好好地给我证明一下。"

  老鼠忽然四散奔逃,上百个棕色躯体如鱼雷般射出,冲向躲藏的地方。绍尔望着它们纷纷消失,有的爬上排水管,有的藏进墙壁背后,有的去往屋檐下垂落的阴影中,有的钻进砖块之间的孔洞。垃圾堆突然变得空荡荡、静悄悄的。

  绍尔夸张地以单足为轴缓缓转身。他拖着双足,高抬重落,踏着步点沿街走开。他边走边低头看着自己的胸口。绍尔在思考。

  他觉得自己丧失了产生紧迫感的能力。

  绍尔不知道他想达到什么目的。是出于复仇,还是无聊?还是挑战?他正在成为鼠王?不是吗?这就是他正在做的事情吗?他完全无法确定。他没有请老鼠跟随他的脚步,但他想知道自己能让老鼠做些什么事。

  他明白他应该害怕吹笛手,他应该动动脑筋,组织一个反击计划,但他

鲜 血

就是做不到,至少现在不行。他觉得自己不堪信任,很困惑,充满了背叛感。他想向鼠王炫耀。鼠王那家伙既没有来追赶他,也没有试图阻止他,根本不急着要他回去。

他不知道自己打算干什么,不知道该往哪儿去,也不知道何时返回。不过,此刻这种特别的空虚感同时也是解脱。有很长一段时间,他的内心充满了他对父亲的愧疚,充满了父亲对他的失望。接下来,鼠王又完全占据了他的心神,让惊恐和讶异充满了他的内心。

此刻,忽然之间,他很空虚,他感到非常孤独。他觉得轻飘飘的,仿佛每一步都可能挣脱地心引力。就仿佛在憋了一整天后撒了泡长尿,或者放下了他都忘记自己还背负着的重负。他觉得风能将他吹走,觉得他必须不停地行动。而现在的每一个动作,都是他记事以来第一次——有史以来第一次——完全属于他自己的。

前方的巷子传来惊呼声,他咒骂着冲向转角。拐过砖墙的边缘,他望向阴影之中。距离艾奇韦尔路几米的地方,一个年轻女人躺在商店的货运出入口处。她的脸和棕色头发都脏兮兮的。她坐在地上,在油腻腻的蓝色睡袋里缩成一团,把睡袋紧紧地裹在身上。女人的脸上写满了恐惧,嘴巴张得像是要撕裂面颊。她的声音已经干枯。她没有看见绍尔。她无法移开盯着前方墙壁的视线。

老鼠仿佛瀑布,涌过墙壁边缘,向前流淌。这条河流几乎悄无声息,只低低地发出爪子抓挠的噼噼啪啪的白噪音。

睡袋慢慢滑出女人的手,她的手凝固在了原处,框住面颊。老鼠在她周围沸腾起伏,一个个抬头望着绍尔,发出恳求的声音,想得到他的肯定。他大踏步地走向受惊了的女人,鼠群为他分开去路。

女人没有看他,她依然无法去看其他任何地方,只能呆望着犹如洪水来袭的疾奔鼠躯。出现在这儿的老鼠比绍尔在下水道里见到的还要多。来自附近房屋的同伴也加入了行列。绍尔抬头瞥了他们一眼,然后转身面对那女人。

145

"喂,喂,"他轻柔地说着,在她身前跪下,"别慌,嘘……"

女人的眼神扫过来瞅了他一眼,终于挤出了声音。

"噢上帝啊你看见了吗它们是冲着我来的我的老天啊……"

她尖声说话时仿佛被扼住了脖子。听起来像是她的肺里没有空气,赐予她声音的仅仅是恐惧本身。

绍尔用双手捧住她的脸,强迫她看着自己。她的绿眼睛瞪得异常巨大。"听我说,你不会明白的,但请别担心。嘘,嘘,这些老鼠属于我。他们不会伤害你,听懂了吗?"

"但老鼠是来吃我的它们要吃了我它们……"

"闭嘴!"女人安静了一秒钟。"看仔细了。"绍尔没有放开女人的头部,自己慢慢地转到侧面,直到女人能看见等候在阴影中的鼠群,她的双眼再次睁大,嘴巴四周的肌肉随之拉紧,绍尔飞快地一仰头,嗞嗞地说道:"消失!"

脚爪和尾巴一阵骚动,鼠群没了踪影。

小巷重归寂静。

困惑爬进了女人脸上的皱纹。绍尔从她身边退开,她的视线从左转到右。她转动脖子,紧张地扫视四周。绍尔在她身边坐下,靠在门上。他朝右手边望去,艾奇韦尔路的灯光就在三米之外。他再次想道:这些事情的发生地点与真实的城市这么近,但他们谁也看不见。事情发生于三米之外,那是另一个世界的领地。

女人在她旁边转过脸来,声音还在颤抖。

"你是怎么做到的?"她说话时的嗓门仍旧尖厉响亮。

"告诉过你了,"他说,"他们是我的老鼠。我怎么说,他们怎么做。"

"是变戏法吗?你训练老鼠?你不怕他们?"

她一边说话,一边左右扫视。她的声音响亮而突兀,很不自然。这阵恐慌结束得太快了。她像个孩子似的对绍尔说话。绍尔忽然明白过来,这女人很可能有精神方面的问题。

别像对待孩子似的对待她,他提醒自己。别居高临下地对待她。

"不,老鼠不让我害怕,"他小心翼翼地说,"我理解他们。"

"它们吓得我魂不附体。我以为它们这是要吃了我!"

"唉,我很抱歉。我让他们跑进这条小巷,我不知道这里有人。"

"真了不起,你居然有这个本事,我是说,你能让老鼠按你说的做!"她马上笑了起来。

两人沉默下来。绍尔环顾四周,老鼠一个个都藏得很好。他扭头望着旁边的女人。她的视线如苍蝇般四处飞掠。

"你叫什么?"他问。

"黛博拉。"

"我叫绍尔。"两人相视一笑。"既然你已经知道老鼠听我号令,"他慢吞吞地说道,"那还害怕他们吗?"

她疑惑地看着绍尔。绍尔叹了一口长气。他不知道接下来会发生什么。他不知道自己都在干什么。他很享受他说出的那些字句,把每个字都在嘴里滚了一遍。自从上次和凯伊碰面以来,这还是他第一次跟人类对话。他陶醉于每一句话当中。他不想让这次对话结束。

"我的意思是说,我想把他们再叫出来。"

"我不知道,我是说,他们脏吗?"

"我的这些老鼠不脏。只要我说一声,他们就不会碰你。"

黛博拉扭曲了脸孔。她在咧嘴微笑,这是个被吓坏了的病态笑容。

"噢你知道的我不知道我是说我不知道……"

"别害怕,来,看着。我召唤他们出来,给你展示一下,他们听我的命令。"他微微转头。他能闻到老鼠的气味。他们就等在视线之外,正在颤抖。"探出头来,"他强有力地说,"只许露头。"

各处的垃圾里一阵翻腾,上百个小小的脑袋如海豹戏水般伸了出来,被油脂拢向后方的毛皮底下是流线型的头骨。

黛博拉尖叫起来,用手捂住嘴巴。她的脑袋不停晃动,绍尔发现她在大笑。

"太了不起了……"她在指缝中说。

"下去,"绍尔说,那些脑袋旋即消失。

黛博拉快活地哈哈大笑。

"你是怎么做到的?"

"他们必须听我的话,"绍尔说,"在他们眼中,我是老大。我是他们的君王。"黛博拉惊恐地看着绍尔。绍尔觉得自己很没有责任心。他害怕他会进一步地损伤黛博拉的心智。黛博拉需要的是现实,他心想,但他的信念却也非常坚定:无论你喜欢不喜欢,这就是现实。另外一方面,他想继续跟这个女人聊天。

"黛博拉,你饿吗?"她点点头,"那好,我给你找点儿吃的吧?"他一跃而起,悄悄溜上艾奇韦尔路,几秒钟后带着两块外形复杂的糕点回来了,顶上有阿月浑子和糖霜。他把糕点放在了黛博拉的膝头。

她咬了一口,舔舔嘴唇。她显然很饿。

"我在睡觉,"她说,糖蜜让她的声音发闷,"在梦中听见了老鼠的声音,他们吵醒了我。哎,没事。我很高兴我醒了。说实话,我睡得不好,正梦见可怕的东西。"

"醒来看见老鼠成灾难道就不可怕了?"

她傻笑了两声。

"刚开始挺害怕的,"她说,"现在我知道它们听你的吩咐,就不那么在意了。天可真冷啊。"她已经吃完了糕点。她吃得很快。

这时传来一下微弱的抓挠声。鼠群开始不耐烦了。绍尔短促地叫了一嗓子,命令他们安静,抓挠声立刻停止了。很容易,他心想,像这样控制他们似乎并不困难。这甚至都不让他觉得兴奋。

"黛博拉,你想睡觉了吗?"

"什么意思?"她的声音忽然透出了怀疑,甚至有些害怕。她吓得几乎呜咽起来,在睡袋里缩成一团。绍尔伸手想安抚她,她却在惊恐中躲闪,绍尔的心直往下沉,他明白黛博拉大概曾经听到过这句话,但其中的意味却截然不同。

绍尔知道街道是个野蛮的场所。

不知道她每隔多久就会被强奸一次。

绍尔拿开他的手,举起来作出投降的姿势。

"很抱歉,黛博拉,我没有别的意思。我只是不觉得累而已。我挺孤独,想问你愿不愿意一起走走。"她依然用惊恐的眼神盯着绍尔。"我不会……如果你要我离开,我这就走。"他并不想离开,"我想带你四处转转。你想去哪儿,我就带你去哪儿。"

"我不知道你想干什么……"她呻吟道。

"你有什么想做的事情吗?"绍尔绝望地说,"你不觉得无聊吗?我发誓我不会碰你,啥也不会做,只是想找个伴儿而已……"

他看着黛博拉,发现她开始动摇。他扮出傻乎乎的表情,小丑般的哭脸,他夸张地吸吸鼻子,连自己都有些反胃。

黛博拉紧张地哈哈一笑。

"求你了,"他说,"咱们走。"

"噢……好的……"尽管还有点儿紧张,但她看起来颇为高兴。

他对黛博拉露出宽慰的笑容。

他觉得自己局促不安,笨拙得可怕。绍尔连作个最简单的姿态都要耗去极大的力气。黛博拉没被吓走,他觉得松了一口气。

"黛博拉,你愿意的话,我可以带你上屋顶,还可以让你体验一下步行环游伦敦城的最快路线。我能……"他顿了一顿,"我能带上老鼠吗?"

第十七章

带上他们,带上老鼠,听了绍尔的几句劝说,黛博拉这样说。很显然,害怕归害怕,她也被吸引住了。绍尔长长地嗯哨一声,鼠群再次出现,急着显示他们乐于遵行号令。

他不清楚自己是怎么命令鼠群的。无论他用了哪些字眼,还是吹口哨或者短促呼喝,似乎都没有任何区别。单是在脑中思考无法让他们服从命令,他必须发出声音,但老鼠似乎是通过移情作用理解他的,而不是通过语言本身。他将命令的魂魄注入了他所发出的声音,老鼠顺从了。

为了逗黛博拉开心,他让老鼠排成几列。他让鼠群前进、后退。经过这番表演,老鼠显得非常可笑,这带走了黛博拉的恐惧,她甚至伸出手去触摸其中一只老鼠。黛博拉紧张地爱抚着它,绍尔从喉咙深处发出喃喃低语,吸引住老鼠的注意力,免得它在惊慌之下咬黛博拉或逃跑。

"绍尔,绝无冒犯之意,但知道吗,你臭烘烘的。"她说。

"都是因为我住的地方。多闻闻,没有刚开始的时候那么糟糕。"

她凑上前闻了闻绍尔,皱起鼻子,带着歉意摇摇头。

"会习惯的。"他说。

等她的恐惧消散后,他提议他们出去走走。黛博拉又紧张起来,但还是

鲜 血

点了点头。

"哪个方向?"她问。

"信任我吗?"绍尔说。

"我想是的吧……"

"那就抱住我。咱们往上走,沿着墙面一直向上。"

她刚开始还不太明白,等她醒悟过来的时候,她怕极了,不肯相信绍尔能带着她爬墙。绍尔温柔地向她伸出手,速度非常慢,惟恐惊吓了她。等她放松之后,他轻而易举地抓住黛博拉,伸展双臂举起了她,感觉到肌肉以老鼠的力量急剧收缩。她满心欢喜地笑了起来。

绍尔觉得自己像个超级英雄。

老鼠侠,举起她的时候,绍尔心想。用他奇异的鼠族力量行善惩恶。帮助精神有问题的人。带着他们环游伦敦,速度比粪便流过下水道时更快。他嘲笑着自己。

"看见了吗?我说过我抱得起你。让我把你放到背上吧。"

"嗯……"黛博拉像受宠的孩子般左右摆头,微微地笑着说,"嗯……那好吧。"

"太好了,咱们出发。"鼠群听见绍尔声音中的活力,蹦蹦跳跳地凑近了他。

老鼠每次移动的时候,黛博拉还是紧张兮兮地看着他们,但已经忘掉了大部分的恐惧。

绍尔弯下腰,请她登上自己的背脊。黛博拉从睡袋里走了出来。

"能带上这个吗?"她说,绍尔摇摇头。

"藏起来就行。我会送你回来的。"

黛博拉轻快地爬上绍尔的背脊,他忽然再次想到那件事情:正因为她与现实之间的联系异常纤弱,所以才会接受他的建议。请大多数人趴在他的背上,让他驮着跨越屋顶,得到的回应不太可能是欣然接受。

讽刺之处自然在于,信任绍尔是正确的。

151

他站起身，黛博拉像在乘过山车似的惊叫起来。

"慢点儿，慢点儿！"她喊道，绍尔对她发出嗞嗞的声音，叫她别大声嚷嚷。

绍尔踱进巷子，四周传来几百只鼠爪走动的哒哒声。*我就是这样改变世界的*，他心想，*让一只老鼠背着你去我的新城。有去才有来嘛。*

他在一扇窗户底下停步，窗台与地面有两三米的距离。

"上头见。"他对鼠群轻声说，老鼠和过去一样，随着一阵骚动消失了。他听见爪子抓挠砖墙的声音。

绍尔跳了起来，抓住窗台，黛博拉叫出声来，她的手指拼命抓紧绍尔的脊背，叫声没有逐渐减弱，而是被恐惧催得越发响亮了。他的双脚在空中摇摆，监狱配发的鞋子尖刮着墙壁。

他叫黛博拉别再喊了，但她就是不肯停下，抗议的叫声逐渐凝成了字词。

"停下停下停下。"她哀号道，绍尔不想被其他人发现，飞快地爬上了窗前的那块空间，贴着玻璃放平身躯，然后再次伸出手，决意要赶在黛博拉命令他放下自己前离开可能被人听见叫声的区域。

他沿着立面爬上了这幢楼，他边爬边在心里想：我的速度不像鼠王那么快，但动作已经足够流畅了。恐惧堵住了黛博拉的嘴巴。*我懂得那种感觉*，绍尔心想，忍不住笑了。他想尽快结束这段旅程。

他背上的重量不足一提。这堵墙也不特别难爬。一路上有的是窗户、裂缝、凸起和排水管。但绍尔知道，对于黛博拉而言，这却是一堵难以逾越的砖墙。这幢楼有用栏杆圈起来的平屋顶，他此刻已经抓住了栏杆，用力一拽，将自己和背负的重量带上了城市的天际线。

他把黛博拉放在水泥地面上。她一把攀住地面，上气不接下气。

"不好意思，黛博拉，让你害怕了，很抱歉，"他匆忙解释道，"我知道，如果我说了我打算怎么做，你肯定不会答应，但我向你发誓，你很安全，绝对安全。我肯定不会让你遇到危险。"

鲜 血

她前言不搭后语地咕哝着。绍尔在她旁边坐下，温柔地将一只手搭上她的肩头。她猛地惊起，转过来面对绍尔。见到黛博拉的面容，绍尔有些惊讶。她在颤抖，但没有恐惧的神色。

"你是怎么做到的？"她压低声音问道。他们周围的水泥屋顶上，老鼠蜂拥而至，一只只都急于证明各自热切的忠诚。绍尔拉起侧坐着的黛博拉，帮助她站直。绍尔抓住她的衣袖。黛博拉始终看着绍尔，任由绍尔拽着她走到环绕屋顶的栏杆前。天空中的最后一抹亮光也已经消失。

两人所在的地方并不很高。周围的旅馆和公寓楼俯视着他们，而能让他们俯视的建筑物数量也差不多。天际线仿佛波浪，他们站在中间点上。摄政公园上方，缠结的黑色枝杈伸进了视野。到了这个高度，涂鸦少起来了，但还没有完全消失。花哨的签名这儿那儿地点缀着建筑物的侧面，标记挂在最难以接近的位置上。我不是第一个爬上高处的人，绍尔心想，其他人不是老鼠，也能爬那么高。他对那些人敬佩得五体投地，特别是他们为了捍卫地盘的愚勇。爬上那堵墙，爬到砖块被水泥替代的地方喷涂"爆裂男孩！"这是需要勇气的行为。我并不勇敢，他心想，但我知道我做得到，我是老鼠。

黛博拉在看他。她的眼睛时不时地投向前方的景色，但注意力还是放在绍尔身上。她的眼神中透着讶异。绍尔也扭头看她。他的心中充满感激。能和不是老鼠、鸟儿或蜘蛛的人谈话，这感觉可真好，真不赖啊。

"能做到老鼠的那些事情，感觉一定很不错吧，"她打量着聚集在背后的老鼠大军说。鼠群离两人稍微有些距离，安静而专注，绍尔转过身，望着他们。没有得到他的注意的时候，鼠群略有点儿骚动不安，但仍旧悄然无声。

黛博拉的话逗得绍尔哈哈大笑。

"了不起？我他妈的不觉得。"尽管她恐怕没法理解，但绍尔还是忍不住想抱怨几句。"让我跟你谈谈老鼠吧，"他说。"成天到晚，老鼠啥也不做。吃他们能找到的随便什么旧垃圾，跑来跑去，沿着墙根撒尿，偶尔交媾——至少我是这么觉得的——他们互相争斗，决定谁在下水道的哪块地方睡觉。

153

是啊,他们认为这个世界就是围着他们转的。但他们啥也不是。"

"听起来,老鼠和人类一样!"黛博拉轻快地笑道,仿佛说了什么妙语警句似的。她又重复了一遍。

"和人类完全不一样,"绍尔平静地说,"这个古老的段子我都听厌了。"

绍尔问起黛博拉的事情,她对自己的处境闪烁其词,不肯解释为何无家可归,闷闷不乐地嘟囔着说她没法应付某些事情。绍尔有些负罪感,但并不特别有兴趣了解。倒不是说他不关心,他的确关心,黛博拉的情况让他吃惊,即便他和黛博拉的城市已经疏离到了现在的境地,针对政府而起的古老怒火还是熊熊燃烧,这都多亏了父亲对他孜孜不倦的多年教诲。他从内心深处关心黛博拉。但此刻他想与之交谈的原因并不是黛博拉这个人,而是因为她是一个人类。随便哪个人类都行。只要她愿意说话,愿意听绍尔说话就行,绍尔并不关心她说些什么。问起黛博拉的事情,只是因为他渴望她的陪伴。

他忽然听见扑腾的声音,像是厚重的衣物在扇动。一股风吹上面门,稍纵即逝。他抬头去看,但什么也没发现。

"告诉你吧,"他说,"别去管老鼠是不是了不起了。愿意回我家坐坐吗?"

她再次皱起鼻子。

"那地方闻起来像这样吗?"

"不。我想回我真正的住所稍微坐坐。"他的语气很冷静,但一想到回家,他的呼吸就急促起来了。黛博拉对老鼠的评点让他回忆起了他来自何方。与鼠王断交后,他想回去,想跟人类联系。

他想念父亲。

黛博拉很高兴能拜访他的住所。绍尔再次驮起她,带着鼠群,出发横越伦敦城的表面,越过没多久他就越来越熟悉的一片地区。

黛博拉时而把脸埋进他的肩头,时而警觉地扬起头,哈哈大笑。绍尔跟着她的动作改变姿势,以此保持平衡。

鲜 血

他的速度不如鼠王或阿南西迅捷,但也已经很快了。他留在高处,不愿触及地面,这条含混的规则来自回忆起的某种儿童游戏。有时候,屋顶平台戛然而止,他不得不沿着消防楼梯、排水管或破损墙面攀下砖墙,几步横穿过狭窄的地面通道,然后再次飞快地爬到街道上。

老鼠的声音从四面八方传来。鼠群与他并肩前进,走的是他们自己的路线,时而消失,时而出现,涌入、涌出他的视野,有时候在前面等待,有时候在后方紧随。此外还有别的什么东西,他仅能模糊地觉察到那个物体,它就是那个扑腾声响的源头。他时不时地感觉到那东西的存在,通过一阵微风或是扫过面颊的翅膀。他的冲劲很足,不想停下,但他记住了这种模糊的感觉:有什么东西在跟踪他。

每隔一段时间,他就停下来喘口气,四处扫视一遍。他走得很快。他跟随的是灯光构成的地形图,与艾奇韦尔路保持平行,看着它变成了梅达维尔路。他跟着九十八路公共汽车的路线前进,经过一个个熟悉的地表,比方说屋顶上有红色桁梁搭成笼形结构的高楼。

周围的建筑物开始变低,高楼之间的距离越来越大。绍尔知道他们身处何方:这是一片看似城郊的住宅区,背后就是吉本高路。Terra cognita①,绍尔心想。家园。

他横穿到了马路的另外一侧,快得让黛博拉几乎无法觉察。绍尔走进主要道路之间的暗处,穿过吉本高路和韦利斯登之间的罅隙,渴望着回到家里。

站在泰拉贡大楼前,绍尔很害怕。

他心情忧伤,呼吸急促。他听着寂静深处,意识到陪伴他的老鼠已经悄无声息地散去了,只剩下他和黛博拉两人。

他的眼神爬上阴沉的砖墙,在窗户之间摇摆不定,多数窗户已经熄了灯,亮着灯的也拉上了网眼窗帘。顶层的高处是个黑窟窿,父亲从那里落入虚空。窗户还没修好,大概是警方仍在调查吧,但缺少玻璃的位置至少钉上

---

① Terra cognita:拉丁文,已知的土地,家园。

155

了透明塑料布。窗框上仍能看见细微的参差玻璃碎片。

"前段时间，我被迫匆忙离开，"他对黛博拉耳语道，"我的父亲跌出了那扇窗户，警察觉得是我干的。"

她惊恐地盯着绍尔。

"是你吗？"她用尖细的声音说，但绍尔的脸色让她住了嘴。

他静悄悄地走到前门口。黛博拉站在他背后，在寒风中缩成一团，紧张兮兮地四处张望。他抚摸着门扉，毫不费力且无声无息地滑开门锁。绍尔缓步踏上台阶，他的脚下没有发出任何声响。他的动作有些茫然。黛博拉跟在后头，她时走时停，也失去了高涨的热情。她拖着步子走路，像是在哭，但没有发出任何声音。

蓝色胶带交叉贴住了他住处的房门。绍尔盯着房门，琢磨着内心的感受：没有他预想中的受到侵犯或义愤填膺的感觉。说来奇怪，他觉得挺安心的，仿佛胶带挡住了外来者，像是时间胶囊般封存了他的住处。

他轻轻拉扯胶带。胶带应手而落，毫不抵抗，轻飘飘的，像是一直在等待他的到来，很愿意屈服于他。他推开门，走进了父亲丧命的黑暗场所。

第十八章

这里很冷,和警察抓他的那个夜晚一样冷。他没去开灯。街道上透进来的光线对他来说足够亮了。他没有浪费时间,径直推开客厅的门,走了进去。

客厅空荡荡的,家具搬空了,但这只是他附带着注意到的,他的大部分注意力放在参差不齐的窗户上。他向窗口发起挑战,看窗口能否让自己不安,能否遏制住体内的力量。只是个黑窟窿而已,他心想,不是吗?难道不仅仅是一个黑窟窿吗?塑料布前后翻腾,发出的声音犹如鞭抽。

"绍尔,我害怕……"

他这才意识到黛博拉想必什么也看不见。黛博拉站在门口,裹足不前。他知道黛博拉看见的是什么:在远处街灯的暗橙色光线映衬下的他的晦暗人影。绍尔对自己大为愤怒。他理所当然地利用着黛博拉,已经忘了她是个活人。他大踏步地穿过房间,抱住了黛博拉。

他带着爱意拥抱黛博拉,她也还以同样的情感。这与性爱无关,绍尔意识到黛博拉觉得他有这方面的念头,而且似乎也愿意。但要是那样的话,他会觉得自己操纵了对方,觉得自己很卑鄙,这是因为他喜欢黛博拉,怜悯黛博拉,对她怀有极大的感激之情。他们互相拥抱,他意识到他也在颤抖,和

157

黛博拉一样。这么说，我还不完全是老鼠，他自嘲地想着。她害怕黑暗，他心想。而我能有什么借口呢？

地板的正中央摆着一本册子。

隔着黛博拉的肩头，他忽然看见了那本册子。黛博拉感觉到他的身体突然僵硬，吓得险些尖叫，她猛地转身，去看是什么让绍尔如此惊讶。他赶紧掩住她的嘴巴，连连道歉。黛博拉在黑暗中看不见地上的册子。

这是房间里唯一的物品。没有家具，没有照片，没有电话，也没有其他书籍，只有这本册子。

绍尔心想，这绝非巧合。警方清理公寓的时候不可能遗漏它。绍尔认出了那是什么。一册古老、厚实的红皮A4笔记本，边缘伸出纸张的毛边：父亲的剪贴簿。

这本册子经常出现在绍尔的生活中。父亲时不时从他藏起册子的地方取出它，一边嘟嘟囔囔，一边小心翼翼地从报纸上剪下几篇文章，用胶水贴进去，还经常用红色圆珠笔在边角处写上几句。还有一些时候，他不剪贴文章，只顾埋头书写。绍尔知道，这通常是父亲想记录在案的对某些政治事件的武断见解。不过有时候，绍尔也猜不出是什么刺激了父亲。

小时候，这个本子让他很是迷恋，他想阅读里面的内容。父亲允许他看某些部分，都是关于战争和罢工的文章，还有文章四周整洁的红色笔记。但这是一本私人剪贴簿，父亲解释道，他不允许绍尔看里面的全部内容。有些是我个人的事情，父亲耐心地解释道。有些与隐私相关。有些完全是写给我自己看的。

绍尔离开黛博拉的怀抱，捡起了那本册子。他从最后翻开书页，很惊讶地发现还有几页没贴东西。他一页一页慢慢往前翻，找到了父亲最后贴满的那一页。这篇文章来自本地报纸，语气轻松诙谐，写的是保守党举办筹款活动，却遭遇了一连串的各色灾祸：电力故障、场地重复预定、食物中毒。文章的旁边是父亲的精细笔迹，绍尔读道：" 老天总算开眼！"

再往前翻，是一篇关于利物浦港口长期罢工的报导，父亲写道：" 小心翼

鲜 血

翼筑起的沉默高墙中,终于漏出了一星半点的消息!劳工联为何如此无能?"

翻过这一页,绍尔发现父亲也在琢磨"孤岛碟选"①,忍不住咧嘴快活一笑。这页的顶端是一列老爵士曲目,都仔仔细细地打了问号,底下是尝试性的选单:"一:艾拉·菲茨杰拉德。哪一张呢?二:《奇异的果实》。三:《全世界所有的时间》,书包嘴②。四号:萨拉·沃恩,《鸟岛摇篮曲》。五:特洛尼斯?贝西?六:贝塞·史密斯。七:还是阿姆斯特朗,《大刀麦克》。八:《国际歌》。为什么不呢?书籍:莎士比亚,绝对不带该死的《圣经》!《资本论》?《共产党宣言》?奢侈品:望远镜?显微镜?"

黛博拉在绍尔身边跪下。

"这是我父亲的剪贴簿,"他解释道,"你看,真是可爱……"

"怎么会在这儿?"她问。

"不知道。"绍尔隔了一会儿才回答。他边说边继续翻动书页,翻过更多剪报,它们大部分都和政治相关,但偶尔有些其他的东西也吸引了父亲的注意力。

他看见了有关埃及盗墓人、新西兰巨树和互联网增长的简短报导。

绍尔开始大段大段翻过纸页,一次跳过好几年。早年的父亲写得更多。

1988年7月7日:工会。必须多读旧时论战!今天和戴维在班上就工会的话题吵了很长时间。他没完没了地说些没有意义之类的话,我大可以随他去,找个地方坐下来点头称是,但团结是多么重要啊!他就是不明白。必须重读恩格斯关于工会的论述。模糊记得某些特别有道理的话,但也可能是在自欺欺人。绍尔还是很阴沉。完全不明白他到底是怎么了。记住在哪

---

① 孤岛碟选(Desert Island Discs):原为英国BBC电台始于1942年的长命节目,嘉宾要列举若是流落荒岛、与外界失去联系时必须带在身边的八张唱片和一本书。

② 即下文中的阿姆斯特朗(Louis Armstrong),和艾拉·菲茨杰拉德(Ella Fitzgerald)《奇异的果实》专辑的演唱者比莉·哈乐黛(Billie Holiday)、萨拉·沃恩(Sarah Vaughan)、特洛尼斯·蒙克(Thelonious Monk)、贝西公爵(Count Basie)、贝塞·史密斯(Bessie Smith)一样,都是杰出的爵士音乐家。

儿见过关于青少年问题的书籍,但不记得具体地方了。必须找到。

绝望的爱意袭上绍尔心头,他把父亲买给他的书拿给法比安看的时候,也体验到了同样的感情。老头子的手段大错特错,但他想做的无非是理解绍尔而已。也许根本不存在正确的方式。我也错了,绍尔心想。

往前,再往前,他逆时间而行。黛博拉偎依在他怀中,寻求一丝温暖。

他读到父亲和他的历史老师吵架的段落,他们吵的是该如何评价克伦威尔。

不,虽说或许不该跟一群十岁孩童谈论资产阶级的事情,但也不该污蔑他呀!他这个人的确很可怕(爱尔兰人,等等,等等),但要看清楚革命的本质!

绍尔读到父亲提起他的某个女人——"M."。他完全记不起来有这么个人。他知道父亲习惯于把这种事情关在家门外。他不认为父亲在过去六七年间有什么爱情生活。

他读到自己五岁的生日派对。他记得很清楚:他收到了两套印第安头饰,回想起来,成人一个个都担心得跟什么似的,对他会有何种反应甚是关切,但他却兴高采烈。拿到了不止一个,而是两个漂亮的羽毛饰物……他记得当时的欢欣。绍尔在寻找父亲第一次说到自己,还想看到父亲有没有提起死去的母亲,父亲一丝不苟地将她从回忆中剔除了出去。有个日期吸引了绍尔的注意力:1972年2月8日,这是他出生那年的唯一一条目,生日本身并没有记录。这个条目底下没有剪报。读完刚开头的几个单词,绍尔就皱起了眉头。

袭击过去已有几周时间,我实在不想谈起这桩事。感谢上帝,E.很坚强。当然了,我们非常害怕,害怕小巷子什么的,但大体而言她每天都越来越好。我一直问她是否真的想要这么处理,我觉得我们该报警。难道不想让他落入法网吗?我问她,她说不,说只是不想再见到他了。我忍不住觉得不这么做是个错误,但那毕竟是她的选择。我尽量满足她的要求,但上帝知道那有多困难。夜晚尤其糟糕。不知道我该安慰、拥抱还是别去触碰她,她

鲜　血

似乎也不清楚。最糟的时候,便会以泪洗面。我旁敲侧击问她。结果是:E.验孕后发现有了。不能百分之百确定,但按照时间仔细想来,很可能是他的。讨论过堕胎,但她不愿面对。经过长时间的艰苦讨论,决定坚持下去。不留记录,因此谁也不需要知道。希望所有事情到最后都好。我承认,我害怕孩子。还没调整好我自己的心情。为了E.,必须坚强。

绍尔的胸腔一下子变得空落落的。

黛博拉不知在什么地方对他说着什么。

噢,他觉得自己很愚蠢。

他看到了自己遗漏的地方。

愚蠢啊,愚蠢的孩子,他心想,与此同时,他在想:爸爸,你无需担心。你他妈的真是坚强。

他眼中涌出冰凉的泪水,又听见了黛博拉在说话。

看看你失去了什么,他心想。她死了!他忽然想到。她死了,但父亲依然待我很好。他是怎么做到的?我杀死了她,我杀死了他的妻子!每次看着我,他见到的难道不是那场强奸吗?他见到的难道不是杀害妻子的凶手吗?

愚蠢的孩子啊,他心想。老鼠舅舅?你是怎么想出这个说法的?他心想。

但他想得更多的,却是抚养他长大的那个男人,绍尔无法不去想他。父亲努力想理解绍尔,给绍尔书籍,帮助绍尔理解这个世界。因为当他看着绍尔的时候,他见到的竟然不是谋杀,不是他失去的妻子,不是后巷里残忍的强奸罪行(绍尔能看见袭击者是怎么出现的,那家伙仿佛凭空出现,从砖头缝里蹦了出来)。不知为何,当他看着绍尔的时候,他见到的是自己的儿子,即便两人之间的气氛已经遭到了破坏,绍尔轮番演练学来的各种少年人的漠不关心、冷落对方,但那个肥胖男人看着他的时候,见到的依然是他的儿子,依然在试图理解两人之间发生了什么问题。然而,他无法应付那由基因而来的可怕的、该死的鄙俗。他用行动证明了父亲的身份。

161

绍尔没有啜泣，但他的面颊湿漉漉的。多么奇怪，多么悲哀啊，他有些歇斯底里地想道，得知父亲不是生身父亲之后，他才意识到父亲是多么完美的一个父亲。

这是献给你的辩证法，父亲，他想着，忍不住在某个瞬间露出了微笑。

经过这么多个干巴巴的年头，在失去他之后，绍尔终于重新得到了他，他记得自己坐在那副宽阔的肩头上，去看母亲的墓碑。他杀死了母亲，他杀死了父亲的妻子，父亲温柔地放下他，把花束递给他，让他放在母亲的坟上。他为父亲哭泣，父亲接受了杀死妻子的凶手，接受了强奸妻子的男人的儿子，决定深深地去爱这个男孩，他将想法付诸行动，最后终于取得了成功。

他在内心深处不停责骂自己，我是个多么愚蠢的孩子啊。另一个念头涌上心头。如果鼠王在这件事上撒了谎，他思忖着，这个念头拖出了一串省略号……

如果他在这件事上撒了谎，念头在说，那么，他还在什么事情上撒了谎呢？

谁杀死了爸爸？

他记起了鼠王很久以前说过的话，那时候绍尔的前生正濒临结束。"我是侵入者，"他曾经这样说，"我杀死篡位者。"

这句话随即被接下来喷吐而出的话所淹没，当时不过是一句离奇的自夸、一声欢呼，是没有什么内涵的狂热自我吹捧而已。但绍尔此刻有了不同的看法。愤怒如冰冷的石块，沉甸甸地坠着他的肚肠，他意识到他有多么憎恶鼠王。

鼠王，他的父亲。

第十九章

公寓的门打开了。

绍尔和黛博拉偎依在地上,黛博拉正紧张地喃喃地和他说着话。听见铰链吱嘎轻响,两人同时抬起头。

绍尔悄悄地爬起来,那本册子仍旧攥在手中。黛博拉前后摇晃着试图起身。有张脸贴在门框上向内窥视。

黛博拉抓住绍尔,因恐惧而轻轻地呜咽着。绍尔仿佛上了导火索的炸药,但等他的眼睛适应了黑暗以后,不安略微减少了几分,他不知所措地站在那里。

门口的那张脸笑得分外开心,长长的金发不甚整洁,一绺一绺地搭在嘴边,那张嘴带着孩童般的欣喜咧得很宽。一个男人走进房间,模样像个小丑。

"就觉得我听见有人在,就这么觉得!"他叫道。绍尔的身体又绷直了几分,他皱起眉头。"我每天夜里都守在这儿,心里想算了,回家去吧,太可笑了,天底下有那么多地方,他不可能来这儿,可现在你却来了!"他瞥了一眼绍尔手里的册子,"这么说,你找到我的阅读材料了。我想了解你这个人的方方面面。我还以为那东西能告诉我呢。"

163

他更仔细地打量着绍尔通红的眼睛,他的脸拉得更宽了。

"你不知道,对不对?"欢欣的笑容愈加灿烂。"很好。这解释了几件事情。我就说你跟杀死你所谓的父亲的凶手同流合污也未免太快了些。"绍尔的眼神一闪。的确是啊,他心想,哀恸让他头晕目眩,的确是啊。那个男人注视着他。"还以为血肯定浓于水,当然啦,他哪里有什么理由要跟你说实话?"他以脚后跟为轴前后摇摆,将双手插进衣袋。

"早该找你聊聊了。你的传言满天飞呐,知不知道?你闻名遐迩已经有些年头了!那么多的地方,那么多的线索,那么多的可能性……我去过各种地方,追寻的是不可能的罪案……要知道,每次我听说有什么古怪的破门案、谋杀案,有什么不合常理的地方,超出人类的能力范围,我就飞奔而至,展开调查。警方很乐意提供情报。"他咧嘴一笑。"那么多的死胡同!然后,我来了这儿……"他再次咧开大嘴。"我闻得见他的味道,绍尔,我也知道我能找到你。"

"你是谁?"绍尔终于挤出了声音。

那男人快活地对绍尔一笑,但没有作答。他似乎这才注意到黛博拉。

"嗨!天哪,你肯定正在享受一个美好的夜晚!"他放声大笑,慢悠悠地走了过来。黛博拉抓着绍尔,动也不敢动。她用警惕的眼神盯着那男人。"不过嘛,"那男人轻快地说了下去,向黛博拉伸出了一只手,"很抱歉,我对你没有兴趣。"

他抓住黛博拉的手腕,把她从绍尔的手中抢了过来。绍尔迟了一步,等他意识过来的时候,那个彬彬有礼的男人已经抓住了黛博拉,绍尔的脑袋慢吞吞地望向黛博拉刚才站立的位置,而他的理智在大声惊呼:抬头看,快行动!

空气仿佛变得极其稠密,抬头的动作极其之慢。

他看见那男人用左手抓住黛博拉的头发,绍尔惊恐地伸出手,想阻止对方的暴行,但那男人的笑容丝毫不减,低头瞥了黛博拉一眼,右手握拳,赶在黛博拉张嘴要叫喊之前,狠狠地砸中她的下巴,冲击力撕裂了黛博拉下颚的皮肤和骨骼,她的嘴巴猛地合上,牙齿深深地咬进舌头,速度之快使得鲜血从双唇间喷射而出。尖叫还没来得及诞生就胎死腹中,化作一些湿漉漉的吐气声。就在绍尔缓慢无比的双脚带着他前进的时候,那男人踮起脚尖一个回旋,抓着黛博拉的颈背,拽着她的身体转了半圈,积累起足够的冲量,让黛博拉的面门撞上了门框的侧面。

那男人松开手,回身面对绍尔。

绍尔简直不敢相信,他愤怒地大喊,视线越过那男人落在黛博拉身上,她的尸体沿着门框缓缓滑落,仰面跌回房间里。随着神经末梢失去作用,尸体抽搐了两下。她的脸被撞平了,扭曲得不成样子,直勾勾地盯着绍尔,死后痉挛带着尸体舞动,脚跟如落雨般噼噼啪啪地打着地板,稀烂的嘴巴汩汩吐出鲜血和空气。

绍尔咆哮着用他全部的鼠族力量扑向那男人。

"我要生吃了你的心!"他喊道。

高个子男人往侧面一让,轻而易举地躲过了这波攻击,灿烂笑容丝毫不减。他懒洋洋地收回拳头,挥向绍尔的面门。

绍尔看着拳头飞近,他想躲开,速度却不够快,拳头砸中了他的颅骨侧面,打得他一个趔趄。他转了半圈,重重地摔在地上。尖厉的啸声刺得他脑门发疼,他转身去看那个男人,那人站在原处,撮起嘴唇,洋洋得意地重复吹着同一个调门的口哨。他瞪着绍尔,闪着危险的眼神。口哨没有停下,但调门忽然改变了,变得更加不和谐,更加阴险了。绍尔没有理会他,挣扎着想爬起来。口哨声戛然而止。

"这么说,是真的了,"吹笛手啰啰地说,彬彬有礼的说话声有些动摇。他看起来像是想要呕吐,而且怒容满面,"真该死,你不是人类也不是老鼠,我没法驱使你。你怎么敢,怎么敢……"他的眼神狂乱而病态。

"难以置信,老鼠男孩,你居然蠢得敢来这儿,"吹笛手一边走近一边说。他使劲抖抖身子,声音归回原来的轨道。"现在嘛,我要杀了你,把尸体吊在下水道里,等着让你的父亲发现,然后我要为他演奏音乐,让他不停跳舞,最后等他累得动弹不了的时候,我就杀了他。"

绍尔勉强爬了起来,跌跌撞撞地前冲,笨拙地抬脚踢向吹笛手的卵蛋。吹笛手抓住他的脚,以极快的速度向上一提,绍尔轰然仰天倒地,摔得上气不接下气。吹笛手自始至终一直在说话,和蔼可亲又生气勃勃。

"我是舞蹈之王,我是声音之主,我说跳吧,人类就非跳不可。只除了你。而我这就要杀死你了。你他妈的是个畸形儿。不肯随着我的旋律跳舞,就不该属于这个世界。二十五年的计划啊,站在我面前的正是鼠族的秘密武器,超级大炮,半人半鼠。"他摇摇头,怜悯地皱起了鼻子。吹笛手在绍尔身边跪下,绍尔挣扎着想要呼吸,想要抬起他的脑袋。

"而我这就要杀死你了。"

高亢的叫声让他们同时抬头张望。有什么东西砰然撞破包裹窗户的塑料布,跳进了公寓的残破窗口,一个身影划破虚空,扑向吹笛手,用巨大的冲击力猛地推开他,让他从仰卧着的绍尔身边飞了出去。绍尔挣扎着爬起来,见到一个穿着笔挺正装的男人正在和吹笛手搏斗,吹笛手抖了两下身子,将敌手扔过了整个房间。

来者是洛洛,眼神中饱含恐惧。他对绍尔大喊别磨蹭,抓着绍尔奔向窗户,却被一下短促而清澈的声音定住了身形。绍尔转过来,看见吹笛手一边起身,一边收紧嘴唇,正在吹口哨。乐曲声很流畅,旋律简单,不停重复。洛洛动弹不得。绍尔看着洛洛转身面对吹笛手,一脸惊讶的表情,眼神充满活力和狂喜。

绍尔向后退却,摸到背后的墙壁。他在洛洛背后看见了黛博拉的尸体,看见地板上的血泊在肆意扩大。吹笛手在他的左手边,此刻正边吹口哨边往前走。吹笛手的面前是洛洛,洛洛还在走向吹笛手,他的眼睛丧失了功能,双臂伸展,两脚随着吹笛手奏响的鸟族乐曲的节奏跃动。

绍尔想绕过洛洛,却没能做到,因为洛洛的手指捏住了他的喉咙。鸟族首领扑过来,想要扼死绍尔,在恍惚中还不忘抬头去捕捉音乐。洛洛并不重,但他的身体僵直如金属。绍尔跟他扭打起来,拉扯他的手指。洛洛不为

鲜 血

所动,就当没有这回事。黑暗开始爬进绍尔的视野,他看见吹笛手站在房间一角,正在揉搓脖子。愤怒将血液推回绍尔的脸上,甚至挤过了洛洛无情的手爪,他伸展双臂,将双手掬成杯形——父亲曾经在游泳池里警告过他,千万别这么做,绍尔,哪怕只是为了开玩笑——用尽全身力量,狠狠地扣在洛洛的耳朵上。

洛洛尖声嘶喊,猛地抬起脑袋,弓起后背,双手颤抖不止。绍尔的鼠族力量将空气深深地推进耳道,震裂了精细的耳膜,气泡如酸液般渗入被撕开的血肉。洛洛痛苦得全身颤抖。

绍尔从洛洛底下滚出来。吹笛手又站在了他的面前,像挥舞球棒似的抡起长笛。绍尔只来得及略微让开了几厘米,他感觉到长笛擦着脸颊过去,砸中肩头。再一躲,这次被击中的是胸口,疼痛让他顿时无法呼吸。

在他的身后,洛洛蹒跚着从墙边走开,盲目地四处摸索,其他的感官仿佛也和听觉一起失去了效能。

吹笛手用双手攥紧长笛,骑在绍尔身上,双膝将绍尔的两臂抵在地上,像是在仪式上举起匕首般高举长笛,打算将这钝器戳进绍尔的胸膛。绍尔惊恐地高声大叫。

洛洛也在尖叫,两人的叫声混在一起。这不协和的声音让空气抖颤起来,洛洛转过身,一脚踢飞了吹笛手攥在手中的长笛。吹笛手愤怒地咆哮着去抓长笛。洛洛将绍尔拽出了高个子男人的双腿之间,拖着他奔向窗口。洛洛仍在尖叫,他跃上破损窗户的窗台,叫声一刻也不停歇。他用右手紧紧抓着绍尔,尖叫着踏入了茫茫黑夜。

洛洛的哀号接连不断,盖住了绍尔自己的绝望呼号。他闭上眼睛,感觉到空气在周围盘旋,他等待着撞上地面,但地面却迟迟不来。他把眼睛睁开了一条缝,见到的是浮光掠影飞速经过。他依然在坠落……唯一的声音是洛洛的痛呼。

他完全睁开双眼,发现箍住胸膛的并非恐惧,而是洛洛的双腿,地面并非直冲着他飞来,而是与他平行后掠,他并没有在坠落,而是在飞翔。

KING RAT

绍尔的脑袋朝向后方,因此飞翔时他看不到洛洛。鸟首领的优雅双腿穿着在萨佛街定制的长裤,穿过两边腋窝钩住绍尔的身体。泰拉贡大楼在身后急剧变小。绍尔看见一个瘦长的身影站在父亲住处被打破了的塑料遮光帘中央,洛洛还在喊叫,但他仍然听见了一丝微弱的口哨声。

到了韦利斯登的肮脏暗处,这里树木成荫,乱蓬蓬的分形剪影之中,睡梦中的鸽子、麻雀和星椋鸟骤然涌出,吹笛手的魔咒唤醒了它们。鸟儿如碎屑般盘旋片刻,动作很快变得异常精准和迅速,仿佛出自数学模拟计算。

鸟儿向吹笛手汇聚,从天空的各个角落向内爆发,飞向他拱起的肩头,紧接着集体起飞,动作突然变得笨拙,它们拼命同时飞翔,拽着吹笛手的身躯穿过天空。

"那狗东西跟上来了!"绍尔吓得尖声大叫,随即意识到洛洛听不见。还好洛洛被他弄聋了,才没有和臣民一起前去搬运吹笛手。

绍尔在洛洛牢固的怀抱中晃动身体,以此提醒对方。脚下的街道飞速后掠。他们在天空和冰封大地之间摇摆。洛洛的哀号已经转成了呻吟。他对自己轻声哼歌,安慰着自己。两人背后,鸟群如浪涛般带着吹笛手在空中紧追不舍。有些鸟儿因为耗尽力量或撞上障碍物而落向地面,其他的鸟儿立刻冲过去填补空位,它们将爪子扣进吹笛手的衣服和血肉,互相推推搡搡,带着他以蝴蝶般的不规则路线疾速前进。

吹笛手越追越近。

水面和远处的铁轨不时短暂地反射月光。洛洛开始盘旋下降。

绍尔摇晃洛洛抓住他的双腿,叫喊着要洛洛坚持住,但洛洛已经濒临昏厥,只能听见脑海里的嘶喊声。绍尔瞥见底下是宽阔的公路和高低起伏的红色平地,洛洛猛然下降,景物突然从视野中消失。吹笛手就快追上他们了,他的随从正在逐渐减少,那光景犹如衣衫褴褛的流浪汉脱掉衣服。

他们继续坠落。绍尔瞥见铁道如扇面般散开,然后又是刚才的红色平地——实际上是几百辆停靠在一起的红色巴士的车顶。他们正在盘旋落向西邦尔公园地铁站,巴士路线和轨道交通在小丘陵顶上会集,西大道的阴影

168

鲜 血

在上方张开了大嘴。

他们飞进那片阴影,落在地面上。绍尔从洛洛的两腿中摔了出去,他不停翻滚,最后终于停下,浑身尘土和泥巴。洛洛躺在一两米之外,姿势很奇怪,弓着背,两膝跪地,双臂抱住脑袋,屁股伸向天空。

他们就在公共汽车终点站的黑暗入口旁边。不远处是停车场,停满了绍尔在空中看见的巴士。前方状如海绵的建筑物里还停了另外几百辆车。巴士紧紧地挤在一起,构成每天都会被解开的复杂迷宫。车辆必须经过精确的调度方可驶离车库。每辆车的四周都是它的同侪,各个方向的间距都不超过半米,模样古怪的诸多车辆造就了这个迷宫。

洛洛的正装沾满污泥,被毁掉了。

吹笛手晃晃悠悠地从天空中降落。绍尔拖着洛洛,跌跌撞撞地穿过大门,进入拱顶下的车库。他在最近的那辆车后面蹲下,躲开追击者的视线,这辆车是红色迷宫内壁的一部分。他摇晃着洛洛的腿,把洛洛拽向自己。洛洛扑腾一下,一动不动地躺下了。他的呼吸很吃力。绍尔疯狂地扫视四周。他能听见振翅声如暴风雨般响起,宣告着吹笛手的到来,压过振翅声的则是舞蹈之王本人吹出的尖细口哨声。吹笛手带着寒风飞进冰冷的大厅,在背后留下漫天羽毛。

口哨声停下了。惊恐的鸟儿立刻四散奔逃,绍尔听见砰然重响——吹笛手落在了附近的一辆巴士的车顶上。接下来的足足一分钟,除了鸟儿逃窜的声音之外,没有任何其他响动。紧接着,吹笛手踏着一辆又一辆巴士的车顶走向绍尔。

绍尔松开洛洛的双腿,紧贴在车身上。他向侧面悄悄移动,尽量保持安静。他感觉到野性的本能在体内苏醒。他如死人般安静。

这是一辆古旧的"路霸"[①],后部有开放式站立平台。绍尔悄无声息地站上平台,头顶上的脚步声越来越近。脚步声很慢,一下下踏在车顶上,只在

[①] 路霸(Routemaster):英国伦敦行驶的双层巴士型号,由AEC车厂生产,于1956年2月8日开始正式服役。

吹笛手跃过两辆车的间隙时稍停片刻。

听着外面的脚步声,绍尔慢慢退上台阶,没有发出半点响动。又是一下跳跃,吹笛手落在绍尔所在的巴士上,慢吞吞地踱过车顶,绍尔忍不住打了个寒战。

车子位于黑暗中。绍尔不停后退,伸手扶住两边的成排座椅。他抓住钢铁立柱,像是车辆正在行驶似的稳住身体。他的嘴巴傻乎乎地张着。他盯着车厢天花板,眼神跟随着上方的脚步声。脚步声沿着长对角线前进,走向他和洛洛刚才落地的地方。脚步声到了车顶边缘,看见吹笛手掠过左边的一扇窗户,绍尔的心脏险些从嘴里跳出来。他不敢动弹,但什么事情也没有发生。吹笛手没有看见他。绍尔悄悄蹲下,一点儿一点儿向前蹭,最后趴在了窗框底下,他抬起头,到仅够看见外面的位置停下,用双手掩住脸,瞪大眼睛,仿佛墙上的涂鸦恰德[①]。

车窗底下,吹笛手在洛洛身前弯下腰,用一只手碰碰洛洛,姿态仿佛博爱路人发现有谁坐在街边哭泣。吹笛手的衣服被无数细小的鸟爪抓得破破烂烂,而且透着血红色。

绍尔屏息等待。但吹笛手没有攻击洛洛,而是任由他沉浸在痛苦和凄惨的寂静之中。他挺起腰,慢慢转身。绍尔立刻蹲下,身体完全静止不动,大脑忽然开始重播吹笛手在他面前用两个招式就杀死了黛博拉的场景,绍尔觉得自己很弱小,他很愤怒,很厌恶自己,还很害怕。他呼吸急促,把脸埋在双膝之间,蹲伏在黑洞洞的巴士上层。

这时候,他听见了一声口哨,来自底下的乘客入口处。他感觉到恐惧使得双臂双腿积蓄起了巨大无比的力量。

吹笛手的声音在召唤他,和蔼可亲、轻松愉快,和先前没有任何区别。

"小鼠人,别忘了我能闻到你。"脚步开始踏上楼梯,绍尔慌忙退向车头,"怎么?你在下水道里吃住睡觉,难道还以为我会闻不到你?说实话,绍

[①] 恰德(Chad): Mr. Chad,著名的街头涂鸦形象,在英国被称为 Chad,在美国则是 Kilroy was here,图案是趴在墙头偷窥的小人,只露出半个脑袋、长鼻子、双眼和两只抓住墙头的手。

尔……"一个黑影出现在了楼梯顶端。

绍尔站了起来。

"我是舞蹈之王,绍尔。你还没有明白过来,对不对?还真以为你能溜出我的手掌心?你死定了,绍尔,因为你竟不肯随着我的音乐起舞。"

吹笛手说话时声音渗着愤怒。他缓步前行,车库里微弱的光线落在身上,这对于绍尔的鼠族眼睛来说已经足够了。

吹笛手面孔煞白,色泽被无情地褫夺一空。上千只慌乱的鸟爪抓乱了他整齐的马尾辫,头发乱蓬蓬地环绕在脸膛周围,伸到了下巴底下,绕在喉咙上,像是企图勒死吹笛手。鸟爪朝各个方向拉扯拖拽,撕碎了他的衣服,让他全身上下布满细小的伤口,到处都在淌血,惨白的脸上也淌着血。然而,吹笛手的表情却和破损的皮肤殊不相称,他仍旧用悠闲而和蔼的眼神盯着绍尔。他第一次看绍尔时就是这个样子,老一套的快活神情丝毫未变,他带着同样的神情跟绍尔打招呼,杀害了黛博拉,只在发现他没法让绍尔跳舞时有一个瞬间丧失了冷静。

"绍尔呀。"他打着招呼,伸出双手。

他向前走来。

"绍尔,我不是施虐狂。"他微笑着说,一边走一边押直胳膊,一只手碰到了座位和天花板之间的一根钢柱,他抓紧柱子,另一只手也伸过来抓住它。他开始扭折这根钢柱,他使劲时绷紧了肌肉,身体随之剧烈颤抖。钢柱缓缓弯曲,想顺从这力量延展,但却砰然断裂。吹笛手的视线始终盯着绍尔,表情也没有任何改变,即便在绷紧身躯的时候也一样。他猛拉已经折断的钢柱,另一端也断开了,钢柱落进他的手中,化作闪亮金属铸成的弯曲棍棒。

"我并不想伤害你,"他继续说道,接着走向绍尔,"但你就要死了,因为你不肯按我的意愿跳舞,所以你现在就将死去。"细长的棍棒猛地砸下,发出电弧般的闪光。眼见钢柱落下,绍尔倒吸一口凉气,以啮齿类动物的紧张姿态拼命躲开那一抹亮光。金属棍的参差断头给了座椅一个开膛破肚,扯出了一大团填充物。

吹笛手的力量如有千钧,势不可当。相比之下,绍尔被垃圾唤醒的结实的鼠族肌肉,那让他无比骄傲的新生力量,简直微不足道。他就地翻滚,躲开金属棍棒的袭击,慌忙退向车头。他想起了黛博拉,狂怒让他呼吸困难。在愤怒掀起的暴风雨催动下,老鼠的那一面和人类的那一面在体内剧烈交锋。绍尔想咬穿吹笛手的喉咙,想殴打吹笛手,砸烂他的脑袋,一拳接一拳地揍他,也想挠穿他的肚肠,用爪子掏空他的内脏。然而,这些事情他一样也办不到,因为他不够强壮,吹笛手会杀死他。

吹笛手稍微直了直腰,停下来,对绍尔咧嘴微笑:"玩够了。"他说着径直冲向绍尔,如抓长矛般举着钢柱。恐惧、愤怒和挫折感让绍尔尖叫一声,兽类的反射神经带着躯体闪开了那记野蛮的刺击。

他无法从吹笛手的身边逃走,绍尔很清楚这一点。他跳起来,在空中收紧双腿,狠狠蹬向旁边的座位,接着像活塞似的再次拉起双腿,铆足力气踢离座椅,推着身体朝侧面飞了出去,如跳水运动员般伸展躯体,撞向车窗,他感觉到玻璃在周围碎成了千百块碎片,掉落时一小块一小块地剜走了他的肌肤。

他飞过这辆巴士和旁边邻居之间的虚空,旁边那辆隶属于相同线路,更早些停进巴士车的迷宫。绍尔的身躯在离地四五米的空中飞过,紧接着又是一面玻璃在他强劲的鼠族双拳、双臂和两肩下碎裂,他的双脚还没离开这辆车,上半身就已经消失在了旁边那辆里,第一扇窗户的破碎声犹在耳中,第二声就接踵而至。整个身体穿了过去,翻滚着落下座位,玻璃碎片如碎花纸般撒下。

车外的噼里啪啦声音依然不绝于耳,小块玻璃不停掉落地面。他颤抖着站起来,不去理会破损的肌肤和深深的瘀伤。他奔向车尾的楼梯。背后响起奇怪的声音,一声怒气冲冲的咆哮,恼怒已经升格到了狂怒。又是一声轰然碎裂的巨响,绍尔从楼梯顶层的曲面镜中看见另一扇车窗也碎了,吹笛手脚朝前头朝后地撞进了车窗,一屁股坐在了座位上,他伸着脖子在看绍尔。吹笛手没说话,立刻起身追了上来。

鲜 血

绍尔三两步跳下楼梯,钻出巴士后门,奔跑在红色大型车辆围成的黑暗巷道中,在迷宫中失去了方向。他停住脚步,蹲下去,屏住呼吸。

远处传来奔跑的脚步声,有个声音在高叫着,"他妈的搞什么名堂?"天哪,绍尔心想。该死的门卫。绍尔的心脏怦怦直跳,仿佛丛林音乐中的贝司线。

他能听见门卫沉重的脚步声从附近某处接近,能清楚地听见那男人的喘息声。绍尔一动不动地站着,想在门卫的各种声音之外分辨出其他的响动,听见吹笛手制造出的任何声音。

什么也听不到。

一名穿灰色制服的超重中年男人忽然出现在绍尔站立的那两辆巴士之间的夹缝口。两个人动也不动地站立片刻,傻乎乎地面面相觑。他们一起动了起来。门卫拿着警棍走向绍尔,张嘴准备叫喊,但绍尔已经扑了上去,他让过速度迟缓的门卫,敲掉了对方手中的警棍。他把那男人的胳膊扭到背后,捂住他的嘴巴,在门卫耳边轻声说话。

"有个恶棍在这儿。他会杀了你的。快离开。"

门卫拼命眨巴双眼。

"明白了?"绍尔嗞嗞地说。

门卫使劲点头。他疯狂地扫视四周,寻找他的警棍,绍尔轻而易举就缴了他的械,这让他惊恐不已。

绍尔放开他,那男人冲了出去。才刚跑到巴士小街的尽头,笛声就刺破了周围的空气,他立刻一动不动地站住。绍尔马上跑上前,扇了他两个耳光,推搡他,但那男人的眼神已经变得迷醉,脸上露出疑惑和狂喜的表情,眼睛直勾勾地望向绍尔背后。

他忽然动了起来,以不相称的巨大力量推开绍尔,像个兴奋孩童似的奔向红色迷宫深处。

"妈的,别去!"绍尔低声叫道,他追上去,拖着门卫后退,但那人就是不肯停下,他看也不看地推开绍尔。笛声越来越近,绍尔一把抱住门卫,按住

173

KING RAT

他，试图捂住他的耳朵，但那男人忽然变得无比强壮，挥肘砸中绍尔的腹股沟，又挥出非常专业的一拳，正中他的太阳神经丛，打得绍尔连气也喘不上来，因生理反射而弯下腰，一时间动弹不得。他只能绝望地看着那男人消失在黑暗中，而自己却在拼命地努力呼吸。

绍尔勉强站直，蹒跚着追赶他。

巴士迷宫的心脏部位是一片空地。这是由红色金属和玻璃围成的怪异斗室，仿佛不足两米见方的僧侣隐修处。绍尔朝着那片空地奔去，拐过一个弯，他在那片空地的边缘处撞见了敌人。

吹笛手站在他的面前，长笛凑在唇边，视线越过门卫的肩头落向绍尔，门卫在随着尖厉的笛声可笑地欢腾雀跃。

绍尔从背后抓住那男人的双肩，拖着他离开吹笛手。但当门卫转过身的时候，绍尔看到一片碎玻璃深深地插进了他的眼睛，涌出的黏稠鲜血淌得满脸都是。绍尔尖叫起来，吹笛手停下了演奏。门卫的神情变得困惑。他摇摇头，举起手，试探性地去摸自己的脸。还没等他碰到眼睛，门卫背后忽然银光一闪，他如石块般倒下。沥青般黏稠的深色液体飞快地淌出碎裂的头颅。

绍尔动弹不得。

吹笛手站在他面前，擦拭着长笛。

"绍尔，我必须让你知道我的能力。"他没有抬头，语气很平静，像个非常失望、尽其全力才不大喊大叫的老师，"你看，我觉得你并不是真心相信我有多大本事。我觉得这是因为你不肯服从我的音乐。但其他人都无法逃脱，我想让你知道他们听得有多么用心，你明白了吗？在你去死之前，我想让你知道这一点。"

绍尔猛地向上跃起。

就连吹笛手也愣住了，刹那间因惊讶而失神，眼巴巴地看着绍尔抓住旁边那辆巴士的大号后视镜，在空中一个腾挪，双脚荡进了上层前车窗。吹笛手猛地把长笛往腰间一插，立刻追了上来。绍尔此刻也顾不得躲藏，只是勉

鲜　血

力再次飞出窗户,跃过两辆巴士之间的空隙,撞进隔壁一辆车的上层。他慌忙起身,继续腾跃,不去理会四肢和肌肤的痛呼。吹笛手紧追不舍,绍尔总能听见背后传来他的声音,两人撞破一层又一层的车窗,碎玻璃撒在底下的地面上,他们以恐怖的快速和暴力穿行于半空中。绍尔拼命想逃到迷宫的边缘,想把这场追逐引入开阔地。

尽头就在前方。正当他准备撞破又一扇车窗的时候,他意识到窗外半米处不再是另一辆巴士,而是车库墙壁上的一扇窗户,窗外远处有幢房屋。他飞出最后一辆巴士,跃向窗台,这扇窗户建在砖墙的正中间。他和那幢屋子之间隔着一条深深切入伦敦城的沟壑,大地的这道伤口里排满了轨道线路。绍尔和铁轨间只有一道高高的钢板围栏和一段长长的下坠距离。

吹笛手依然紧追在后,绍尔能听见一声声轰然碎裂的巨响,感觉到一次次成排巴士的震颤。绍尔踢碎最后这扇窗户,鼓足勇气,跳了出去,一把攀住底下灰暗的金属围栏。他恰好打横落在围栏上,体重使得围栏剧烈摇晃。他死死抓住栏杆,努力调整好身体的平衡。起身朝前跑了两步,绍尔扭头去看让他脱身的那扇窗户。吹笛手出现在窗口,正在向外张望,脸上已经没了笑容。绍尔沿着铁轨溜了下去,他的动作介于鼠族敏捷性的实践、控制良好的滑行和无可奈何的坠落这三者之间。

他抬头看了一眼,发现吹笛手也想跟上来。但这段距离对吹笛手来说太远了:他无法抓住这段围栏,无法像老鼠似的在上面爬行。

"操你妈!"吹笛手大喊,拿起长笛凑到嘴边。音乐响起,鸟群开始聚集,再次落向吹笛手的肩膀。

铁轨线路弯曲着朝两个方向延伸出了视线之外。两边的建筑物仿佛突出到了这条裂谷上方,隐然威胁着他。他拔腿狂奔,沿着铁轨向东而去。他朝身后瞥了一眼,望见鸟儿落在窗口的黑影上。绍尔拼命飞奔,发闷的金属碰撞声忽然传进耳中,铿锵声响仿佛受到了束缚,知道有列车正在接近,绍尔欢喜得险些哭出来。扭头一看,他见到了列车的灯光。

他往侧面略微一让,与铁轨平行奔跑。快来吧!他祈祷道,两盏车头灯渐渐接近，他忍不住要将其视为一双眼睛。车头灯上方的空中，状如稻草人的吹笛手正在飞来。

列车已经在旁边了，绍尔边跑边笑，酸痛的肌肉和破损的肌肤在互相撕扯。吹笛手拐到近处，近得能让绍尔看清他的面容，这时候，地铁列车嗖的一下超过了绍尔，他快跑几步，列车放慢速度准备转弯，就在列车完全越过他的那一刻，绍尔扑向了最后一节车厢的尾部，他像柔道修行者似的扭住对方，拼命想占据一个有利位置，他将手指深深地插进缝隙，攀住了金属模压造物的底部。

他拉着身体爬上车顶，列车开始加速，他伸开双臂，紧紧钩住车顶边缘。他趴在那里慢慢转身，最后终于面朝后方，抻长脖子，抬头望向吹笛手震怒的面容。吹笛手扭曲的脸在半空中时高时低，他还在继续吹笛；垂死的鸟群犹如天棚，载着吹笛手，在这条城市里的裂隙、这条没有盖顶的隧道里飞行——但现在无论如何也追不上绍尔了。

列车的速度越来越快，绍尔看着吹笛手化作一个半空中的破布娃娃，然后变成一片黑斑，再然后就失去了踪影，他眼前只剩下了四周的建筑物。

他看见建筑物里的灯光和动静，意识到人们正在今夜过着各自的生活，他们煮茶、写报告、性交、读书、看电视、打架、静静地在床上等待大限，城市并不关心他是不是刚刚死里逃生，有没有发现自己血统中的秘密，是否有一股以长笛为武器的残忍力量正打算杀死鼠族的王者。

头顶上的建筑物很美丽，也很冷漠。绍尔意识到他累极了，全身血流不止，而且还处于震惊之中。今夜他目睹了两个人的遇害，他们死在一种不关心他们死活的力量的手上。他感觉到背后起了湍流，于是放下脑袋，呼出一口气，长久地啜泣着。飞快接近的隧道掀起了漫天垃圾，又在列车背后将它们悉数吸入，温暖的风如拳击手套般袭来，漫射的城市灯光陡然全部熄灭，他消失在了地底下。

PART 5
【精神】

第二十章

法比安摇摇头,把雷鬼发辫揉成了难看的几小团。他的脑袋疼得可怕。他躺在床上,对着桌上他刚好还能看见的镜子做了几个鬼脸。

隔了一段距离放着的是所谓的"半成品",法比安的导师坚持要这么称呼它。宽大的画布上,左边三分之二涂着绚丽的金属喷漆和明艳而单调的丙烯颜料,右边三分之一则覆满了鬼魂般的字母、模糊的铅笔线条和炭笔画。他对这幅作品已经失去了大部分的创作动力,尽管看见自己又能开始创作,他还是有些骄傲的。

这是为了九十年代而作的装饰抄本[1],字母是由中世纪书法和当代涂鸦精细合成的。整个画面宽两米半,高一米八,只由三行文字构成:**有时候我想让自己迷失于信仰中,丛林音乐是我唯一想皈依的宗教,因为在鼓打贝司中我找到了自己的位置……**

他想出了一个以"S"开始的单词起首[2],因为描绘这个字母能带来极大

---

[1] 装饰抄本(illuminated manuscript):全称"泥金装饰手抄本",是手抄本的一种,内容通常与《圣经》有关,内文由精美的装饰来填充,例如经过装饰性处理的首字母和边框。泥金装饰图形则经常取材自中世纪纹章或宗教徽记。

[2] "有时候"在英语中是"Sometimes"。

的乐趣。他把"S"画得很大,包在一个匣子里,周围是大麻叶、扬声器和现代化的奴隶:粗仔和女孩。这是个复杂的戏仿作品,像是修道院艺术的呆板僵尸在凯斯·哈林[①]或其他某位纽约地铁艺术家手上还阳的效果。其他文字大部分是暗色的,但不是黯淡无光的黑色,而是穿插了霓虹条纹,并且被俗艳的涂料框在中间。警察在文字下方的角落里逡巡,仿佛抄本中的魔鬼:撒旦本人。但这年头你必须讽刺性地使用口号式的符号。法比安懂得规则,也懒得不去遵从规则,因此爬出深渊的魔鬼显得很可笑,是圣安东尼的最可怕的噩梦与甜甜背的综合体[②]。

右上方还没画出来的是一群舞者,是身处令人消沉的都市泥淖(画面中央单调的灰色迷宫)的朝圣者,他们正在寻觅道路离开,要去鼓打贝司的天堂。舞蹈的动作非常激烈,但他尽量让这些人的脸孔看起来像是来自他所嘲弄的古老图画:平和、愚钝、呆板。他记得自己热切地向讲师解释道,这是因为个人主义在丛林音乐俱乐部里并不比13世纪的教堂更受欢迎。这就是他喜爱丛林音乐的原因,但他也因此产生了挫折感,有时候甚至令他恐惧。这几句模棱两可的文字也有同样的起因。

他总在撺掇娜塔莎录制一首真正具有政治意义的歌曲,但娜塔莎始终在推脱,声称她对政治不感兴趣,这让法比安分外恼火。因此,在他找到其他肯帮忙的人之前,他打算继续施以情感攻势。因此就有了中世纪,他曾经这样解释道。在俱乐部展示富裕和格调的必要性,与在其他任何场合展示隆重礼节一样浮夸,一样索然乏味。而DJ们所受到的敬畏则无异于封建领主。

一开始,他的导师支支吾吾,听起来这个作品对他没有什么说服力,直到法比安暗示说导师不赞赏丛林音乐在现代流行文化中的重要性为止,这

[①] 凯斯·哈林(Keith Haring):1958—1980。美国著名街头绘画艺术家和社会运动者,活跃于20世纪80年代。

[②] 圣安东尼(St. Anthony)典故可见Max Ernst和达利的两幅同名作品,《圣安东尼的诱惑》,画面中充满可怖怪物。甜甜背(Sweet Sweetback)典出1971年美国电影《甜甜背的恶棍之歌》,充满了黑人文化元素。

终于让导师点头认可了。艺术大学的所有讲师都宁可去死,也不愿承认他们与年轻人的认知之间存在代沟。

尽管正在创作的这幅《丛林礼拜》让他备感骄傲,但他就是没法集中精神作画。

除了他失踪了的两位友人,他无法集中精神思考任何事情。先是绍尔,消失在了可怖的暴力和神秘事件构成的烟雾中,然后是凯伊,他的失踪不那么戏剧化,但同样神秘。法比安还没法让自己真心为凯伊担忧,虽说他已经至少有两个星期没有见过凯伊了,也许还更久。他挺担心,但凯伊这家伙生性迷糊,没什么目标,跟谁都和蔼可亲,实在想象不出他会惹上任何麻烦。然而,事情依然令人困惑和烦恼。似乎谁也不知道他去了哪儿,包括与他同住一套公寓的人,他们已经开始为凯伊的那份房租操心了。

而现在,他似乎连娜塔莎都要失去了。法比安恼怒于这个念头,在床上翻个身,生起了闷气。他对娜塔莎很愤怒。娜塔莎平时就很痴迷于她的音乐,但要是做得顺手的话,那就更是无以复加了。她和皮特合作的音乐让她异常兴奋,法比安觉得皮特这人太过奇怪,没法喜欢他。娜塔莎正在制作带到"丛林惊骇"去的曲目,这个派对即将在大象与城堡的某处举办。她有好几天没给法比安打电话了。

他想到,正是绍尔的离开导致了所有这些事情。绍尔很难算是这个社交集团的领袖,但自从他在监狱中神奇脱逃以后,某种维系法比安与众人友谊的东西也消散了。法比安变得孤身一人。

他深深地怀念绍尔,同时也很生名称的气。他对他的所有朋友都很生气。他对娜塔莎生气,是因为娜塔莎没有意识到他需要她,没有放下她那该死的编曲机,跟他谈谈绍尔的事情。他相信娜塔莎肯定也想念绍尔,但身为一名彻头彻尾的控制狂,她不愿意跟别人探讨这件事情。她只会忽然拾起话题,转弯抹角地间接影射两句,紧接着又拒绝继续谈下去。不过,她总是很有耐心地听法比安说话。她喜欢打破所谓的社会契约,不去跟其他人交流不安全感和各种神经官能症。对于娜塔莎来说,沟通永远是单向的。她既不知道也不关心这夺去了多少法比安的力量。

至于绍尔——法比安对绍尔很生气。这位朋友始终不跟他联系，法比安很是讶异。他明白绍尔的生活中肯定发生了什么难以置信的事情，因此才要如此彻底地跟法比安断绝关系，但这依然让他很受伤害。他绝望地想知道究竟发生了什么事情！现在，法比安有时候会害怕绍尔是不是已经死了，警方杀害他以后，编造了一个离奇的故事来减少怀疑。或者，绍尔会不会卷入了什么巨大的阴谋之中——三合会的模糊印象在法比安的脑海中一闪而过，还有黑手党的伦敦分舵，还有上帝才知道的什么组织——结果被例行公事地除掉了。

一般而言，这似乎是最有可能性的解释，唯有如此方可解释两名警察的死亡和绍尔的脱逃，但法比安无法相信他会对朋友卷入这样的事情一无所知。太欠缺说服力了。接着，他被迫开始考虑绍尔杀害了那两个警察的可能性——还有他的父亲，但法比安不相信，绝对不相信——可话又说回来……究竟发生了什么呢？

法比安环顾房间里他的四周，一个垃圾场：油画、唱片封面、衣物、CD、海报、杯子、包装纸、尘土、纸张、书籍、笔记簿、画笔、帆布、供雕刻用的玻璃碎片、盘子、明信片、剥离的墙纸。他很孤独，而且怒气冲冲。

场景过于熟悉，娜塔莎没有太在意。对她而言，这是一块白板[①]，一块白色的空间，她可以将她的曲调放置其中。她已经盯着它看了那么多个钟头，那么多天，特别是在绍尔消失和皮特出现之后，她达到了类似于禅定的超越境界。她将此处的种种特征在脑海里转录为了虚无。

首先是俗丽的网眼窗帘，总让人想起旧房客，她都懒得除掉它。窗帘微微飘动，一片亘古不变的白色，带着摇曳的边角。隔着薄纱能看见树木，窗外恰好是树枝与树干分道扬镳的高度。冬天剥光了树叶，黑色枝干仿佛鸟爪。一层窗帘，然后是扭曲的木节，黑乎乎的，错综复杂，是由或细小或粗大的枝条随意构成的格状图案。再往外则是路灯。

[①] 白板(tabula rasa)：约翰·洛克的哲学理论中所提出的没有形式、没有特征的心灵。

精　神

　　天黑后,遇到下雨的时候,她就坐在窗口,把脑袋从网眼窗帘底下伸出去,透过外面那棵树望着路灯。灯光穿过密集的枝叶,点亮了每条树枝的内侧,路灯四周是小小一圈被照亮的树木,成百上千个微细的湿润区域反射着光线。娜塔莎移动头部,路灯的光环跟着她在树木背后移动。那盏路灯仿佛一只肥胖的蜘蛛,坐在树木织成的蛛网中间。

　　现在是白天,路灯也化为虚无,只是窗帘外另一个失去了形体的物件,娜塔莎哪怕盯着看也注意不到它。再过去是马路对面的房屋。孩童的卧室,狭小的书房,厨房。屋顶,石板仿佛得了贫血症,粗糙的红色屋顶对于房间里的人而言是隐形的。屋顶背后是高高耸立的地标建筑,楼宇直插西伦敦的天际,粗笨而巨大,让人敬畏。高楼背后的天空遍布阴云,云团随风疾行,细部不停扭曲、转动、消亡,但总体却从不改变。

　　娜塔莎对这幅立体布景的每个部分都烂熟于心。要是遗漏了什么东西,或者有哪儿不一样了,她第一时间就会注意到。但此刻它正是平时应有的模样,因此她什么也没有见到。娜塔莎详细列出了眼前场景的各种特性,让它从眼前消失了。

　　有时候,她觉得自己能飘进那些云朵里。

　　她觉得自己无拘无束。

　　她想到绍尔,但她也想到了贝司线,她琢磨着绍尔的下落,听见一首令人眩晕的曲子在脑海里不请自来。不知道皮特去哪儿了。她想听皮特的笛声。该往《风城》里添加几层音色了。她意识到自己无法正常思考。她最近这些日子一直缺少安全感和使命感。她只想再多听听长笛演奏的音乐。

　　尽管已经简朴到了这个地步,但娜塔莎还想去掉房间里所有不必要的物品:床、电话、枕头旁边的杯子。她想关上门,抛下住处之外的整个世界,只是盯着那扇窗户看,盯着那幅场景看,透过窗帘这幅奶白色的稀薄屏障看。她不想听任何其他的声音,只想听街道上的喃喃低语和她的编曲机编织的旋律,随心所欲地制作《风城》。

　　几周前,法比安打来电话的时候,她说起了这首曲子,那家伙居然敢取

183

笑：豆子吃太多了吧①，或者类似的什么白痴玩笑。她突如其来地结束了那番通话，放下话筒之后，她咒骂着法比安，说他的愚蠢和迟钝实在没救了。即便她知道法比安错得有多么离谱，她心中有一部分还是想不偏不倚地评估法比安的评论，想设身处地思考问题。她对法比安的看法有些动摇。大概非得让他亲耳听听才行，娜塔莎最后大度地下了结论。

听见"风"这个字眼，法比安总要想起小时候的愚蠢笑话，娜塔莎对这种幼稚的粪便情结提不起半分兴趣。那是男孩子的把戏。怎么能让法比安明白她如此命名的初衷呢？娜塔莎演奏它、调整它、让它达到至美境界的时候，她甚至觉得胸口被挖空了。

开始的时候，是一小截钢琴乐，出自一首假模假式的新贵摇摆②破烂。她拆卸这段音乐的手法过于激烈，甚至都剥夺了其中的人性化元素。这与她平时的手法有些不同。钢琴这种乐器一般只能毁坏丛林音乐，让她想起妓院和愚蠢的伊比萨俱乐部。在这里钢琴却变成了工具，威胁着要毁灭全世界与人类有关的所有东西。悲伤和忧郁同样深切，但也异常可怕。钢琴试图回忆抑郁症，呈现的手法像是要求得到首肯。是这样吗？是这种悲哀吗？旋律这样问。我记不起来了。在钢琴的乐声底下，她悄然潜入，以潜意识的高度混了几分之一秒的静电噪音采样。

她花费很长时间寻找这种静电噪音，在收音机的各个波段录制了大量的声响，但又一一拒之门外，好不容易才找到了她想要的东西，于是一把抓住，完全按照她的意愿加入创作。她在此处暗示着它的存在。

钢琴乐段周而复始地播放几遍，每次反复间都有明显的间隔，撕裂着音乐，在这之后，鼓点轰然响起。鼓点一开始完全出自小军鼓，速度很快，宛如梦幻。紧接着，像是合唱的声音骤然涌出，继而消解为电子乐队的编配，那是捏造出的情感，是对感情的失败寻求。

接下来，贝司线。

---

① 《风城》原文为 Wind City，其中的 wind 在英语中亦有胃肠胀气的意思。

② 新贵摇摆（swingbeat）：new jack swing，一种混合音乐类型，结合了嘻哈乐和节奏蓝调。

精　神

极简主义的编曲：一下单独的砰然巨响，停顿，再一下砰然巨响，停顿，再一下，更长的停顿……双重的砰然巨响，然后回到起点。娜塔莎开始在这底下断断续续地添加静电噪音，维持的时间越来越长，越来越无规律地循环播放它们，直到静电噪音变成了鼓点底下恒定而不停变化的副歌。单调的干涉音波听来像是有什么东西即将破开白噪音而出。她对那个静电噪音采样极为骄傲：她在短波上找到一个电台，然后略微偏开，让噼啪噪音的波峰和波谷渴望着寻求接触，但却一次接一次失败，它一方面可成为有序的声音，另一方面也可以只是被归为背景噪音。

电波存在的目的是沟通。但在此处却失败了，它叛变了，和钢琴一样忘记了本来目的，而人类无法占据这座城市。

因为当娜塔莎聆听的时候，这首歌就是一座城市，她以极高的速度穿行于正在崩溃的巨大建筑物之间，所有的东西都是灰色的，高耸入云，硕大无朋，都已坍塌，颜色斑驳，空无一人，没有了主人。娜塔莎小心翼翼地给这幅画面上色，花了很长时间创造它，在音轨中加入了上百个关于人性的暗示，暗示人性无法成功，都是死胡同和失望。

等她将听众拉入那座城市之后，等他们感觉到了孤独之后，娜塔莎引入了"风"。

长笛的声音骤然喷发，嘲笑像在说话的静电噪音，这是她偷师于斯蒂夫·莱希某张专辑的手法——天晓得她是在哪儿听到的——斯蒂夫·莱希在曲目中让小提琴模仿人声。静电噪音滚滚前行，鼓点滚滚前行，失魂落魄的钢琴声滚滚前行，静电噪音起落之间，笛声总会颤抖着出现片刻，仿佛一个尖锐的回声，然后马上消失。一股股"风"将垃圾扫下街面。然后再来一次。笛声出现得越来越频繁，直到两簇笛声同时现身，互相较劲。一股又一股的风逐渐加入，不协和的声音模仿的是在大自然中举头并进的力量，半是音乐，半是野生——是人工的造物，是注释说明，是闯进这个城市的入侵者，轻蔑地改变了城市的形状，依照它的意愿雕刻着这座城市。长笛奏出的漫长低泣从后赶上，吹过所有的东西，这是唯一持之以恒的声音，在它的恐吓和贬抑之下,其他声音的效果相形见绌。静电噪音中的波峰和波谷都不见了,被笛声夷为平地。钢琴声不见了,一个个颤音相继离场,到最后只剩下单独的音符,如节拍器一般消磨着时间,紧接着连这个音符也消失了。曲折离奇的笛声取代了一切,剩下的唯有这阵飓风。长笛、白噪音、小军鼓和贝司线,这个荒芜节奏的结构坚不可破,绵延伸展了很长时间。

这就是"风城",一个巨大的都市,荒芜而破败,孤独而混乱,直到空气中掀起海啸淹没了它,长笛如龙卷风般清理了它的街道,嘲弄着路上遇到的那些可怜的人类遗迹,将它们像是风滚草般吹走,到最后唯有城市傲然挺立,所有的垃圾都被清理干净。电波的鬼魂,空洞声音的平直延续,宣告着人类的消亡。商业大道、公园、城郊和市中心都被"风"所占领、占据和占有。这是"风"的财产。

这就是《风城》,这就是引得法比安发笑的标题。

自从法比安开了那个玩笑之后,她就再也没法跟他说话了。

皮特真的理解她。事实上,听完这首曲子的片段之后,他告诉娜塔莎,她理解他,她真的理解他。

皮特以无以复加的热情爱着这首曲子。全世界都被风所占有的点子大概很吸引他。

韦利斯登的那套狭小公寓已经成了克罗利做梦时的固定场景。公寓乏味的建筑结构不再能够糊弄住他了。这地方是台发电机,可以源源不断地产出恐怖。

他蹲在那里,俯视又一张被毁坏了的脸孔。

狭小的公寓里,溢满暴力。这儿存在某种巨大的吸引力,诱使人们犯下凶暴和血腥的罪孽。克罗利觉得自己被卡在了什么恐怖的时间循环之中。*又是相同的事情*,他想着,低头凝视脚边那张被摧毁了的血肉模糊的脸。

他见过摔死在草坪上的绍尔的父亲,那肯定是第一次。没错,绍尔的父

精神

亲不像眼前受害人这样,被有条不紊地砸成了肉泥。他或许是在逃离这套公寓。或许正因为如此,所以他受到的伤害才没有这么严重。他在空气中闻到了味道,知道如果留下来的话,不但会死,而且会被碾得稀烂。他不想像虫豸一般死去,因此拖着自己的身体撞出窗户,寻求人类应有的死法。

克罗利摇摇头。他的锋刃也在变钝,这不是他能控制的。又是相同的事情啊。

然后是巴克,另一张被摧毁的面容,还有佩奇,以不可能的角度扭头向后看。

现在,又有一个人在祭坛上遭受了残害。女孩仰面躺在地上,周围的地面满是血污。她的脸向内弯曲,像是装了个铰链。克罗利抬头望向门框。从木制门框上的某一块区域开始,血液、唾液和黏液呈放射性迸发,她的脸就是被猛地推向了那个地方。

克罗利模糊记得,躺下睡觉的时候,责任感催促着他走进深夜里黑洞洞的走廊。他总是站在客厅中间,就是此刻他所在的位置,一次又一次地扭头去看背后,就像是追赶尾巴的小狗,他无法定住身形,因为他知道一旦站住不动,就会有什么东西扑上来*砸烂他的脸膛*……

他在梦中从没见过绍尔。

贝利推开一群不知所措的制服警察,走进房间。

"长官,到处都没有任何异常。只有这个,只有这儿。"

"赫林找到了什么线索吗?"他问。

"他还在跟今天早晨接到电话去了巴士车站的制服警察谈。许多辆巴士被破坏了。还有门卫,他们认为他并非死于插在眼睛里的玻璃,而是被一根细长的棍子打中了头部。"

"又是那根不寻常的棍子,"克罗利沉思着,"对于绝大多数人来说太细了。大家更喜欢能够痛击对方的器具。当然了,如果你和咱们这位疑凶一样强壮的话,那越细就越是好。接触面积越小,压强就越大。"

"长官,是不是咱们那位凶手?"

克罗利看着他。贝利的神情很困惑，甚至有些非难的意思。克罗利看得出，贝利觉得他的上司正在丧失理智。这些罪案的怪异特性对贝利的影响与对克罗利的大相径庭。贝利被推向那种攻击性强烈的教条式常识观点，一门心思只想捉拿绍尔归案，拒绝被眼前的血腥现场慑服或吓倒。

"怎么了？"克罗利追问道。

"您怎么有点儿信心不足，长官？能说说你认为不是杰拉蒙德的理由吗？"

克罗利有些恼火，像在驱赶蚊子似地摇摇头，掀起一阵小风。贝利没敢再开口。

没错，我有充足的理由，克罗利心想，**因为我亲自讯问过他，亲眼见过他。耶稣在上，看看他吧，他做不出这种事情。即便是他干的，也是有什么事情在我讯问他之后的那天夜里改变了他，彻底改变了他，让他不再是我见到过的那个人了。如果是这样的话，我的观点依然正确，绍尔·杰拉蒙德不是凶手，我才不在乎你和赫林怎么想呢，你们这两个愚笨的混账东西。**

所有事情都对不上。杀死西林街车站那个门卫的人，显然就是早先杀死那两名警察的凶手，眼前这位血肉模糊的姑娘也死在他手上。可是，警察接到电话赶往车站的时候，距离泰拉贡大楼的住户报告楼上传来可怕的叫喊和撞击声仅有几分钟而已。西邦尔公园与韦利斯登相隔太远，区区几分钟不可能赶得到。因此，砸碎了巴士车的玻璃，并且将玻璃插进那可怜男人眼睛的家伙，也就不可能是杀害这个女人的凶手了。

赫林和贝利当然不觉得这有什么问题。有人搞错了时间而已。韦利斯登的这些人肯定迟了半个钟头报信。或者是西林街的那些人搞错了，或者双方各自搞错了一刻钟，又或者是什么其他原因。至于那么多人怎么会同时搞错相同长度的时间，呃，长官，如果不是这样，你难道还有什么别的解释吗？

克罗利当然没别的解释。

有报告说，绍尔（或者其他什么人）毁坏巴士的时候，从车库里传来了音

精　神

乐声,这一点非常吸引克罗利的注意力。这部分报告含混不清,大致是说当时响起了一种尖厉的声音,像是有人在播放长笛或风笛的录音。绍尔可不是音乐家。克罗利知道得很清楚,尽管绍尔好像是某种舞蹈音乐的狂热爱好者,绍尔那位沉默寡言的朋友娜塔莉玩的就是那种音乐。那么,风笛又是怎么回事呢?

克罗利想象得出大众将为绍尔编造一个什么样的故事:绍尔变成了连环杀手。因此,绍尔需要他的仪式,比方说返回此处,返回他犯下第一桩凶案的现场,这个让他精神错乱的地方。至于在杀人现场(比方说巴士车站)播放音乐,除了仪式化的行为之外还能有其他解释吗?也许他在地下杀死那位仍未辨明身份的受害者时也播放了音乐——尽管克罗利尚无法确定那是否也是系列凶案上的一环。公共运输工具这个共同之处只能加深对绍尔的怀疑。

那么,绍尔为何不再痴迷于舞曲了呢?他为何开始播放被大部分听到的人描述为民谣的音乐呢?当然了,这些疑点都并非无懈可击,当然了……

然而,克罗利还是忍不住认为,在巴士车站播放音乐的另有其人。为什么不可能呢?为什么非得是绍尔呢?假如有其他人在用这种彻底不合绍尔口味的音乐嘲笑他呢?

克罗利忽然站了起来。一根细长轻巧的棍子。金属质地:击打处明确显示出这一点。是凶手紧紧抓住的某样东西,他不止一次地使用过它。从一个罪案现场带到另一个。看情形他还在现场演奏了音乐。

"贝利!"克罗利叫道。

大块头出现了,他对上司还是既不耐烦又恼火。

克罗利新提出的问题更是让他猛翻白眼。

"贝利,绍尔的朋友中有会吹长笛的吗?"

第二十一章

伦敦城的地下深处,鼠王在黑暗中潜行侦察。

他手攥着一袋贮粮,像背背囊似地斜跨在肩头。他大踏步地走着,没有留下半点痕迹,静悄悄地蹚过下水道的水网。

老鼠随着他的靠近而跑开。比较勇敢的稍微多留一会儿,对着他吐口水,撩拨他。他的味道深植于他们的神经系统之中,他们受到的教育就是唾弃他。鼠王没有理会他们。继续前进。他的眼神一片黑暗。

他如深夜的盗贼般行走。影影绰绰。难以辨认。肮脏。卑下。他的动机晦暗不清。

他将手浸入肮脏的溪流,拔掉通往王座房间的盖板,滑过坡道,落入不断滴水的巨大房间。他甩甩身上的水,踏着步子走了进去。

绍尔从背后扑上来。他手握一条断开的椅子腿,以无可匹敌的速度抡向鼠王,砸中了鼠王的后脑勺。

鼠王朝前飞了出去,伸开双臂,疼得大声尖叫。他趴在地上,翻个身,抱着脑袋想爬起来。

食物撒满了湿漉漉的地面。

绍尔咬牙切齿,颤抖着跳到他的身上。他一次又一次地抡起椅子腿殴

精　神

打鼠王。

鼠王的身体如水银般柔软。他以常人难以想象的姿势躲开绍尔的连串攻击，嘴里发着咝咝的声音，抱着流血的脑袋逃到了远处。

他转身面对绍尔。

绍尔的脸已成一幅由瘀伤、血迹和肿胀肌肤拼成的镶嵌图案。鼠王纹丝不动，用隐藏的双眼打量着绍尔，露出一口闪着肮脏黄色光芒的牙齿，呼吸粗重，手指弯成了凶狠的鹰爪。

但没等他的双爪有所动作，绍尔就又发起了攻击。绍尔的手掌和椅子腿重重地落在他身上，但鼠王的爪子也插向绍尔的腹部，在他已经破碎的衬衫底下拉出了几条伤痕。

绍尔这才开口，在他准备下一次攻击的时候喃喃地说。

"说啊，洛洛他妈的怎么会在那儿，啊？"砰！

鼠王滑出了椅子腿落下的弧线。椅子腿大声地砸在地上。

"是你叫他跟踪我的吧，啊？"砰！"你是怎么吩咐他的——回来向你报告吗？"砰！木棍这次击中了目标，鼠王怒喝一声。

鼠王咆哮着用手爪对绍尔发起了攻击，绍尔大声吼叫，带着新近产生的怨毒挥舞着椅子腿。两人绕着黑暗的房间飞奔，偶尔踩在苔藓或食物上滑倒，有时双足站立，有时手脚并用。绍尔和鼠王像是两个临界生物，在演化的层级之间徘徊，一面是野性，一面是智性。

"洛洛会给你通风报信，啊？小鸟？这小鸟会透露我所在的位置，对吧？"

攻击再次袭来，鼠王再次躲开，拒绝与绍尔对打，一次次的闪躲引得绍尔更加生气，鼠王灵活避闪，他的牙齿仍旧露在外面，惹人厌恶。

"洛洛要是碰巧告诉别人我在哪儿怎么办，啊？我是他妈的诱饵吗？"鼠王用右手抓住椅子腿，忽然野蛮地一口咬了下去，椅子腿变成一簇崩裂的碎片。绍尔没有停下，而是揪住鼠王肮脏的衣领，拽着他躺在污物之中，自己骑在了鼠王身上。

"你用不着担心了，该死的狗屎东西，因为吹笛手就在那儿，混蛋，看看他对我都做了些什么吧。你和南西都根本没有准备好,可怜的老洛洛只能独自应付他。"绍尔把鼠王的双臂按在砖块地面上,一拳一拳地殴打鼠王的脸。但即便受制到了这种地步,鼠王仍旧能够在他底下蜿蜒扭动,他的大部分攻击都没有落到实处。

绍尔把脸直贴到了鼠王面前,视线烧穿了鼠王眼睛上的阴影。

"我知道,哪怕我死了你也不会有任何感觉,只要我能带着吹笛手一块儿去死就行。"他嗞嗞地说,"我也知道你杀了我爸爸,你这天杀的混蛋,强奸犯,狗屎不如——连吹笛手也比你强……"

"不。"鼠王喊出这个字眼,猛地一抖,掀翻身上的绍尔,一下子滑开去,以他特有的姿势站在王座旁边,神态又是鬼祟,又是夸耀,但这次他的手爪露在外面,如野兽般滴着口水,看起来很危险。绍尔在遍地垃圾中跟跄后退,勉强站稳。

鼠王再次开口:"我没有杀死你的父亲,白痴。我杀死了篡位者。"

这几个字从他的嘴说出来,停留在空中。

鼠王再次开口。

"我是你的父亲……"

"不,你他妈的不是,你这古怪的倒霉怪物,堕落的灵魂,"绍尔立刻答道,"我或许拥有你的血脉,天杀的强奸犯,但你对我来说屁也不是。"

绍尔猛击自己的前额,苦涩地哈哈大笑。

"明白我的意思吗?'你的母亲是只老鼠,我是你的舅舅。'天哪,真是不赖——像糊弄傻子似的糊弄我!还有……"绍尔停下来,手指突然恶狠狠地指向鼠王,"还有,吹笛手那个该死的疯子,他追杀我只是因为他从你那儿知道了我的存在。"

绍尔重重地坐下,用双手捧住脑袋。鼠王望着他。

"明白吗? 我总在说我已经搞清楚了,对吧?"绍尔喃喃自语,"但我就是没法不去思考。该死的强奸犯,是你杀了我的父亲。是你让那个该死的阴森鬼魂追杀我,你把我的地址给了他,然后呢? 我是不是就该跑去找'爸

精　神

爸!'了呢?"绍尔厌恶地摇着头。反感和憎恨让他的肠子都要打结了。"你给我滚开。我不可能如你所愿。"

"你要我怎样,道歉?"

鼠王的语气很轻蔑。他走向绍尔。

"你要什么呢？我们流着相同的血。我离开了半个世代的时间,让你变成那胖子怀里的小人儿。我看得出来,你变得软弱了。该是你和老父团聚的时候了,我是窃贼的国王。我们流着相同的血。"

绍尔仰望着他。

"算了,混蛋,我不想跟你再有瓜葛。"绍尔站起来。"我只想退出。"他走到王座背后,转身又面对鼠王。"你自己去对付吹笛手吧。他追杀我只是因为你,明白吗？你这愚蠢的白痴,四处说些关于我的大话。你根本不在意家庭。你强奸了我的母亲,就为了制造一个武器。吹笛手很清楚。他管我叫秘密武器,他知道我对于你的意义。我知道我于他而言有很大的优势,因为他无法控制我。

"但是,他想杀死我只是因为你。所以,让我告诉你吧。"

绍尔一边说话,一边朝房间特殊的出口处后退。

"让我告诉你吧。你愿意怎么应付吹笛手,那是你自己的事情,我会照顾好我自己。行吗?"

绍尔盯着鼠王的眼睛,那双他依然看不清楚的眼睛,然后离开了王座房间。

下水道之上：天空中,越过屋顶。在空中。绍尔摸着淤青处,感觉到皮肤被拉得很紧,甚至已经裂开。他凝望伦敦城,城市在眼前伸展铺张,地下世界威胁着要破土而出,要撕裂表面的张力。天黑。他的生命现在永远属于黑暗。他成了夜行生物。

绍尔的身体很痛,头也疼得厉害,胳膊被刮伤、拉伤,深深的瘀伤在烧灼肌肉。但他无法静止不动。他有种孤注一掷的渴望,想克服困境,想燃尽体内的疼痛。他漫无目的地绕着梁桁和天线兜圈子,四肢放松,动作优雅如长

193

臂猿。他忽然很饿，但还是在屋顶多逗留了一阵，而后不停地奔跑，跃过矮墙和天窗。他跨过圣潘克勒斯车站错综复杂的顶棚，沿着如恐龙尾巴般从车站背后探出的屋脊狂奔。

这是拱顶的世界。古怪小公司的标牌向空白空间发动攻势，闯进了铁路线底下难以企及的空缺地方。它们用直截了当的广告词宣传着自己。

廉价办公家具。

快递找我们。

绍尔降回地面。和鼠王脱离关系让他情绪高涨，他在拼命疏导自己的心绪。他心神脆弱，随时准备涕泗横流或歇斯底里。他被伦敦城俘虏了。

有人拐过街角走近了：是个穿高跟鞋的女人，他听得出来，女人是一条勇敢的生魂，居然敢半夜三更在这个地区行走。他不想吓住那女人。于是靠在墙边，滑坐到了地上，装得像个昏睡的醉汉。

无家可归，这个共性让他眩晕。高跟鞋滴滴答答地走过他的时候，他想起了黛博拉，喉头一阵发紧。紧接着，他很容易地就想起了父亲。

但绍尔没时间胡思乱想，他下定决心，一跃而起，跟着嗅觉找到了这片古怪土地的垃圾箱，附近的街道没有住宅，只有为了缅怀维多利亚时代而建的商业场所包围着他。

垃圾箱里东西不多，没法挑挑拣拣。没有居民抛弃的东西，也就没有多少垃圾了。绍尔偷偷摸摸地走向国王十字。他找到了二十四小时营业的餐厅扔垃圾的地方，搜集了好大一堆食物。他跟自己玩着游戏，不允许自己狼吞虎咽，直到集齐了所有想要的东西为止。

一家外带中餐厅旁边的死胡同里，他坐在垃圾箱的阴影中，摆弄着他找到的食物：大块大块的油腻肉块和面条。

绍尔贪婪地吃着。他像饿了好几天似的不停进食。他像要填满体内所有缝隙似的进食，像要驱走体内现存的所有东西。

鼠王把他当诱饵使用，但计划却出了错。吹笛手看穿了他的打算。

在绍尔填饱肚皮的时候，他感觉到了那股奔涌力量的回声，这股力量

精神

曾在体内奔涌,那时候,他初次吞下了捡起的食物,垃圾堆里的食物,老鼠的食物。

吹笛手当然还是想要他的命,现在这念头的强烈度比以往有过之而不及。绍尔认为,吹笛手不用花很长时间,就能找到他。

历史翻开了新的一章,他沉思着。离开鼠王。爬出下水道。他吃得肚皮鼓胀,快撑死了才停下,然后又重新回到天际线原先的位置上。

绍尔觉得自己即将爆发,不是因为食物,而是因为某些在内里释放出的东西。*我应该发疯*,他忽然想道,*但我没有。我没有发疯。*

他能听到笼罩伦敦全城的声音,那是一种喃喃低语。仔细再听,这声音自行分解出了其中的成分:车声、争吵声、音乐声。他觉得音乐声无所不在,音乐声来自四面八方,上百种符合对位法的不同旋律在脚下编织成了一幅织锦。伦敦城的高楼是织针,捕捉住了音乐的线索,将其编在一起,围绕着绍尔收紧。他是不动点,他是界桩,他是用来缠绕音乐的挂钩。音乐声越来越响:饶舌乐、古典乐、灵魂乐、浩室、铁克诺、歌剧、民谣、爵士,还有丛林,永远是丛林音乐,所有的音乐到头来都建筑在鼓和贝司的基础上。

鼠王接走他之后,他有好几个星期没有听音乐了,都忘记了音乐的存在。绍尔如梦初醒般地伸展身体,用新生的耳朵聆听着音乐。

他意识到自己击败了这座城市。他蹲在屋顶上(究竟属于哪幢建筑物?他不知道)俯瞰伦敦,这座城市未曾料到有人会从这个角度观察它。他击败了建筑学的阴谋,男男女女垒砌的建筑物反而控制了人们自己,圈定了他们的关系,限制着他们的行动。出自人类之手的庞然巨物背叛了创造者,用所谓的常理击败了人们,悄然将自己扶上统治者的宝座。建筑物和弗兰肯斯坦的怪物一样不肯顺从,但发起的战争却微妙得多,在这场争夺位置的战争中,建筑物已经取得了相当大的优势。

绍尔漫不经心地迈开步子,走过伦敦城的屋顶和墙壁。

他不可能永远摒弃思考。

他试探性地开始考虑自己的处境。

鼠王不再与他站在一条战线上了。阿南西有自己的主意,只要能保全他和他的王国,他什么都肯干。洛洛疯了,聋了,很可能已经死了。

吹笛手想杀死他们中的每一个。

绍尔也有自己的主意。但一想到自己还没有任何计划,绍尔心头便泛起古怪的平和感。没有什么他能做的事情。他在等待吹笛手的到来。在此之前,他可以去地下,可以勘察伦敦城,可以去找他的朋友……

现在他开始害怕他们了。当他允许自己想起朋友们的时候,他的思念之情让心都痛了起来,但构成他的东西已经和构成他们的不一样了,他很害怕他会不知道该怎么当他们的朋友。住在一个迥然不同的世界里,他和他们能有什么共同话题呢?

然而,他也许并没有生活在另一个世界中。他想在哪儿生活,就在哪儿生活,他忽然愤怒地想到了这一点。这难道不是鼠王很久以前告诉他的吗?他愿意在哪儿生活,就在哪儿生活,尽管他所生活的世界与他们不再相同了,他仍然可以前去拜访他们的世界,不是吗?

绍尔意识到他有多么想见到法比安。

另外一方面,他也想到了,吹笛手之所以想杀他,正是因为他能行走于两个世界之间。想到吹笛手,他有一瞬间产生了孤独的感觉,随后意识到周围全是老鼠的气味,老鼠的气味总是包围着他。他慢慢起身。

他意识到伦敦城的气味就是老鼠的气味。

他发出吱吱的声音吸引注意力,一堆堆垃圾中探出了一个个光滑的小脑袋。他吼出一声短促的命令,鼠群开始接近,刚开始还有些战战兢兢,后来就带着热切的渴望了。他呼唤着更多的老鼠,肮脏的棕色躯体如怒涛般漫过屋顶边缘,钻出烟囱、防火梯和隐蔽的角落,仿佛液体流溢的电影在倒放,鼠群凝聚在他周围,挤得紧紧的,像是在闪点冻结了的爆炸。被压抑住的暴力蠢蠢欲动,依靠他的命令暂时隐而不发。

绍尔意识到,他不会独自面对吹笛手了。伦敦城所有的老鼠都会站在他这一边。

第二十二章

有时候,在将食物填进嘴里、睡觉、睡醒了做丛林音乐和会见皮特之外,娜塔莎也会记起别的事情。

她记起了某件事情。她觉得自己应该做某件事情,但就是没法确定究竟是什么,直到有人打来电话为止。她摸索着拿起电话,不明所以。

"哟哟,塔莎!"

这声音很怪异,吐字不太清楚,但充满热情。娜塔莎完全听不出对方是谁。

"塔莎伙计,在吗?是我啊,'手指'。收到你关于'惊骇'的信儿了,行啊,没问题。我们会把你也放上海报的,弄得你也是个名角似的。谁也不会承认他们从来没听说过你。"电话那头的人大笑着欢呼道。

娜塔莎嘟囔着说她没听懂。

对方沉默了好一会儿。

"我说啊,塔莎,你给我发了传真,伙计——说你想在'丛林惊骇'上露两手……还记得吧?一两个星期以前。行啊,没问题。我想知道你打算用什么名字,因为我们正打算最后再发一轮海报。闪电攻势,一路打到坎登镇去,也往你那儿去。"

什么名字呢？娜塔莎集中注意力，把玩着耳边的电话，假装明白这是怎么一回事。

"叫我'粗妞K'好了。"

这是她曾经使用过的名字。那男人要的是这个东西，对吧？她逐渐回忆起来，也理解了对方的意思。"丛林惊骇"，在大象与城堡附近。现实回到了脑海中。她快活地笑了笑。她是不是请求过对方给她一个放歌的机会？她不记得了，但可以播放《风城》啊，她不介意……

"手指"挂断电话。娜塔莎似乎让他有些不安，但娜塔莎只允诺过要在约定的日子到场，还答应过帮他传播消息。对方挂断电话后，娜塔莎把话筒在耳边又贴了好一会儿。嗡嗡声再次让她困惑起来，直到有一双温柔的手绕过她的头部伸过来，将她与电话机分开了。

是皮特，她带着一阵欣喜意识到这一点。皮特放下听筒，拉着她转身面对自己。她不知道皮特来了多久了。她抬头看着皮特，像是受了赐福似的快乐地笑着。

"我忘了告诉你，娜塔莎，"他说，"我觉得咱们应该抓住这个机会，让全世界知道我们在做什么。咱们去演奏《风城》，好吗？"

娜塔莎微笑着点点头。

皮特也报之以微笑。他的脸，娜塔莎看见了他的脸。他的脸像是受了伤，娜塔莎看见了一条条细长的疤痕，但不知为何，她没有真的注意到那些伤痕，皮特的笑容是那么欣喜。他的脸色异常苍白，但他的笑容中还是透着那种天真的快乐，她总是将这样的神情与他这个人联系在一起。多么可爱啊，她心想，多么充满活力。她也笑了。

皮特抓着她的手，一步步退开，直到回到伸手不可触的距离。

"娜塔莎，咱们来演奏音乐吧。"他提议道。

"噢，好的。"她低声说。这可太棒了，来点儿鼓打贝司。她可以让自己迷失其中，在脑海中拆碎旋律，看它们是如何会集成一个整体的。他们也许可以演奏《风城》。

精神

绍尔的所有朋友都有了下落，只除了那个叫凯伊的男人。克罗利琢磨着他拿着的这张纸，胃部想呕吐的感觉越来越强。他恐怕很清楚凯伊究竟在哪儿。

他觉得非常可笑，自己像是什么美国电视剧里的警察，在依靠本能办案，对荒谬的直觉作出反应。他想办法交叉比对了两套资料，一套搜集自地铁里的那具损毁尸体，另一套则属于绍尔的朋友凯伊，凯伊已有两个星期音讯全无。

有那么一段时间，克罗利半心半意地考虑着幕后真凶会不会是凯伊。你很容易把目睹的血案现场归咎于另一个失踪的人。他将这些猜想藏在心里。他不愿意将绍尔视为凶手，这让周围的人完全无法理解，但他能理解他们的想法。不过，肯定还有别的事情，必然还有别的事情……这样的念头在他的脑海里不停打转……说不通啊。他见过绍尔。肯定还有别的事情正在发生。

忧虑破坏了他对调查的掌控。他被迫低调行事，自顾自地记笔记，和实验室的技术人员交换人情，正常渠道对于他的想法来说风险太高。他不能跟手下的男女探员坐在一起搞头脑风暴，让各种可能性来回碰撞，因为他们都太清楚在寻找什么了。罪犯名叫绍尔·杰拉蒙德，他逃出了监狱，非常危险。

因此，尽管他曾经通过讨论办成过最漂亮的几个案子，但克罗利还是中断了讨论。离开了讨论，他害怕想法会受到阻碍，会变得似是而非。没有其他人帮他去除思考中的废物，这些废物会玷污他的想法。但他别无选择，他成了孤家寡人。

凯伊是凶手——这也是他必须摒除的念头。凯伊只是配角，与这场大戏中的任何一个主角都不够亲近。他比绍尔还缺乏动机去实施本案中的任何行为。他在体能方面也远远比不上绍尔。

另外，他的血型与涂满了莫宁顿新月站墙壁的血液相符。

尚可检验的下颚碎片也对得上凯伊的记录。

但是,尸体损毁成了那样,无法得到确定性的证据。然而,克罗利知道警方找到了谁的尸体。

可是,即便如此,他仍旧认为警方应该缉捕的人不是绍尔。

但他无法跟任何人讨论这件事情,也不敢把心中的怜悯告诉别人,积压在心中的怜悯感与日俱增,已经在威胁着要压倒恐惧、愤怒、厌恶、害怕和迷惑了。怜悯因绍尔而起,还在不断增长。因为,如果他的猜想是正确的,如果绍尔不该为克罗利所见到的所有那些事情负责,那么绍尔无疑正处于极度凶险的处境之中,那是一个由怪诞和血腥屠杀所拼成的万花筒。克罗利或许觉得很孤单,觉得他跟周围的人断绝了关系,但如果他的猜想是正确的,那么绍尔……绍尔的处境才是真正的孤独。

法比安回到房间,立刻又难受起来。现如今只有骑着自行车在伦敦城兜圈子的时候,孤单的感觉才不会紧紧地压迫他。最近他在路上的时间越来越多,以此消耗糟糕食物带给他的垃圾热量。他是一个精瘦的男人,每天接连几个钟头的骑行更是在剥除最后几盎司赘肉。他正变得只剩下皮肤和肌肉。

他在冷风中骑了几公里,环境温度陡变,皮肤因而泛红。运动时流的汗让他很不舒服,汗水冷冰冰地贴在身上。

他向南直行,沿布里克斯顿山街而下,经过监狱,穿过斯特雷特姆,朝米切姆而去。这是真正的城郊地带,房屋都放低了高度,商业区越来越平坦和缺乏灵魂。他前后迂回,走了不少小巷:他需要横穿干道,要等待轮到他走的时候,要留神背后,要向给他让路的人短暂地表示谢意,要忽然切到那辆保时捷的前面,不去理会他惹得别人生气的事实……

法比安的社交生活就剩下了这些。他跟该死的沥青路面互动,跟开车经过他的人们交流。这是现在他所拥有的最接近于人际关系的东西。他不知道到底是怎么了。

因此,他就只是不停骑行,偶尔停下买炸薯条和巧克力,偶尔也买橙汁,站在狭小简陋的杂货店兼报刊亭门外,把自行车停在宣传冰激凌和廉价复

精　神

印的褪色广告牌旁边,将食物放在鞍座上吃掉。

吃完东西,他回到路上,回到他与路面的匆忙交谈之中,他冒着危险,跟轿车和卡车打情骂俏。对他来说,再也不存在"社会"这回事了。他被剥离出去,被迫乞讨社交的残渣,例如信号灯和制动灯,例如交通中的粗鲁和礼让。只有这些时候,才会有人注意到他,因为他而改变他们的行为举止。

法比安孤独得心都疼起来了。

电话答录机对他眨着眼睛。他揿下"播放"按钮,骤然复活的声音属于名叫克罗利的警察。他的声音很凄凉,法比安认为这种效果不仅仅出自录放媒介。法比安带着他和警察打交道时一向持有的厌恶和恼怒听克罗利的留言。

"……官克罗利,莫里斯先生。呃……不知道您是否能再帮我一个忙,回答几个问题。我想跟你谈谈你的朋友凯伊,还有……呃……希望您能回电。"

克罗利停顿片刻。

"莫里斯先生,您不吹长笛,对吧?你或绍尔认识吹长笛的人吗?"

法比安一下子动弹不得。他没有听见克罗利还说了什么。答录机里的声音又持续了一分钟,然后停下来了。

鸡皮疙瘩如浪头般瞬间吞没了他,转瞬即逝。他摸索着使劲揿下"倒带"按钮。

"……能回电。莫里斯先生,您不吹长笛,对吧?"

倒带。

"莫里斯先生,您不吹长笛,对吧?"

法比安痛苦地催促着麻木的手指快进磁带,找到了克罗利留下的号码。他将号码敲进电话。*他为什么想知道这个？为什么？*他的意识不停追问。

线路正忙,一个愉快的女声说他已经进入等候队列。

"我**操**!"法比安叫道,把听筒摔在话机上。听筒弹了一下,悬在挂钩上,

201

拨号音清晰可辨。

　　法比安剧烈地颤抖着。他一把扯起自行车,推着它挣扎着穿过逼仄的门厅,摆在面前,准备骑上街道。他随手摔上门。肾上腺素和恐惧让他反胃。他冲上马路,加速赶往娜塔莎的住处。

　　现在没空搞社交活动了。他从密集的车流中钻进钻出,在背后掀起刺耳的喇叭声和连番咒骂。他以可怕的锐角拐过一个个路口,行人纷纷跳出他的去路。

　　天哪,我的天哪,他心想,*克罗利为什么想知道这个？他找到了什么线索？吹长笛的人干了什么事情？*

　　此刻他已经过了河,老天才晓得他是怎么做到的,他意识到每一秒钟他都在拿生命冒险。他仿佛一阵阵地进入神游状态,他根本不记得自己在过桥前经过了哪些盘根错节的街道。

　　血液在血管中涌动。他眼花缭乱。冷风一巴掌扇醒了他。

　　前方有一排电话亭飞速进入视野。他突然再次意识到自己的与世隔绝。他一拉车闸,陡然停车,任由自行车摔在地上,他在自行车停下前已经跑了起来。离他最近的电话亭里没人,法比安在口袋里翻找零钱,拿出了一枚五十便士的硬币。他拨出克罗利的号码。

　　*拨999啊,白痴加三级！*他忽然惊讶于自己的愚蠢,但这次克罗利的电话接通了。

　　"我是克罗利。"

　　"克罗利,是我,法比安。"他几乎无法说话;一个个单词互相吞噬,争先恐后地想要蹦出来。"克罗利,快去娜塔莎的住处。咱们那儿碰面。"

　　"等等,法比安,别急。到底是怎么一回事？"

　　"*快去就是了,该死的！长笛,他妈的长笛！*"他挂断电话。

　　*那家伙在对娜塔莎做什么？*法比安一边奔向自行车一边想。自行车的踏板还在慢慢转动。那个忽然出现的古怪混球,天哪！他觉得娜塔莎跟那家伙有了私情,这能够解释她怪异的行为,还有法比安从皮特身上隐隐感觉

精 神

到的挑衅。但要是……要是其中还别有隐情怎么办？克罗利到底知道什么？

法比安就快抵达目的地了，他正加速冲向娜塔莎的住处。伦敦的光芒包围着他。他根本听不见车流的声音，仅仅依靠双眼保持生存。

又是一个急转弯，前面就是拉德布罗克丛林路。他有一瞬间意识到自己正泡在汗水里。今天阴云密布，温度很低，湿漉漉的皮肤冰凉冰凉的。法比安直想哭。他觉得他完全失去了控制，对这个世界彻底无能为力了。

再一转弯，拐上娜塔莎所在的街道。这儿和平时一样荒芜。耳中的鸣响消失了，鼓打贝司取而代之，那是娜塔莎住处的配乐音轨。空幻而破败，是一首极度凄凉的曲子。他能感觉到音乐爬进了他的双眼背后。

他跳下自行车，听凭它摔倒在娜塔莎家的大门旁边。

法比安揿响门铃。他用手指压住按钮，直到看见门上的烟色玻璃中出现了人影才松开。

为他开门的是娜塔莎。

法比安疑惑了一小会儿，他怀疑娜塔莎是不是吸了毒，她看起来是那么茫然，眼神是那么蒙眬。但他马上又注意到了娜塔莎的肤色是那么苍白，身形是那么瘦削：蛊惑娜塔莎的东西比毒品更加厉害。

见到法比安，娜塔莎微微一笑，用无法聚焦的双眼仰望着他。

"嘿，法比，兄弟，一向可好？"她的声音很疲惫，但还是举起手跟他碰拳。

法比安抓住她的手。她略微有些吃惊，盯住了法比安。他把嘴唇凑近娜塔莎的耳朵。

说话的时候，他的声音在颤抖。

"塔莎，兄弟，皮特在吗？"

她抬头看着法比安，疑惑地皱起脸，点点头。

"是啊。我们正在练习。为'丛林惊骇'作准备。"

法比安想拽着娜塔莎离开。

"塔莎，咱们必须离开。请你跟我走。我保证会跟你解释的，但现在请跟我走……"

"哦,不行。"她听起来既不生气也不困惑,只是轻轻地抽出了手,开始关门。"我还要跟他合奏几首曲子呢。"

法比安推开门,抓住娜塔莎,用右手捂住娜塔莎的嘴。娜塔莎瞪大眼睛,使劲挣扎,但法比安还是拖着她走向了门口。

他的眼睛感到刺痛,他对娜塔莎耳语道:"塔莎,求你了,你不明白,他跟这许多事情都有关系,咱们必须逃走……"

"嗨,法比安!别来无恙?"

皮特出现在了上面的楼梯口。他俯视着法比安和娜塔莎,身体不紧不慢地走着。他露出了和蔼可亲的笑容。

法比安立刻动弹不得,怀中的娜塔莎也是一样。

法比安盯着皮特的脸。这是一张煞白的脸,横七竖八都是难看的抓伤,伤痕错综复杂,愈合了一半,样子很可怕。他还是一副平时的快活神情,但眼神却出卖了他,眼睛睁得有些太大,视线有些过于冷酷。

法比安意识到他非常害怕皮特。不知道克罗利还有多久才能赶到。

"嘿,皮特,兄弟……"他咕哝道,"呃……我想……我和塔莎想出去一小会儿……呃……"

皮特摇摇头,似乎被他逗乐了,又有些懊悔。

"唉,法比安,你可不能走啊。来听听我们正在做的音乐。"

法比安摇摇头,踉跄着又退了半步。

"娜塔莎?"皮特说,扭头看着她。他吹了一声非常短促的口哨。娜塔莎立刻在法比安的怀中转个半圈,从他的身子底下伸出脚,只一个动作就踢上了法比安背后的房门。法比安摔在门上,娜塔莎站到了一旁。法比安瞪着娜塔莎,而娜塔莎的眼神转瞬间又有了焦点,而刚才那一瞬间,她的双眼却失了神。

法比安伸手在背后摸索着寻找门锁,他合不拢嘴巴,站直的时候双腿不停打着哆嗦。

精 神

"你看,法比,"皮特通情达理地说,朝他走下了楼梯。"事情很简单。"娜塔莎一动不动地站在那里,望着他一步步接近。"我不太清楚你弄明白了什么,或者是怎么弄明白的,不过我很佩服你,真的很佩服,但现在怎么办呢?我该怎么处理你呢? 我可以像对待凯伊那样杀了你,但我觉得我还有个更好的主意。"

法比安从喉咙深处发出了夹杂着愤怒和惊恐的细小声音。凯伊……凯伊怎么了?

"总而言之,首先,我想你还是先上楼吧。"皮特对着楼上的房间打个手势,几缕微弱的丛林音乐顺着楼梯飘了下来,此刻似乎正在膨胀,在室外听到的凄凉音乐突然充满了法比安的脑袋。这首曲子多美啊,彻底征服了他……

这让他想起了那么多事情……

他意识到他走上了楼梯,然后进了娜塔莎的卧室,但他并不怎么担心,因为真正重要的是他必须听清这首曲子。音乐中蕴含着某种东西……

音乐忽然停下,他拼命喘气,蹒跚而行,感觉像要窒息了。

房间里一片寂静。皮特的一只手放在编曲机的开关上。娜塔莎站在皮特旁边,双臂摆在身体两侧,眼中又是那种飘忽的神色。皮特的左手拿着一柄厨刀,搁在娜塔莎的喉咙上。娜塔莎顺从地扬起了头。

法比安惊恐地张开嘴,对皮特和娜塔莎打着手势,他们两人像是旨在表现杀人时刻的蜡像。法比安只能发出一些不着调的声音。

"是的是的是的,法比安。回答我的问题,否则我就割了她的喉咙。"皮特的声音仍旧不紧不慢,彬彬有礼,"还有别人要来吗?"

法比安的视线在房间里扫了一圈,努力衡量此刻的局势。皮特把刀子压进娜塔莎的喉咙,刀刃两侧顿时涌出鲜血,法比安尖叫起来。

"是的! 是的! 警察正在赶来!"法比安喊道,"他们会抓住你的,该死的混球……"

"不,"皮特说,"不,他们做不到。"

205

他放开娜塔莎,娜塔莎试探着摸了摸脖子,鲜血让她又是不安又是困惑,皱起了整张脸。她拿起一个坐垫,压住脖子受伤的那一侧,望着坐垫渐渐被染成红色。

皮特的眼睛始终盯着法比安,伸手在电子键盘顶端摸索片刻,捡起了搁在那儿的几卷数字录音带。

"塔莎?"他说,"去拿你的录音包,带上几张十二吋①。咱们去我的地方躲藏,等'丛林惊骇'开始。"他对法比安笑了笑。

法比安冲向房门。他听见了一下轻轻的破空哨声,左边小腿立马火烧火燎地疼了起来。他惨叫着跌倒在地。厨刀深深地插进了他的小腿肌肉。他伸手去摸,弄得手指全是鲜血。他喘了一口气,尖叫起来。

"明白了吧,"皮特似乎觉得好笑,"我能用音乐让你起舞,但是,去他妈的,有时候别的法子也挺管用。"他站在了法比安的面前。

法比安闭上眼睛,把脑袋搁在地板上。他快要昏厥了。

"你会来参加'丛林惊骇'的,法比,对吧?"皮特说。娜塔莎在他背后默默地收拾东西,"现在你大概不想跳舞,但我保证到时候你会想的。另外,我得请你帮我一个忙。"

鼓打贝司的嘭嘭敲击声很微弱,飘到贝塞特街的时候已经没了神采,在警笛声的映衬下更是变得无影无踪。两辆警车开到门口停下。穿制服的男女警察跳下车,冲向大门。克罗利站在一辆警车旁边。在他身后,附近的居民隔着各自住处的门窗偷看。

"你们是因为尖叫声来的吗?反应可真快啊。"一位老人赞许地对克罗利说。

克罗利的胃里一阵翻腾,他别开视线。不祥的预感让他想吐。

门旁边的人行道上扔了辆自行车。克罗利望着自行车,让拿撞锤的人去处理那扇门。警察乱哄哄地冲上门口的台阶。克罗利注意到他们都端着枪械。

---

① 十二吋(12 inches):DJ常用的黑胶唱片格式。

精神

  室内传来沉重的踹门声,在外面的街上都能听得一清二楚。丛林音乐的微弱节拍骤然停顿。克罗利跟着先头部队大步走进门厅。他小跑上了楼梯,等在那套公寓的前门口。
  一名穿防弹衣的矮个子女警官走近他。
  "什么也没有,长官。"
  "什么也没有?"
  "让他们逃了,长官。连个鬼影子也没有。我想你该看看这个。"
  女警官领着克罗利走进公寓。房间里挤满了警察们粗笨的躯体。到处都能听见权威感十足的说话声和搜查的响动。
  克罗利环顾客厅的赤裸墙壁。客厅的门口有一摊血,此刻还滑溜溜的,很黏稠。蒲团上的一个白色坐垫被染成了深红色。
  电子键盘,立体声音响,手提包……所有东西都没被碰过。克罗利几步走到黑胶唱盘前。唱盘上放着一张十二英寸单曲碟。唱针已经跳开,沉重警靴引起的振动将其推离了轨道。克罗利骂了一句。
  他提高了音量,声音中渗出怒火。
  "大概谁也没有看到唱片播放了多久吧?没有吧?"
  所有人都大惑不解地看着他。
  "因为从那上面可以知道他们是多久以前离开的。"
  所有人都阴沉着脸望向了别处。他们用各种眼神和手势表达着相同的意思:下次你来试试看吧,长官大人,突袭疯子盘踞之处时还得时刻留神注意。
  去你妈的,怒火中烧的克罗利心想。**去你妈的**。他看着地板和坐垫上的血迹。他望向窗外。巡官正在阻拦越聚越多的群众。自行车孤零零地躺在地上,已经被大家遗忘了。
  法比安啊法比安……克罗利心想。**我失去了你,我失去了你。你曾是我的线索,法比安,但现在你也不见了。**
  他趴在窗台上,把脑袋搁在胳膊上。
  法比安,娜塔莎,你们去了哪儿? 他心想。**还有,是跟谁去的?**

第二十三章

有人在墙上涂写了留言。

话很粗鲁,全是俚语方言,旨在请求绍尔停战。写字的人将文字刻进砖块,用铅笔涂黑,再喷上喷漆。

第一条留言出现在绍尔打算爬进去睡觉的烟囱外壁上。

听着小子,话是这样说的。一家人应该团结,过去的就让它过去吧。一加一大于二,你知道的,事实上两个人可以无往不胜。

看见留言,绍尔摸着细细的刮痕,看了一遍周围的屋顶。空气中弥漫着鼠王的臭味,绍尔闻得很清楚。身边的鼠群竖起毛发,准备进攻或者逃跑。现在他从不会孤身一人,永远有一群老鼠聚在身边,鼠群的成员时有来去,但总体数量很少改变。

绍尔和侍从们蹲在屋顶上,嗅着空气。那天早晨,他没有在烟囱里睡觉。

第二天晚上,他在下水道的角落里醒来,这是他给自己找的栖息之地,发现又一条留言涂在头顶上方。这条留言是用白色油漆涂抹的,油漆淌下来,沿着墙壁流进了污水,使得字迹仅是勉强可辨。

你的行为对任何人都没好处,除了吹笛手。

精 神

这句话是在他睡觉的时候写下的。鼠王在跟踪他,不敢跟他说话,但发了疯似的想与绍尔和解。

绍尔很生气,让他生气的原因是鼠王仍旧能够轻而易举地偷偷跟踪他。他意识到自己只是一个婴儿,一个小小的鼠人。

他无法去思考鼠王说的对不对。这与他毫无关系。让步已经到了极限。鼠王,强奸犯,杀人犯,他摧毁了他的家庭,他没有权利要求他的协助。鼠王放出了吹笛手,把绍尔弄成了这个样子。他救出绍尔,但只是将其放进了一个新的监牢。

去他妈的鼠王,绍尔心想。他当了诱饵,他已经忍无可忍。他知道鼠王不值得他信任。

他转而思考能为自己做些什么。

尽管他觉得获得了解放,尽管他觉得自己很有力量,但绍尔并不知道他该做什么。他不知道吹笛手住在哪儿。他不知道吹笛手何时会再次攻击。除了知道自己的处境不安全之外,他什么也不知道。

绍尔越来越多地想起他的朋友。他花了很多时间跟老鼠说话,但老鼠只是生性狡猾,并没有真正的智慧,他们的愚蠢令他更觉疏离。他记起了离开鼠王那天夜里自己的想法,当时他醒悟过来,要不要让他的世界跟法比安和其他人的世界有所交会,这完全是他的决定。

他想见到法比安,这个念头压倒了一切。

因此,一天晚上,他命令鼠群离开。老鼠们立刻执行他的旨意,随着一阵突如其来的慌乱纷纷消失。再次孤身一人的绍尔开始穿越伦敦城。

他怀疑鼠王在跟踪他,还在监视他。只要那混蛋保持距离就行,绍尔下了决心,其他的都无所谓。

绍尔从塔桥底下通过泰晤士河。他像猿猴似的攀爬桥底的横梁,钻过灌木丛般的粗大线缆和排水管道。走到一半,就是桥面分开升起后允许较高的船只经过的地方,他停下来,抓着横梁吊在半空中,身体微微晃动着。

他的天空被夺走了。无论平视还是仰视,所能见到的仅仅是上方巨大的桥身。视线的最边缘处,建筑物在泰晤士河对岸再次出现。但城市的绝大部分只是河面上的倒影,泰晤士河仿佛一面起伏不定的破裂镜子。水面上波光粼粼,成百上千个光点点缀着诸多暗沉沉的形状;伦敦的高楼群,远处南岸中心的灯光,对于绍尔来说,倒影反而比它们在空中的对应物更加真实。

他俯视着脚下的城市。这是一幅幻景。灯光在眼前闪烁跃动,却不是真正的城市。当然了,它们也是城市的一部分,一个必要的部分……但这些美丽的灯光,尽管比空气中的那些更加富有活力,却只是虚像而已。它们仅仅涂绘在水面上。在这层薄薄的虚饰之下,河水仍旧肮脏,仍旧危险,仍旧冰冷。

绍尔牢牢记住这一点。他拒绝承认这座城市的诗性。

绍尔走得飞快,使得擦肩而过的行人忽视了他,他对他们来说根本不存在。大步走过街道的绍尔宛如形影无踪的数字零。他偶尔停下,动也不动地站着,侧耳倾听,想知道是否有人跟踪。尽管没有看见,但他也不会天真地认为这个结论靠得住。

他从后街小巷接近了布里克斯顿,不想走进这里的灯光和人群。他心跳加速,他很紧张。他有那么长时间没跟法比安说过话了,他害怕两人已经无法理解对方了。法比安会觉得他的声音怎么样?听起来会不会很奇怪,会不会像是老鼠?

他到了法比安住的街道。一名弯腰驼背的老妇人经过身边,除此之外再也没有其他人了。

有什么不对劲的地方。气氛令人很紧张。有人在法比安房间的白色窗帘后面走动。绍尔一动不动地站住了。他望向那扇窗户,见到朦胧的男女人影在走动。他们没有特定方向地乱转,仿佛正在调查什么。绍尔心中的恐惧越来越盛,眼前浮现出他们正打开一个个抽屉,检查一本本书,凝视法比安的画作。他知道什么人拥有那样的举动。

绍尔的举止随即改变。前一个瞬间,他还拱着双肩,身体绷紧,样子与

精神

常人无异,你会看见他,但肯定不会注意他,这是他在街道上的伪装。这一个瞬间,他伸展躯体,扑向了人行道。他突然弯下腰,同时悄无声息地贴着矮墙行走。他偷偷摸摸地穿过狭窄的绿化带和断断续续的狭小天井。

此刻他变成了真正的隐形人。他能感觉到身体起了变化。

他贴着墙壁前进,动作突兀而不连贯,间中是不合常理的全然静止。他抽动鼻子,嗅闻空气。

绍尔站在法比安的住处前。他无声无息地跃过矮墙,以蹲姿落在窗户底下,把耳朵贴在墙上。

建筑物背叛了房间里的人。声音毫不费力地钻过了裂纹和砖块间的缝隙。

"……不喜欢那幅该死的画,可是……"

"……知道探长在这件事上彻底没辙了。我是说,那家伙他妈的完全丧失理智了……"

"……莫里斯那个怪老头,干吗不让他滚蛋算了?……以为他挺上道呢……"

警察的谈话仿佛无穷无尽的溪流,充满了陈词滥调和含义不明的行话。他们的话毫无意义,绍尔绝望地想道,他妈的一点儿意义都没有。他很想与人对话,与人沟通,很想听见人类语言的词汇被肆无忌惮地消耗……他想哭。

他已经失去了法比安。他用双手捧住脑袋。

"他不在了,小子。这会儿他在坏人身边。"

阿南西的声音很柔和,在极近的地方响起。

绍尔揉着眼睛,但没有睁开。他深深吸气。最后,他终于向上望去。

阿南西的脸就悬在他的面前,上下颠倒地挂在那儿。他那双奇怪的眼睛离绍尔很近,正直勾勾地盯着绍尔的眼睛。

绍尔冷静地仰视他,让视线停留了一会儿。然后,他漫不经心地上移视线,研究着阿南西所在的位置。

211

阿南西挂在他的一根绳索上,从屋顶吊了下来。他用双手抓住绳索,毫不费力地撑住了体重,他光着的双脚交叉扣住了那根白色细绳。在绍尔的注视下,阿南西松开缠住绳子的双腿,身体慢悠悠又无声无息地在空中向下旋转。即便在脸膛上下翻转了一百八十度的时候,他的视线也一样能锁住绍尔。

阿南西的双脚碰到混凝土地面,发出轻微的啪嗒一声。

"你现在确实很厉害了,小兄弟,知道吗?最近想跟踪你可真是不容易。"

"费这劲儿干什么?我老爸派你来的?"绍尔的声音很不客气。

阿南西不出声地笑了。他的笑容懒洋洋的,属于捕食者——他毕竟是个大块头的人形蜘蛛。

"来,我想跟你谈谈。"阿南西用一根修长的手指指着上方说,然后双手交替爬上绳索,速度之快像是要朝上方跌去,绳子随后被猛地一扯,消失得无影无踪。

绍尔悄悄地溜到大楼拐角处,抓住两侧的墙壁,拽着身体离开了地面。

阿南西在等他。他盘着腿坐在平屋顶上,嚅动着嘴巴,像是打算说很不愉快的话题。他点头问候绍尔,然后再一点头,示意绍尔到他面前坐下。

绍尔却交叉十指,抱住后脑勺,转过身去。他低头俯视布里克斯顿。

街上传来的噪音包围了他们。

"鼠头儿等你等得已经发了狂。"阿南西轻声说。

"狗娘养的就不该让我当诱饵,"绍尔平静地答道,"狗娘养的强奸犯就不该杀死我的父亲。"

"鼠头儿是你爸爸。"

绍尔没有答话。他在等待。

阿南西再次开口。

"洛洛回来了,你把他气得发疯。他想要你的命,真的。"

绍尔难以置信地转过身。

精　神

"我他妈倒是怎么惹洛洛生气了?"

"你把他弄聋了,你知道的,还让他又发疯了,脑子发疯的那种疯。"

"他妈的,老天在上!"绍尔怒道,"我们当时马上就要被杀了。吹笛手正要杀我,然后把我大卸八块。我觉得吹笛手跟我们玩够了,明白吗?我觉得现在他只想要我们的命,要所有王者的命。要不是我,洛洛恐怕已经他妈的死了……"

"是啊,兄弟,但他救了你。他大可以看着吹笛手杀了你的,但他拼命去救你,结果却被你弄聋了……"

"阿南西,这全是他妈的扯淡。洛洛之所以要救我,是因为你们几个……你们几个全都知道吹笛手拿不住我,你们全都知道只有我才能阻止他。"

两人沉默良久。

"唉,洛洛反正疯了。最近别靠他太近。"

"好的。"绍尔答道。

又是一段长久的沉默。

"你想要什么,阿南西?还有,你知道法比安出了什么事情吗?"

阿南西厌恶地直嘬牙花。

"你还嫩着呢,小子,说真的。你的确让老鼠全都站在了你那边,但你不知道能差遣他们做什么。小子,老鼠无所不在。蜘蛛无所不在。那些老鼠,他们是你的眼睛。我的小蜘蛛告诉我坏人把你的两个朋友怎么样了。但你从来不问。直到现在,你根本就不关心。"

"两个朋友?"

阿南西皱起脸,轻蔑地看着绍尔。

"他已经杀了那个胖小子。"绍尔在面前挥舞双手,嘴巴张着,但在不停颤抖。"抓走了黑小子和DJ小妞儿。"

"娜塔莎,"绍尔勉强挤出声音,"他想对娜塔莎做什么?他怎么知道他们是谁?他是怎么爬进我的大脑的?"绍尔用双手抱住脑袋,绝望地直敲脑壳。凯伊,他心想,娜塔莎,他继续敲个不停,到底发生什么了?

阿南西按住了他。两只强壮的手攥紧他的手腕。

"给我停下!"阿南西的声音很惊恐。

动物从不自残,绍尔想到了这一点。这么说,我的身体里依然有人类的成分。他晃晃身体,停下了。

"我们一定要救回他们。我们一定要找到他们。"

"小子,怎么做?现实点儿。"

绍尔头晕目眩。"他对凯伊做了什么?"

阿南西抿紧嘴唇:"他把那小子大卸八块了。"

他们奔跑了一段时间,又飞快地爬过一段不长的距离,站在了布里克斯顿运动场的屋顶上,这里是个运动中心。他们能听见底下举重室播放的音乐电视的微弱嘭嘭声。绍尔站在屋顶的最边缘处,比阿南西站得还要靠前,双手插在口袋里。

"你早该告诉我的,知道吗……"他说。听见自己的声音,他很厌恶这种悲哀的语调。他半转过身,看着一动不动站在旁边的阿南西,阿南西的双臂抱在赤裸的胸口。

阿南西厌恶地猛龇牙花。

"切,小子,你还是满脑子垃圾。你说鼠头儿怎么了你的父亲?我倒是为啥要告诉你这些?"

绍尔看着他。阿南西毫不让步。

"我倒是为啥要告诉你呢?嗯?听着,小子,小崽子,现在听我说。我,大屁股的蜘蛛一只,明白吗?鼠头儿,老鼠一只。洛洛,鸟儿,鸟首领。而你,说实话,你是个奇怪的半人半兽,我们倒是为啥要把这种事情告诉你呢?我告诉你的,只是我希望你知道的。永远如此,我敢对你保证。咱们就别虚伪了,小子,行吗?没有必要。我这样的动物没有那种必要。丢掉那些念头吧。你可以信任我,因为我值得信任,但仅止于此。你明白了吗?"

绍尔没有说话。他望着列车驶入布里克斯顿车站,尔后又徐徐驶离。

精　神

"洛洛会告诉吹笛手我在哪儿吗？他来杀我的时候,你们都会来吗？"最后,他问道。

阿南西几不可察地耸耸肩。

他们沿着铁轨边缘侧身而行,英国铁路公司的轨道渐渐升起,将市场和街道置于脚下。他们一言不发地走向坎伯威尔。绍尔觉得有人陪伴的确不错,但也意识到这并不是今天晚上他出发时希望得到的结果。

"他是怎么找到我朋友的？"绍尔说。他们坐在某个不知名的运动场的攀援架上。

"他在你的所有书本里翻找,肯定找到了什么地址之类的东西。"

当然了,绍尔心想。*都是我的错*。

他感到很麻木。*如果我还是人类的话*,他意识到,*肯定会处于震惊之中*。但他不是人类,不再是人类了；他是半鼠半人,他觉得他已经习惯了。

阿南西非常安静。他没有试图说服绍尔返回鼠王身边,也没有劝说绍尔去做什么事情。

绍尔好奇地打量着他。

"鼠王知道你在这儿吗？"他问。

阿南西点点头。

"他没有要你说什么吗？不把我弄回去？"

阿南西耸耸肩："他当然想让你回去。你很有用,你知道的对吧？但是他明白,你不想做的事情,别人说了也没用。你知道他想要什么。你想回去的话,自然会回去。"

"你……你明白我为什么不回去吗？"

阿南西看着他的眼睛,缓缓地摇了摇头。

"不明白,小子,完全不明白。跟他在一起,跟我们在一起,你肯定能过得更好。另外,你是老鼠。你应该回去。但我知道你不是这样思考的。小子,我不知道你究竟是什么东西。你不可能是老鼠,也不可能是人。我根本不理解你,但没关系,因为我知道我永远也没法理解你,你也没法理解我。

215

你和我不一样。"

下半夜,吃过东西,他们一起站在下水道的一个入口前。阿南西看着背后,正在盘算怎么爬上旁边的仓库侧墙。他把视线放回绍尔身上。

绍尔伸出手。阿南西伸手握住。

"你是唯一的希望,小子。回来吧。"

绍尔使劲摇摇头,气氛忽然紧张起来,让他有些不舒服。

阿南西点点头,松开手。

"那就再见了。"

他转过身,把一根绳索抛过屋顶的悬挑,飞快越过垂直的砖墙,消失了。

绍尔目送他离开。他转过身,琢磨着自己究竟在哪儿。这个下水道口位于一个堆满了巨大机械的院子里。机械在黑暗中庄严耸立,看起来稍微有些可怜。视线所及范围内,没有离开此处的道路,绍尔享受着此刻的孤寂。接着,他弯下腰,看也不看地拉开地面上下水道口的格栅。

他犹豫了。

他知道搜寻娜塔莎和法比安没有多少意义。这个城市太大,吹笛手的力量又是那么难以抗拒,对他来说,藏匿两个人实在轻而易举。但他同时也知道,他无法容忍自己将娜塔莎和法比安留给吹笛手。他知道他必须外出搜寻,哪怕只是为了证明他还有一半是人类。听天由命、被动接受、迅速认定朋友的消失无可避免,他们必死无疑,难逃厄运——这些都让绍尔非常不安。他正在变得迟钝。凯伊的死对他而言完全难以接受,这个反应属于人类。让他备感不安的是得知吹笛手绑架了两位密友时自己的反应。

对难以避免之事抱着听天由命的态度,这是一种反应上的淡泊主义,钝化了他对其他人的感情。他能够感觉到体内的变化,动物性的狡诈正越来越强烈,对此时此地的关注有些过甚。这让他很害怕。他无法与之正面交战,无法决定自己该不该拥有某种感觉,但他可以用行动挑战它。他可以通过拒绝依照感觉的吩咐行事改变它。他厌恶自己的反应,厌恶自己的感觉——因为那是动物的特征。

第二十四章

刚踏进下水道,绍尔就能感觉到有什么不对劲的地方。

是声音,是平时走进来能就听见的那些声音,他已经习惯了的那些声音,此刻却没有了。一踩上涓涓流淌的污水,他立刻蹲伏下去,野性的能量忽然充满身躯。他抽动双耳。他知道缺少的是什么。走进下水道的时候,几不可闻的抓挠声和奔跑声应该如网络般遍布四周,那是他的臣民的声音。他应该在鼠族听力的最边缘处听见它们的声音,然后将这些声音收入心中,让他们成为他的一部分,用他们定义他在黑暗中度过的时间。

缺少的是那些声音。附近没有老鼠。

他毫不费力地伏下去,融入了有机废物之中。他没发出任何声音,不时抽动双耳。他在颤抖。

他能听见隧道里接连不断的轻柔滴水声,听见黏稠污水的沉淀流淌声,听见地下暖风的哀泣声,但却没有了他的臣民。

绍尔闭上眼睛,凝固住了从脚趾往上的身体。他的关节不再相互摩擦。他驱走血流的声音,放慢心跳速度,去除了体内的所有微小噪音。他变成下水道地面的一部分,侧耳细听。

下水道的静谧令他惊骇。

他慢慢地把一只耳朵贴在地上。他能感觉到全城各处传来的震动。

很远的地方,有什么异常的声音。

那个尖厉的声音。

绍尔猛地起身。直冒冷汗,剧烈颤抖。

吹笛手来这儿了?他在下水道里?

绍尔加速冲过隧道。他不知道自己在奔向何方。奔跑只是为了停止双腿的战栗,驱除他的恐惧感。

他在这儿干什么?

他跑过一条竖梯。也许我该离开,也许现在我该离开下水道,去上面的街道逃命,他这样想,去他妈的,这是我的*地盘*,我的避难所……不能任由吹笛手夺走。

他忽然站定,扬起头,再次静静聆听。

笛声近了一些,他能听见有刮擦声为其伴奏,那是手爪在挠砖墙。

笛声凶猛地攀高摸低,不调和的颤音依旧疯狂的指引相互追逐。笛声和刮擦声的位置恒定得有些奇怪,既没有变得越来越近,也没有渐行渐远。

绍尔意识过来,那个声音中有什么地方不对头。他继续听着。不知不觉之间,他贴在了隧道的墙壁上,伸开双臂,一条胳膊举过头顶,一条胳膊在身旁,他微微分开双腿,两条腿都爬上了圆形隧道的平缓坡面。他被这条通道框在了中央。

笛声颤音还在继续,绍尔听见了另外的某个声音,一个在愤怒中越升越高的叫声。

是洛洛。是洛洛的刺耳尖叫,他在发出毫无意义的绝望呼号。

绍尔走向前方,循着声音穿过迷宫。声音仍旧停在原处。他在黑暗中左拐右转,朝着声音摸去。洛洛还在断断续续地尖叫,叫声并不痛苦,也不似在遭受折磨,而是*非常凄惨*。洛洛的声音压过了抓挠声——绍尔发现那抓挠声很有规律,时间间隔异常准确。

声音与他仅有一墙之隔了,一拐弯就能看见群聚的老鼠,他知道吹笛手

精　神

就在那里。绍尔的身体又开始战栗,他拼命想控制住自己。恐惧死死地抓住他。他回忆起吹笛手行动时那令人震惊的速度,回忆起吹笛手攻击时的可怕力量。躯体曾经感觉过的疼痛,他努力想忘记、想忽视的疼痛,此刻忽然惊醒,瞬时传遍全身。

绍尔不想死。

但这声音中有什么地方不对劲。

绍尔紧紧地贴在墙上,吞了几口唾沫。他一点一点地向前挪动,目的地是这条隧道与声音所在的那条隧道的交会处。他怕极了。疯狂的笛声,洛洛的胡乱叫声,还有最可怕的:接连不断、有规律的抓挠砖墙的声音——所有声音就这么延续了好几分钟。声音很响,也很近,吓得他魂不附体。

他环顾四周。他不知道这是哪儿。深埋于广袤的下水道系统深处的某个地方。

他鼓足勇气,无声无息地让头部慢慢地转过了砖墙的边缘。

一开始,他能看见的只有老鼠。

汪洋大海般的老鼠,数以百万计的老鼠:从距离隧道入口几米的地方开始,数量逐渐增加,躯体叠着躯体,老鼠压着老鼠,热烘烘的细小肚皮、胸脯和腿脚垒成了险峻的坡度。这是一座移动的山峰,重力企图夷平这座陡峭得难以置信的山峰,老鼠不停滚落,新鲜血液随即补上,击败了重力。老鼠互相践踏,翻腾骚动。

他们同时行动,他们一起行动。

他们一起按下右前爪,然后又一起按下左前爪,接着是后腿,而且动作协调一致。他们互相抓挠,撕开对方的皮肤,践踏着年幼的和垂死的同伴——但他们是一个整体。他们随着可怖音乐的节拍同时行动。

吹笛手不见踪影。绍尔在老鼠垒成的山峰的另一侧看见了鼠王。绍尔看不清鼠王的脸。但他的身体却和反叛他的臣民随着相同的节拍行动,他以同样的漠然态度跳着舞,身体僵硬,准确无误地随着节拍抽动。

洛洛叫了一声又一声,绍尔看见了他,一个绝望的人影,就在鼠王身前,双拳使劲敲打鼠王的胸口。他推搡鼠王，想让鼠王后退，鼠王却跳着僵硬的僵尸舞步不停前进。

在他们背后，有某样东西挂在天花板上……绍尔发现，这个东西通过竖井从上面的人行道垂了下来。那是一个黑盒子，以古怪的角度垂在半空中，一根脏兮兮的绳子拴着它的把手……

一台便携式音响。

绍尔在震惊中瞪大了双眼。

那个混蛋甚至不需要下来，他心想。

他跌跌撞撞地走进隧道，接近了沸腾的鼠群。笛声很可怕，它响亮、急促、癫狂，像是在地狱里奏响的爱尔兰快步舞曲。绍尔侧着身子慢慢向前挪动。他开始穿过正在搏杀的鼠群。便携音响还在微微摇摆。绍尔在鼠群中费力地行走。已经聚集了这么多的老鼠，他们都围在他的身边，他至少要走两米才行。下水道里的所有老鼠似乎都找到了来这儿的路。有体长三四十厘米的大怪物，也有初生的小婴儿，有黑色的，也有棕色的，他们互相碰撞，都渴望能触摸那音乐，正在为此自相残杀。绍尔勉强前行，感觉到老鼠的躯体在周围蠕动。上千只小爪子撕扯着他，并非出自敌意，仅仅是因为陶醉在了音乐中。在这些老鼠底下，他能够看见好几层行动迟缓、疲惫和濒死的老鼠。再往下则是已经不再动弹的了。死去的老鼠淹到了他的膝头。

鼠王没有转身，而是留在原处，又一次领着他的臣民舞动。洛洛看见绍尔。他尖叫着推开鼠王，穿过那道活生生的屏障，扑向绍尔。

他已经被毁了，身上的正装污秽不堪，被扯成了碎布。他的脸孔扭曲，闪着愤怒和迷惑的表情。

他勉强走了两三步，终于被迷失心神的鼠群绊倒了。他滚到了下面去，淹没在了沸腾的鼠群中。绍尔没有理会他，对他又是轻蔑又是反感。

但他也发现确实前进很难。他蹚过老鼠的海洋，每一步都肯定杀死了不少老鼠，尽管不愿意，但却难以避免。他险些摔倒，然后又寻回了平衡。不和谐的笛声震耳欲聋。这时绍尔忽然单膝跪倒了，老鼠便将他当作跳板，

精　神

从他身上跃起,试图飞向悬在空中的音响。

绍尔咒骂着努力起身,但又再次跌倒。他变得怒不可遏,奋力站了起来,起身时老鼠纷纷跌落。他能看见可怜的洛洛在几米之外的鼠海中挣扎,想站起来但却没法成功。

绍尔摇动身体,棕色的鼠躯旋转着飞过空中。他够不到那台便携式音响。他使劲扯动双脚,脚却被牢牢地吸住,像是踏进了流沙地。他忽然变得震怒,咆哮着残酷无情地踏过鼠群,又绊了一下,猛然扭动身体,强行冲过去,经过了鼠王,来到鼠群稀疏的地方,立体声音响就挂在这里离地两米的位置上。

他抬手去抓音响,但眼睛恰好看到了鼠王。他震惊得停下了手上的动作。

被音乐俘虏了的鼠王站在那里,脸孔松弛,茫然地挥动着四肢,被剥夺了所有的尊严,流下来的口水到下颚处戛然而止。绍尔看着他,转不开眼睛,觉得非常恐惧。

他憎恨鼠王,憎恨鼠王做过的事情,但见到他的力量被褫夺得如此干净,内心还是惊骇万分。

绍尔转过身,抓住缓缓摇动的音响,使劲一拽,扯断了绳子。

他将音响狠狠地砸在了墙上。

音乐在撞击的那一瞬间停止。外壳裂开,金属和塑料碎片四溅。他又朝砖墙上砸了两次,扬声器从固定处弹出来,一卷磁带飞出了被破坏的带仓。

绍尔转过身,望着聚集在面前的鼠群。

他们呆呆地站着,不明所以。

醒悟和记忆似乎同时降临在他们头上。老鼠开始恐慌,因为受到惊吓而骚动起来,一边共同发出吱吱的声音一边逃跑,他们踏着同类的身体离开,倒伏的尸体让他们的动作显得笨拙。

山峰崩解,随即消失。跛足和重伤的老鼠也想跟上同伴的脚步。第一波离开之后,又泛起了第二波,他们一瘸一拐地跟随前者。然后是第三波,垂死挣扎的老鼠拖着身体逃跑,踩着鲜血滑行。

地面积满了尸体,垒了两三层。洛洛爬进一个角落,鼠王盯着绍尔。绍尔回视片刻,然后将注意力投向摔烂的音响。他在烂泥里摸索,最后找到了那盘磁带。

他擦净磁带,读着标签。

长笛1号,标签上这样写着。字是手写的,是娜塔莎的笔迹。

"噢,我操,"绍尔叫道,把脑袋塞进臂弯,"噢,我操,离我远点儿,他妈的混蛋。"他低吼道。

他听见鼠王上前的声音。绍尔蓦地抬起头。鼠王看起来非常不安。他一边走路,一边用恭顺的眼神看着自己的四肢,轻蔑地弯起了嘴角。绍尔意识到,鼠王觉得受到了威胁。

绍尔点点头。

"对我来说只是噪音。"他轻声说。看见鼠王瞪大了双眼,他再次点点头。"只是噪音。"

洛洛看见绍尔,尖叫一声,扑腾着双臂和身上的破布,跌跌撞撞地奔了过来。

鼠王吓了一跳。绍尔轻快地让过洛洛,看着鸟的首领在烂泥里滑了一下,没能完全控制住身体,摔倒时脑袋撞在了墙上。

绍尔对鼠王打了个手势,跳着退开了几步。

"管住那个天杀的家伙!"他叫道。

洛洛还在叫嚷,一边努力起身,一边不连贯地大声嘶喊。鼠王大步走到正在烂泥中打滚的洛洛旁边,伸手揪住他的衣领。他拖着洛洛走过滑溜溜的下水道地面。洛洛又是挣扎又是呜咽。到了隧道的入口处,鼠王在洛洛面前蹲下,把几根手指竖在洛洛眼前。绍尔不知道鼠王是在和洛洛交谈,还只是瞪得洛洛不敢动弹。但他们无疑是在进行某种形式的交流。

洛洛的视线越过鼠王,落在绍尔身上。他看起来既害怕又愤怒。鼠王

精　神

拉回他的注意力,打着手势,似乎对他说了些什么。洛洛的眼神回到绍尔身上,脸上写满了与先前同样的怒气,但还是退了开去,在隧道中走远、消失了。

鼠王回身面对绍尔。

他走过遍地的老鼠尸体,绍尔注意到鼠王的鬼祟步态又回来了。他恢复了镇定。

"这么说,你回来了?"鼠王漫不经心地问道。

绍尔没有搭理他。他抬头望着垂下音响的那条竖井。往上一两米能看见格栅,再往上是交织着橙色的都市夜色。有什么东西固定在狭窄竖井的内壁上。

"那你来这儿干什么,小子?"鼠王问,漫不经心的语气很做作,惹人厌烦。

"滚开。"绍尔平静地答道。他踮起脚尖,伸手探进垂直的巷道。有张纸随风扑打,他能摸到一角。他抓住那张纸,轻轻一扯,结果却撕掉了那一角。

他低头看了一眼。鼠王站在他的旁边,双手犹豫地抱在胸口。

绍尔环顾四周的尸体堆。

"这么说,又是一次领导技能的美妙展现,老爸。"

"去你妈的,尿裤子的混血小杂种,我要宰了你……"

"唉,老东西,你就省省吧,"绍尔厌恶地说,"你需要我,你知道,我也知道,所以就少说两句你那些愚蠢的威胁吧。"他把注意力放回竖井上。他跳了起来,抓住那页纸的顶端,将它拽了下来。

那张纸落进他的手中。他将其展开。

这是一张海报。

是某人用 *Adobe Illustrator* 制作的海报,那家伙有着高中生的审美水平和过多空闲的时间:颜色鲜艳,混乱不堪,各种字体和不同的字体大小闹哄哄地挤满纸页,各种信息互相推搡,许多内容争夺地盘。

一张线条画占据了大部分版面,画中那条光怪陆离的肌肉莽汉表情冷

KING RAT

漠,戴着太阳眼镜,站在一台双唱盘打碟机背后。他抱着胳膊,周围绽放出乱七八糟的文字。

丛林惊骇!文字叫道。

一整夜的终极鼓打贝司狂野!

十镑入场费。文字这样说,同时给出了大象与城堡地区的一家俱乐部的地址,那里是南部伦敦的险恶之地。还有日期,是十二月初的一个周六晚上。

阵容强大:超级精华、三指、蝙蝠鳍、怪人雷伊、粗妞K、潇洒放卡……

粗妞K,那就是娜塔莎啊。

绍尔轻轻惊叫一声。他略微弯下腰,有些喘不上气来。

"他这是在通知我们,"他对鼠王咝咝地说,"他在邀请我们。"

海报底端另外涂写了几个字,是用怪异的装饰花体写的附注。**另有特别嘉宾!** 那行字这样说。**法比·M!**

天哪,这家伙真是够可怜的!绍尔心想。他抓住那页纸,缓缓地贴着墙面坐了下去。法比·M!看呐,他想跟你玩游戏,绍尔心想,但这不是他的地盘,他不知道该怎么做,他都不知道怎么耍弄字眼……

这让他隐约有些安心。得知朋友落入这个野兽、这个怪物、这个贪婪的鬼魂之手,即便在此刻的痛苦之中,绍尔仍旧感觉到了一丝胜利的快乐,因为他看见那家伙在俚语方面绊了一跤。那家伙努力想扮得很酷,用鼓打贝司的风格添加附注,但他不熟悉这种语言,结果犯了错误。法比·M!多么愚蠢而做作啊!他想让绍尔知道他抓住了法比安,知道法比安会出现在那家俱乐部,但那里不是他的主场,他的愚蠢和做作让这一点展露无遗。

绍尔发现自己在咯咯笑,他几乎有些可怜对方了。

"狗杂种这下没戏了。"他把海报揉成一团,丢给紧张兮兮、愤愤不平地转来转去的鼠王。鼠王抓住飞过来的纸团。"那厮叫我们去救人。"绍尔看着鼠王摊平那张纸。

绍尔挤过鼠王,在死去的老鼠尸体中踢出一条去路。

精 神

"瞧他那德性,活像007电影里的恶棍,"他说,"他想要我的命。知道如果把朋友挂在我的面前,我一定会去找他。"

"老鼠该怎么办?"鼠王说。

绍尔转过身,望着他。他忽然知道了一件事情:正如他看不见鼠王的眼睛,鼠王也看不见他的眼睛。

"我该怎么办?"绍尔慢吞吞地说,"如果你不知道的话,陷阱就只是陷阱。如果知道的话,那就是一场挑战。我当然要去。我要参加'丛林惊骇',去拯救我的朋友。"内心的情感和先前一样令他困扰,有一部分自我在说:*去他妈的,别去,那跟你不再有关系了。*

那一部分是鼠王的骨血。绍尔不会听从那个部分的劝告。*我就是我*,他怒冲冲地想。

两人沉默了很长时间。

"知道吗?"绍尔最后说,"我想你也该去。我想你会去的。"

第二十五章

伦敦全城到处都是老鼠的身影。恶臭的小巷里，巨大的塑料垃圾箱背后，绍尔对他们发表慷慨激昂的讲演。他激起他们对吹笛手的愤怒，告诉他们：翻身的日子就要到了。

密密麻麻的鼠群受到激励，站在那里微微颤抖。抽动鼻子，他们能闻到胜利的气息。绍尔的字词如潮头般打散他们，尔后再将他们卷起。他用语气与他们沟通；他们知道他们得到了命令，经历了几个世纪的躲藏，他们再次变得勇敢，带着千年积蓄的勇气鼓起胸膛。

绍尔命令他们做好准备，命令他们去寻找吹笛手，去搜集情报，去寻找他的朋友。他描述了这两个人，一个黑人，一个小个子女人，他们被吹笛手扣为人质。老鼠不关心被抓走的人类。对于老鼠来说，那两个人只是绍尔交代下来的任务而已。

"你们是老鼠。"绍尔告诉他们，他努出下嘴唇，像墨索里尼那样昂起头。鼠群盯着他，这些追随者不停移动，从聚集地的所有角落和建筑物的缝隙中窥视。"你们偷偷摸摸，鬼鬼祟祟，你们是盗贼。到我的面前来，就别害怕被看见，到我的面前来，就别害怕吹笛手的报复。他怎么可能看见你们？你们是老鼠……谁被他看见，就是种族的羞耻。躲在建筑物之间的缝隙中，

精　神

悄然爬行,找到他,然后告诉我,他在哪里。"

老鼠受到了激励。他们渴望追随他。他一挥手让他们解散,鼠群带着短命的愚勇散开。

绍尔知道,只要一离开他的声音所及的范围,老鼠的恐惧马上就会回来。他知道他们会犹豫。他知道他们在爬上墙壁时会放慢脚步,会急切地环顾四周,等待他喝令他们前进,他也知道他们会失败。他知道:老鼠会躲回下水道里藏起来,直到被他再次找到,再次被他驱赶出去。

但是,也许会有一只勇敢的或幸运的老鼠。也许他的老鼠里会有一只敢于爬上将吹笛手的圣殿与外界分隔开的墙壁,在铁丝网中找到一条路,沿着排水管和电线飞奔,跨过荒原,最终找到吹笛手。

在某处,或许是市中心某幢金融大厦顶上的空调间,或许是市郊某条铁路桥下由沥青封住的洞穴,或许是尼斯登之外某个空置医院的无窗房间,或许是汉默史密斯以西某家银行的高科技保险室,或许是图廷地区某家宾果游戏房的阁楼,吹笛手就把娜塔莎和法比安藏在那儿,熬过"丛林惊骇"开始前的这个星期。

绍尔猜想吹笛手会避开老鼠、蜘蛛和鸟儿的视线。他不害怕这些对手,但也不必非得把所在位置昭告天下。他已经发出了挑战书,已经告诉他的敌手,他们会在那个晚上死去。吹笛手邀请他们参加他们自己的处刑仪式。

吹笛手真正提防的或许只有绍尔,他无法控制这个半鼠半人的家伙,但他肯定会猜想阿南西到时候也将出现,还有鼠王,还有洛洛。他们既不勇敢,也没有自尊心,不会因为拒绝挑战而羞愧,但他们知道绍尔是吹笛手唯一控制不了的东西,绍尔是他们绝无仅有的机会,他们知道他们必须去帮助绍尔。绍尔若是丢了性命,他们也在劫难逃。

伦敦全城到处都是老鼠的身影。

绍尔独自站在碎石和脚手架中间。

他站在一大片废墟上,伦敦城这个遭受毁坏的角落藏在临时围篱背后,很容易就能听见艾奇韦尔路上的响动。这里有十几米见方,满地都是破碎的砖块和古老的石板，被几幢建筑物的背面包围着。方形土地的一条边是一道粗糙的木头围栏，遮住了侧面的街道，古老的商店和住所的旧砖墙从围栏上方探出头来。绍尔抬头望着那些墙壁。这一侧的窗户都由宽大的木框包围，虽然已经朽坏，但仍旧非常华丽，其设计目的就是为了营造视觉效果。

其他几面包围着他的墙壁都没有设防。它们构成了建筑物薄弱的下腹部，是符合美学外壳之下的软肉。他看不见这些楼宇的正面，环绕四周的是宽阔的平展砖墙，毫无特征的墙壁上胡乱地开着一些窗户。从背后望去，城市猝不及防，其功能性一览无余。

这个视点对于观察者和城市来说同样危险。只有从这个角度观察，观察者才会相信伦敦是由一块块砖头垒起来的，而不是出于城市本身的意志。但城市不喜欢被人发现真相。就在他看清了城市因何而起的时候，绍尔感觉到城市也对他起了敌意。城市与他正面相对。从他观察伦敦的角度来看，这座城市没有正面，他所选择的时间则是城市放下了戒备心的那一刻。

他也曾有过这种感觉：在他离开鼠王的时候，在他知道自己挣脱了城市的束缚的时候。他在那时候就已经知道，他把城市变成了他的敌人。阴森俯视的窗户提醒他想起了这一点。

这块地方的一角摆放着用途不明的建筑机械、成堆的建材和手镐、拿蓝色塑料布盖着的袋装水泥。这些东西显得防备心十足，气势逼人。就在它们的正前方，是这幢被毁坏了的建筑物的残骸。剩下的不过是其正面的一部分，薄薄的一层，仅有一块砖的厚度，曾经是窗户的位置现在只是没有玻璃的洞口。它还能够站着，这似乎是个奇迹。绍尔踏着遍地狼藉，走向那堵墙。

有几个俯视他的房间亮着灯光，就在他无声无息地前行的时候，绍尔甚至在这儿那儿瞥见了一些动静。但他并不害怕。他不相信有人能看见他。他的血管里流着老鼠的血。即便他们看见了，或许会惊讶于看见有人借着路灯在禁止入内的建筑工地走动，但他们能告诉谁呢？尽管难以想象，但哪

精 神

怕有谁打电话报警,绍尔也可以简简单单地爬上墙壁,溜之大吉。他的血管里流着老鼠的血液。让警察叫能多洁①派人来?他心想。他们的成功机会还更大些。

他站在独自挺立的建筑物立面底下。他伸展双臂,准备爬上城市本身,准备和他派遣的使者一起外出搜寻。他不认为他能找到法比安、娜塔莎或吹笛手,但也不能不去寻找他们。依照吹笛手的计划行事,这就是放弃自己的力量,成为吹笛手的同谋。要在吹笛手指定的地方与吹笛手见面,他只能是被勉强拖去的,他不会心甘情愿。他会满腔怒火。

他听见上方传来异响。一个人影荡进了一扇空荡荡的窗户。绍尔没有动弹。来者是鼠王。

绍尔并不惊讶。鼠王经常跟踪他,等鼠群离开后奚落他的努力,带着烦恼和傲慢嘲弄他,曾经听他号令的老鼠的行为让他愤怒得语无伦次。

鼠王用右手抓住狭小的栖身之地。他蹲在窗台上,左手在两腿间悬荡,脑袋垂向膝盖。看见他,绍尔想起了漫画英雄蝙蝠侠和超胆侠。鼠王化作毁坏窗框中的一个剪影,这活像是某部英雄漫画开场时奠定气氛的一格。

"你要干什么?"绍尔最终问道。

强壮的鼠王以行云流水般的动作跃出窗口,落在绍尔脚边。他在落地时膝盖弯曲,然后在绍尔面前缓缓站直。面孔扭曲。

"小伙子,你这又是要去惹什么麻烦?"

"滚开。"绍尔说着转过身去。

鼠王抓住绍尔,将他转过来面对自己。绍尔拍掉鼠王的双手,圆睁眼睛,怒火中烧。绍尔和鼠王互相瞪着对方,放开双肩,攥紧拳头准备攻击,这是一个紧张得可怕的时刻。绍尔抬起手,以缓慢而慎重的动作推了一下鼠王的胸口,推得鼠王微微后仰。

愤怒在内心沸腾,他又推了一把鼠王,咆哮着想放翻对方。他忽然抡起拳头,狠狠地打了过去,脑海里闪过有关父亲的种种画面。他想杀死鼠王的

---
① 能多洁(Rentokil):行业领先的有害生物防制公司,业务遍及全世界。

念头势不可当。憎恨如此迅速地控制了他，这让绍尔也震惊不已。

鼠王在不平坦的地面上稍微踉跄了一下，绍尔弯腰捡起半块砖头。他凶蛮地挥舞武器，朝鼠王砸了过去。

他将砖头砸向鼠王的头部，正中目标，打得对手四仰八叉地倒下，鼠王在跌倒时发出愤怒的咝咝声。他痛苦地在碎石地面上翻滚，抬起双腿蹬向绍尔，绍尔被踢倒在地。这场战斗变得很暴力，双方动作都很快，胳膊、腿脚、指甲和拳头轮番上场。绍尔没有目标，也没有计划；他在愤怒中乱打，感觉到重击在身上留下瘀伤，抓挠撕裂了他的皮肤。

他的眼睛下方中了一招狠的，鲜血横流，脑袋前后摇摆。他挥起砖头，再次砸下，但鼠王已经不在原处了，砖头砸在石头上，化为一团尘土。

两个人翻滚扭打。鼠王挣脱了绍尔的束缚，如牛虻般盘旋，在绍尔身上毫不留情地挠出了上百个伤口，他脚步轻快，总能跳出绍尔的攻击范围。

绍尔被挫折感压倒了。他忽然叫骂一声，停下了疯狂的攻击，跺着脚走过瓦砾堆。

又是一场凶猛的战斗，但还是单向的。他无法杀死鼠王。

鼠王太快，太强壮了，他不肯认真和绍尔对打，他不肯冒杀死绍尔的风险，鼠王需要绍尔活着。尽管鼠王也越来越憎恨绍尔，因为鼠群选择跟随绍尔，而绍尔拒绝听从他的命令。

鼠王在绍尔背后轻蔑地喊叫着。绍尔甚至都懒得听他在说什么。

绍尔感觉到脸上被抓伤的地方涌出了鲜血，他擦掉鲜血，开始奔跑，虽说地面坎坷不平，但他的每一步都踏到了实处。他扑向俯视着他的一面墙壁，飞快地爬上它容易攀爬的表面，溜过那些没有装饰物的窗口，在砖墙上留下了长长一道由鲜血和尘土构成的污迹。

他回头望了一眼，鼠王坐在隆起的水泥堆上，孤独凄凉。绍尔转过身，向着伦敦的屋顶出发。他边跑边环顾四周，时而停步站定。

帕丁顿后方某处，一所学校的屋顶，他看见安全灯的刺眼灯光照亮了挂在楼顶栏杆底下的如浪涛般翻滚的蛛网。那脆弱的东西空荡荡的，早被废

精 神

弃多时,但他还是伏在了地面上,警觉地环顾四周。它的底下还有其他更小些的蛛网,都还有主人,没有落上堆积数日的灰尘,因而也就没那么显眼。

他将嘴唇凑近那些蛛网说话,他知道自己的声音听起来既疏远又亲密,和鼠王一样。那些蜘蛛都纹丝不动。

"希望你们暂时按我说的做,"他悄声说,"去找到阿南西,找到你们的老大。告诉他,我在等他。告诉他,我需要见他。"

那些小小的生物有很长时间没有动弹。他们显得很犹豫。绍尔再次低下身去。

"快去,"他说,"把我的话传出去。"

又是一阵犹豫,然后,那些蜘蛛,一共有六七只,微小而凶猛,同时动了起来。他们一起离开各自的蛛网,放出长长的细丝,如小小的特种部队般沿着建筑物的侧面绕绳下降,很快就消失了。

法比安在波浪上浮动。

他深深地卡在了自己的脑海中。他的身体偶尔放个屁,或者这儿疼,或者那儿痒,用这样的方式给它自己带来感觉,但绝大部分的时候,他根本不记得他还有身体。大体而言,他意识到的仅仅是永久性的运动,是不知疲倦的颠簸摇摆。他不确定被这流畅运动困住的究竟是身体,还仅仅只是他的意识。

晃动拥有催眠效力,伴着鼓打贝司的背景音乐。音乐无休无止,他在娜塔莎家的楼梯口听见过这个凄冷、颓丧的曲调。

有时候,他能看见娜塔莎的脸。她弯腰看着他,随着节奏轻轻点头,眼神茫然。有时候则是皮特的脸。他感觉到汤水流下他的喉咙,淌下他的嘴边,他顺从地吞咽下去。

大多数时候,他只是躺在那儿,沉溺于脑壳中的那种震荡。躺下去,听着丛林音乐从附近某处缓缓传来,如一间小黑屋似的围绕着他,压抑,散发出腐烂的臭味,他几乎能够看见所有东西。

在这个过程中,他花了很多时间凝视自己的画作。他不总是确定画到底在不在那儿,但只要他想起那幅画,并且在节拍中松弛下来,那幅画每次都会出现在眼前,然后,他会制定计划,在各个角落用炭笔勾勒出新的构思。改变这张画布实在太容易了。他不记得自己是什么时候落笔作画的,但变化总会自然出现,清晰而完美。

他在修改画作上的野心越来越大,仔细检查已经画好的部分,重写画面中心的字句。没过多久,他就认不出自己的作品了,它变得如电脑图像般光润而完美,他望着自己不知何时选定的标题。《风城》,这就是标题。

法比安吞下他发现已在嘴里的食物,聆听音乐。

娜塔莎在大部分时间里闭着眼睛。她根本不需要睁开眼睛,手指认得电子键盘的每个细节,她把时间花在演奏《风城》上,以微妙的方式不停对其略作修改,让音乐符合情绪的苛求。

偶尔睁开眼睛的时候,她会惊讶地发现自己站在陌生的环境之中,身处一个昏暗而发臭的空间,平躺在附近的法比安手舞足蹈,食物在他的脸上变干,而键盘根本不在面前。但是,当她调整《风城》的时候,音乐总会改变,会按照她的意愿发生变化,因此,她闭上眼睛,继续让手指在键盘上飞舞。

皮特有时候会来喂她吃东西,娜塔莎会为他演奏新的成果,但还是闭着眼睛。

老鼠因恐惧和困惑放弃了。晚上早些时候出发的大部队渐渐散去,潜回下水道里的家园,但还有比较勇敢的几条生魂这儿那儿地继续搜索,这正是绍尔所希望的。

在坎伯韦尔的街道,他们搜索了古老教堂的地下陵墓。在狗岛,他们奔过黑墙港池,扫荡了老旧的工商业区。老鼠以他们的方式沿着银禧延伸线的巨大裂隙前进,经过了穿透大地的庞然机械。

他们的数目逐渐减少。随着夜晚慢慢过去,越来越多的老鼠因为饥饿、恐惧和遗忘而放弃了。他们想不通自己为何跑得如此激烈。他们不再记得要找的对象是什么模样。他们一个接一个地溜回下水道。有些成了猫狗的猎物。

精　神

很快,还在搜寻的老鼠就寥寥无几了。

"小子,小鸟儿说你要跟我谈谈。"

绍尔抬头望去。

阿南西从头顶的粗树枝降了下来,动作颇为优雅,与体形和重量很不相称。他平稳地顺着一条绳索滑下来,一切都在他的控制之中。

绍尔往后一靠,感觉到背后墓碑的冰冷重量。

他静静地坐在阿克顿的一处小陵园中。这个陵园占地极小,被铁轨分为两部分,躲在一个小型工厂背后。奇形怪状的低矮厂房,市郊地带的仓库,这些难看的功能性建筑物从各个方向俯视着它,陵园与这片居住区显得格格不入。

绍尔在西伦敦转了一段时间,走进墓地吃饭休息,置身于这座都市的诸多死者之中。

所有的墓碑都没什么特点,都仿佛在说对不起。

阿南西悄无声息地在离他几米的地方落下,走过低矮的灰色碑石,在绍尔身边蹲下。

绍尔看着他,点头致意。他没有请阿南西吃他找来的腐烂水果。他知道阿南西不会碰的。

绍尔坐在那里,边吃边说:"真是小鸟儿吗,南西?"他淡淡地问,"洛洛怎么样了?"

阿南西猛一扭头。

"还在愤怒叫喊,小子。他还很生气。鸟儿,他们听不懂他的意思。他再次失去了他的王国,认为是被你夺走的。"阿南西耸耸肩。"所以,我们没有鸟儿了。只有我的小蜘蛛和老鼠,还有你和我。"

绍尔咬了一口碰伤的苹果。

"洛洛呢?"他问,然后顿了顿,"还有鼠王呢?他们和你一起去吗?我们拿下他的时候,他们会出现吗?"

阿南西又耸耸肩:"洛洛不顶用了,不用管他是否出现。鼠王?还是你告诉我吧,小子。他是你老爸……"

"他会出现的。"绍尔平静地说。

两人坐了一会儿。阿南西突然起身,走到前方的栏杆旁边,低头看着底下的铁轨。

"我派了老鼠去找吹笛手,"绍尔说,"但他们不会成功。这会儿多半都坐了下来,正忙着填饱肚皮。他们多半都忘了我要他们去做什么……"他冷淡地笑了笑。"我们将要依从吹笛手的意愿去面对他。"

阿南西没有说话。绍尔知道他在想什么。

阿南西必须去"丛林惊骇",因为绍尔会去。绍尔是他所拥有的击败吹笛手的唯一机会,但他也知道成功的机会微乎其微。他知道他将走进陷阱,去那里正好遂了吹笛手的心愿。但他别无选择。因为如果他不出现的话,绍尔击败吹笛手的机会就将变得更小,而如果绍尔失败了,他们谁也逃不脱吹笛手的魔爪,吹笛手会来猎杀阿南西。

这是两难的选择。阿南西和鼠王是动物。保全自己是动物法则的全部内容。另外一方面,法则又要迫使他们去"丛林惊骇",去面对几乎不可能逃脱的死亡结局。因为绍尔必须去,为了搭救他的人类朋友,因为绍尔拒绝像动物那样行动。

绍尔将会害死阿南西。

他们都清楚这一点。绍尔将会害死阿南西、洛洛和鼠王,绍尔也将丧命,只是为了证明他不是老鼠父亲的儿子。

阿南西回头看着绍尔,微微摇头。

绍尔迎上他的视线。

"咱们讨论一下该怎么做吧,南西,"他说,"咱们制订几套计划……别让那个混蛋操纵了所有的事情。"

他们有蜘蛛,有老鼠……有绍尔。

吹笛手将做出选择。冲突一旦开始,有一支军队将立刻被击溃,但吹笛手必须做出选择。阿南西和他的部下有百分之五十的机会不变成吹笛手的

精 神

奴隶。老鼠也是一样。

屈指可数的几只老鼠还在伦敦城搜寻,搜寻……某样东西……

他们不记得他们在找什么了。

他们是种族的骄傲,他们是最勇敢、最肥硕、最强壮和最狡猾的,他们是鼠群的带头人。

步态流畅得仿佛海豹游过水中。

有一只圆胖的老鼠如子弹般沿着阿尔伯特路堤前进。

它的前一站是圣托马斯医院的厨房,医院在滑铁卢桥旁边,位于泰晤士河的南岸。它攫取食物维持体力,搜查了阁楼上的空间和地窖。它如幽魂般跑遍了医院,在厚厚的尘土中留下足印,弄脏了不显眼的和被人遗忘的诊疗机械。

它穿过了其他老鼠的领地,但它体型庞大,而且在执行王者的命令。其他的老鼠没有上前挑战。

它什么也没有找到,于是径自离开了医院大楼。

到了开阔的空间,它沿河岸奔向医学院。

泰晤士河在旁边闪着恶毒的波光,油腻腻的河水涌过伦敦城。河对岸是西敏宫,伦敦城的权力所在地,参差的锯齿多到了荒谬的地步。它的无数灯光映得河面闪烁不已。

这只老鼠停下了。

朗伯斯桥出现在前方的水面上,让肮脏的河水暗了下去。

有个轮廓不清的东西在桥边水面上阴沉沉地浮动。这是一艘年代久远的驳船,泰晤士河上停着不少各种各样的废旧船体,这就是其中之一,无人照看,早就被遗忘了。驳船随着水流轻轻地来回起伏,细小的波浪如任性孩童般拍打着油腻腻的船身。这是船的尸体,黑色木头像是得了麻风病,正在朽烂,一块巨大的防水油布如裹尸布般包住了船体。

老鼠紧张地向前走了几步,又犹犹豫豫地停下了。

老鼠竖起耳朵。它能听见某种微弱而险恶的声音。声音来自厚实的防水油布底下。

驳船前后晃动。河水正在消化它。然而,在木头碎裂、船身消融于泰晤士河中之前,有人登上这艘船,亵渎了它,打断了它长久的死亡。

两根旧绳索仍然把船系在河岸上。一根以优雅的弧度浸没在河水之中,但另一根几乎绷得笔直。老鼠试探性地踏上那根绳索,像走钢丝似的跑过河面。

接近船身的时候,老鼠放慢脚步。不祥之兆涌进它的小小大脑,要是做得到的话,它恐怕已经转身逃跑了,但绳索过于狭窄。自己的选择、澎湃的勇气让老鼠无法回头。

这条绳索的编法像是一条项链,有着一团团粗大的突起,目的正是防止老鼠顺绳爬行。然而,没法转身又畏惧河水的老鼠变得英勇无畏。它费劲地爬过一个个障碍物,最终到了绳索仅有几米就将结束的地方。

潜行的老鼠悄无声息地继续前进。驳船上传来的声音现在更清晰了,有不断重复的低沉嘭嘭声,有细弱而哀伤的尖细声音,有木头因为有人走动而发出的吱嘎声。老鼠踏上驳船,它的脚步轻到极致。

老鼠偷偷摸摸地绕到侧面,在防水油布上寻找缝隙。它能够感觉到木头在震颤,这种震颤与河水毫无关系。

老鼠溜到船沿底下,找到一个油布被弄皱了的地方,它可以沿着厚实帆布的褶皱钻进去。

它在迷宫中寻觅着道路,到最后终于听见了轻柔的嗫嚅声音。老鼠能够感觉到前面越来越开阔了。

它疯狂地抽动着鼻子,一边悄悄向前爬行,鬼鬼祟祟地窥视驳船内部。

臭得难以想象。气味来自腐烂、食物、躯体和年代久远的沥青。防水油布在船体上一直伸展开去,把驳船变成了漂浮着的帐篷。船框上悬挂着一只手电筒,那微弱的光线对老鼠来说已经足够。手电筒指着下方,散射的光线非常昏暗,因此房间里所有的东西都朦朦胧胧的,只能勉强看个大概。驳船将手电筒甩向哪个方向,你就能短暂地看见那个方向的东西,然后随着船

精 神

身的摆动便又看不见了。

狭小的空间里,弥漫着低沉而非常微弱的低频嘭嘭声。

一个男人躺在角落的地面上。他的样子很兴奋,如跳舞般挥动着双臂和双腿,同时不安稳地左右甩动头部。

一个女人站在附近,背对着那男人。女人双眼紧闭。她不停点头,双手在面前舞动,画着抽象而精巧的图案,手指飞舞,绘出复杂难解的线条。

他们的衣服脏乱不堪,脸庞瘦削。

老鼠盯着他们看了一小会儿。绍尔的描述在脑海中已经变得乱七八糟,但老鼠知道这两个人很重要,知道必须将它发现的事情告诉绍尔。它转身准备离开。

一只脚砰然踏在逃跑的路线上,封住了穿过油布的那条道路。

老鼠惊恐地冲了出去。

它绕着房间跑了一圈又一圈,所有东西都化为模糊的黑影,它跑过站立女人的双腿之间,跑过平躺男人的双臂之下,恐惧使老鼠癫狂,它发疯似的抓挠各处的油布。

忽然间,老鼠听见了急促的口哨声,吹的是轻松活泼的进行曲,老鼠停止了奔跑,好奇和讶异充满内心。口哨声平缓地变成了性爱的声音,变成了肥腻、浓烈的食物溅落地面的声音,老鼠转过身,朝着声音的方向走去,急不可待地想找到这些好东西。

紧接着,口哨声停下了。

老鼠正看着的是那男人的眼睛。老鼠的躯体反应迅速。它疯狂地咬下去,咬破了抓住它的手指,咬出了鲜血,但手指没有松开。

那双眼睛以精神病人般的专注盯着老鼠。老鼠开始因恐惧而尖叫。

那男人做了一个短促而突兀的动作。

吹笛手一次又一次地将老鼠的脑袋砸在木头舱板上,直到那东西不再是老鼠的脑袋,变成了一团轮廓不清的软乎乎的肉块。

吹笛手将那具小小的尸体拿到面前,抿紧了嘴唇。

237

他弯腰摸到地板上的便携式音响,把音量又调低了些。依然能听见《风城》,但此刻的音乐几乎只存在于潜意识中了。

法比安和娜塔莎同时转身,投来困惑和惊讶的眼神。

"我知道,我知道,"他宽慰道,"你们必须非常用心听才行。我必须调低音量。我们吸引来了注意。我们不希望发生这样的事情,对吧?"他微笑着说,"应该留给俱乐部,对吧?"

他用脚将便携式音响推向他们。耗尽的电池扔在音响周围,随着摇晃的船身不安稳地滚动。

娜塔莎和法比安恢复了先前的姿势。

法比安躺下去,开始作画。

娜塔莎继续演奏《风城》。他们更加专注地聆听,听见了他们在寻觅的声音。

吹笛手警觉地掀起一角油布。淡色眼眸扫视着驳船周围的黑夜。

凭借议会大厦的灯光,皮特能够看见阿尔伯特路堤路上无人经过。

他伸手将老鼠的尸体扔进泰晤士河。

尸体打起转来,这是河水中无数黑乎乎的肮脏斑块中的一个。水流载着它缓缓前行,经过西敏寺,把小小的尸体带向东方。

PART 6
丛林惊骇

第二十六章

丛林之夜。

空气中有着不一样的气氛。衣着入时的年轻人在大象与城堡聚集,他们能够闻到那种异常。

黑云压顶,飞快飘动,被路灯染成了暗红色,在天际线背后向上翻腾。伦敦仿佛着火的城市。

警车穿行于街道上,一闪而过,掠过朝朗伯斯桥缓慢爬行的车辆,车辆的立体声音响在轰鸣。飘着几缕舞厅说唱,生硬而倦怠。到处都是鼓打贝司,狂热而威严,野蛮而深不可测。

司机把胳膊探出敞开的窗户,懒洋洋地随着节拍点头。车里坐满了身穿定制名牌衣衫的人,贝司线在轰鸣。对于巡游者来说,夜晚存在于斑马线和红灯处。这时候,他们可以停下车子,让引擎空转,节拍轰响,展示他们华丽的衣衫。他们从路口驶向路口,寻找可供暂停的地方。

上百条口号轰鸣着飞出上百扇车窗,司机在播放来自经典曲目的采样和喊叫出的宣告,这是今夜的上百首序曲。

情人先生,声音喊叫道,还有瞧瞧你自个儿。匪徒。跳吧。战斗就是力量。还有阴暗面。

KING RAT

我可以杀个人。

六百万种死法。

今夜他们相互吸引。他们驾车驶过街道，步行走过街道，仿佛身穿卡尔·卡耐、卡文克莱和坎戈尔的征服者。在阵阵飘拂的古龙水之中，黑帮和粗妞，滑铁卢以南街道自封的主宰，成群结队地大踏步走过担惊受怕的本地人身边，把他们只当成了影子。

碰拳，吻齿①，大部队行进在街道上。爱尔兰小伙子，加勒比姑娘，圆滑的巴基斯坦孩子，穿大号外套对着手机喋喋不休的帮派分子，带着唱片口袋的DJ，早熟的孩子模仿世故长辈的冷淡……

他们循着各自的道路走进丛林。

警察在各处街角梭巡。时而有司机觉得应该抛去一个轻蔑的眼神或者一声嗤笑，紧接着，交通灯改变颜色，司机扬长而去。警察望着他们，对着无线电低声说出含糊的警用代码。空气中充满了被电子化了的嗡嗡说话声，有提醒，有预言，但因为都市碎拍而聚合的人群却没有听见。

夜晚满载各种情绪，充斥着对视过久的眼神。

在黑暗的街道间，仓库亮如白昼，灯光从裂隙中漏出来，它仿佛一所教堂。

入口前排起了几条长队。看场子的都是膀大腰圆的汉子，身穿短夹克，抱着胳膊站在那儿，活像奇形怪状的滴水檐兽。身处等级高位的人在证明自己的价值：排队的都是庶民，他们在门口吵嚷，嫉妒地望着DJ及其随从，望着鼓打贝司活动的组织者和赞助人，这些人从容不迫地走过他们身边，与守卫低声交谈。对于他们之中最尊贵的那几位，连验看宾客名单都是多余的。

罗伊·克雷，DJ轰隆、努塔和"深藏"，上百张CD封面和海报使得他们家喻户晓，守门人毫不犹豫地请他们入场。连体形强壮得荒谬的打手也颔首致意，他们的冷淡态度有一瞬间变得过于刻意。这个晚上，初夜权在大象与

---

① 吻齿（kiss teeth）：源自牙买加的问候式，常见于地下生活圈。

242

丛林惊骇

城堡又活了过来,再次得到实施。

济济一堂的这些人若是有谁抬头眺望,或许会瞥见有某样东西掠过天空,仿佛失去了控制。那是一团尺寸如人体的破布,在空中摇来摆去。摇摆并非出自风的恩德:没有风能像这团东西那样迅猛地改变方向,也没有风能托起这么巨大的物体。

洛洛,鸟的首领,在街道上方盘旋回转,低头俯视脚下肮脏的土地,抬头仰望被散射光线染成橙色的夜空,他时而落下,时而升起,耳中震鸣不已。

他听不见城市的声音。他听不见车辆那些掠食者的咕哝声。他听不见仓库里发出的嘭嘭嘭声音。耳朵里复杂的毛发和骨头碎裂了,干涸的血液阻塞了耳道。

洛洛只剩下视觉,他尽其所能地搜寻着,在建筑物之间悄无声息地飞舞,偶尔在风标上歇脚,随即又蹿进夜空。

空中的鸟儿慢慢地越来越多。洛洛飞速经过时惊醒了几只鸟儿,它们大声叫喊表达忠贞,但洛洛却没有听见。困惑的鸟儿离开屋檐和树枝,一边跟随他飞行,一边对他喊叫,洛洛的动作很狂野,对鸟儿视而不见,这些都吓住了它们。巨大而沉重的乌鸦绕着他转圈。见到它们,洛洛喊出一些没有意义的音节,攥紧他已经失去的权柄。

鸟儿优雅地互相穿梭,数量还在不断增加,困惑的眼神左右横扫。鸟群缓慢回旋轨迹的中央,洛洛时而升起,时而加速,时而折线飞行,时而落下——他的行为不可预测。

鸟群无法遵从它们的首领。

在伦敦其他地方,别的军队也在集结。

房屋的墙壁和拐角被清空了。蜘蛛像流水似的爬出全城各处的缝隙和孔洞。数以百万计的蜘蛛拔腿飞奔,如微小的污渍般跑过肮脏的地板,穿过花园,从建筑物顶端沿着蛛丝下降。他们爬过同伴的身体,这是一支匆忙聚集、精神紧张的黑色与棕色的部队。

KING RAT

你能在各种地方见到蜘蛛的小分队。在儿童的卧室里,在穷街后巷,突然响起的惊叫声不时刺破黑夜。

许多蜘蛛死去了。被踩烂,被吃掉,迷了路。毁坏的几丁质壳体和化为一道抹痕的身躯点缀着他们经过的道路。

有什么东西在蜘蛛的微小大脑深处闪闪发亮。那种感觉不是饥饿或恐惧,更不是平时常有的虚无。是惊恐?是兴奋?是证明自我的冲动?

城市的灯光照在蜘蛛的复眼上,闪着精细的光芒。复眼排列紧密,不为外物所动,冷酷而淡然如鲨鱼的眼睛……除了今夜。

蜘蛛在颤抖。

阿南西在南伦敦这片荒原的屋顶上观察。他能感觉到空气在微微颤动。他能够闻到蜘蛛大军的存在。

下水道里,老鼠沸腾了,被刺激得几近狂暴。

王子走在他们中间。绍尔已经放出风去。他指挥着老鼠,控制着老鼠,调遣着老鼠。

老鼠如山洪暴发般涌出隧道。支流汇入干流,躯体叠着躯体,肥胖而迅速。

他们在街道下涌动,在天际线上涌动。高到城市的天幕之中,在空气稀薄的地方,老鼠跃过墙壁,跑过隔断之间的空隙,沿着屋瓦飞奔,在烟囱背后潜行。

这是一条挡不住的河流:他们几乎毫不间断地找到了去路。

不同的垃圾场,不同的种群,成百上千种不同的气味……全城所有的部落都在奔向南伦敦,啃噬着早被遗忘的污物,肾上腺素颤抖,时刻准备战斗。有一种巨大的错误感在多年前被编进了老鼠的基因之中,如癌症般活生生地蚕食他们,他们这还是第一次闻到治疗的手段。

老鼠从数以十万计的窟窿中倾泻而出,聚集在南伦敦这片荒原上,这是一个不停抓挠、噬咬的群体,饥饿而恐惧,努力想变得勇敢。

老鼠围绕仓库聚集起来,偷偷摸摸,鬼鬼祟祟,他们在等待。

丛林惊骇

仓库仿佛火花塞,带着能量劈啪作响,被看不见的群体团团包围,老鼠是波浪,蜘蛛是骨架,头顶是不明所以的盘旋鸟群,不时有人类突破这个包围圈。

仓库仿佛磁铁。

洛洛仍旧在空中观看。

阿南西扫视屋顶。

"那女人他妈的上哪儿去了?"

精瘦而暴躁的三指问一名看场子的人。大块头男人摇摇头。三指烦闷地左右乱转。贝司线和鼓点那湿漉漉的重击声在背后越来越响。他觉得他可以往后一靠,躺在那声音上,绝对不会跌倒,声音会变成靠垫,把身体撑在半空中。

他站在仓库的入口处,望着聚在前院的人群。他在等待娜塔莎,已经在台阶顶上站了好几分钟。其他的DJ都已到场。三指不得不对登场顺序做了微调,以免娜塔莎真的放他鸽子。他几步跑下楼梯,进了前院,大步走出铁丝网上的缺口,沿着街道上下寻找娜塔莎的身影。

来跳舞的傲慢人群仍旧络绎不绝,他们从四面八方走向仓库。几个本地人混在他们中间走过,模样乏味得令人生厌,他们看看三指,又不安地瞥了几眼仓库,仓库灯火通明,音乐轰鸣,在漫射的光线中显得巨大而畸形。

一个高个子拐过街角,朝他快步走来。他背后紧跟着另外两个人,一个瘦削的黑人和一个矮个子女人。三指心神一凛,凝神望去。那女人正是娜塔莎。

"你他妈的上哪儿去了?"三指大喊,他绷紧着脸笑了笑,亲切但又恼火。他大踏步走向娜塔莎和她的伙伴。

她漂亮得惊人,头发高高绾起,扎成马尾辫,上半身裹着件超小号的胸衣,是亮晶晶的红色,裤子紧得像是画在了腿上。她没穿上衣,细瘦的胳膊和腹部露在外面。姑娘肯定冻死了,三指心想。他耸耸肩:再冷也不能在时尚战争中败下阵去。不过他的确很惊讶。以前看娜塔莎上台打碟的时候,

245

她总是包得密密实实的，衣服松松垮垮，很舒服，但缺乏特色。但今夜不一样。她的耳朵和脖子上都闪着金光。

三指停下脚步，等她上前问候。

他发现娜塔莎的步态很古怪，那是一种很特殊的混合体，一方面是目中无人的大摇大摆，另一方面则是漫无目标的茫然游荡。他注意到娜塔莎戴着随身听，旁边那个叫法比安的男人也一样。三指见过一次那家伙。他和娜塔莎一样盛装出场，走路时也是一副丧魂落魄的姿态。三指忽然想到，这两个人别是吸毒吸上头了吧，他忍不住咬紧牙关。她要是搞砸了，没法上场的话……

高个子男人首先来到他的面前，伸出一只手，三指瞪了一会儿，然后敷衍了事地握了一下。天晓得娜塔莎从哪儿捡来这么一个宝贝，他心想。这个男人一脸尴尬的笑容，金发显然不甘不愿地被迫扎成了马尾辫，衣服则在大声宣告他与时尚格格不入。更不协调的是他脸上布满了半愈合的细长抓痕。要是没有娜塔莎带路，他恐怕永远也过不了门卫那一关。"您一定是三指了，"他说，"我是皮特。"

三指随便点了点头，扭头看着娜塔莎。才张开嘴，正想责骂她晚到的时候，娜塔莎的脸从阴影中移到了路灯的昏暗光线下，他的怨言还没出口就消失了。

她的妆容很完美，很浓，走的是荡妇路线，却遮不住她有多么瘦弱和苍白。她抬起头看着三指，双眼没有对准焦距，笑容心不在焉。肯定是吸毒了，三指再次想道。

"塔莎，朋友，"他不安地说，"你没问题吧？"

他们能听到背后仓库传来的砰然节拍，这是对话的背景音乐。

娜塔莎歪了歪头，扯掉一只耳朵的耳机。他重复了一遍刚才的问题。

"当然了，兄弟。"她答道，三指稍微安心了些。她的声音坚定而克制。"我们准备好上场了。"

三指注意到法比安在随着耳机里的节拍微微地不停点头，他的眼神

丛林惊骇

涣散。

娜塔莎跟着三指的视线望过去。"你等会儿也能听见,"她轻声说。"你可以加入。我敢发誓你会喜欢的。你这儿有数字磁带播放设备吗?万一没有的话,皮特带上了我们的。"她停下来,露出又一个惨淡的笑容。"你必须听听我一直在做的音乐。三指,那音乐非常特别。"

接下来是一阵沉默,三指不知道该如何接话。末了,他朝着他们点点头,示意他们跟他走,然后转身走向仓库。

这段路走起来感觉很长。

走在路上,他听到一声短促的声音,像是抖床单时的翻腾和甩动声。转过身,他却什么也没有看见。皮特在看着天空微笑。

兴奋和恐惧让洛洛头晕目眩,他在空中兜着圈子,穿过建筑物之间的狭窄通道,他在寻找阿南西。他瞥见阿南西的赤裸躯体贴在某幢大楼的屋檐下。他像蜂鸟似的在阿南西面前盘旋,发出不连贯的尖叫声。阿南西明白了他的意思。他拉下脸,比着嘴型说话。

他在这儿。吹笛手在这儿。

洛洛点点头,尖啸着消失了。

阿南西对着拳头耳语几句,然后放开了握在手中的小蜘蛛。蜘蛛沿着建筑物的侧面跑下去,来到排水管的底端,有另外五只同类在那里等他。他们用修长而强有力的腿爱抚新来的蜘蛛,彼此互相凝视。然后,六只蜘蛛转身离去,他们的路径构成了不断扩大的星号,直到每只蜘蛛都遇到了他们正在等待的同类,接着又是一场短暂的会议,更多的信使加入了队伍,数量以指数级增长。信息传递得越来越快,如传染病般在蜘蛛群中散播开去。

一堵高高的砖墙对着仓库拔地而起,这面院墙属于某家废弃多年的工厂。墙背后是一小片都市里的灌木林,再过去则是粗笨的塔式大楼,由灰色水泥板编织而成,俯瞰仓库及其院子。

在这幢楼的平屋顶上,有什么东西在一堆旧纸板底下移动。留着肮脏指甲的鬼祟双手小心翼翼地从纸板底下爬出来,清理出一小块空间。两只轮廓模糊的眼睛望向外面,看着娜塔莎、法比安和皮特跟着三指爬上仓库门前的台阶,经过看场子的大汉,走进仓库。

纸板升起,继而落下,绍尔站了起来。

他一动不动地站了几秒钟,深深呼吸,让自己变得镇定,让心率慢下来。

他从监狱偷走的旧衣服在身上随风飞舞。

绍尔闭上眼睛,静待片刻,以脚跟为轴轻轻摇摆,然后猛地睁开眼睛,集中注意力,在附近空中寻找洛洛的踪迹,他害怕洛洛会来突袭。

之所以要隐藏自己,有部分原因正是想躲开洛洛的攻击,但或多或少地还不止于此。他不能明说,不能跟阿南西讨论,不能制订其他的行动计划。他露出一个空虚的笑容。就好像他们真的想出了任何计划似的。

今夜他要了结恩怨。今夜他不是让自己获得自由,就是死去。在这个夜晚敌人对他发起袭击之前,他想独自呆在伦敦城,想把这个城市当成他的攀爬架,想坚守他的孤独。

但这个夜晚还是来了,正如他早已知道的那样。

该行动了。

绍尔向前倾身,用双手抓住排水槽,使劲摇了两下,确定是否牢靠。

他略略弯曲两腿,以此当作杠杆,停顿片刻,然后翻过了楼顶边缘。

绍尔在半空中转了大半圈,换手时双手交叉跃进,骤然断开耍艺人式的弧线下翻,一个锐角拐弯之后飞向侧面。原先的曲线路径被他截断,他沿着排水槽悄悄爬向排水管。

他把排水管当成消防队的柱子,顺着它往下滑,双手双脚不时飞快移动,避开将排水管固定在墙壁上的螺栓。

他落到缺乏生气的地面上,走过有一段没一段的蒲公英和青草地,踏进那堵墙的阴影。

绍尔专横地打了个响指,立刻有十几个棕色小脑袋探了出来,有的来自旧砖块背后的容身之处,有的来自地面上的洞穴,也有的来自墙壁上的裂缝。老鼠都看着他,因兴奋和恐惧不时地抽搐。

丛林惊骇

"是时候了,"他说。"告诉所有的同伴,叫他们准备好。咱们到那儿见。"他停了一下,说出了最后的几个字,语气在单调中带着激动,那是一种宿命式的兴奋。"进攻。"

鼠群开始飞奔。

绍尔和他们一同奔跑。他俯视鼠群,如胜利的象征般跑过他们中间。他隐匿身形,贴着墙头前进。他无影无踪地横穿街道,一会儿蹲在汽车的阴影中,一会儿平贴在某幢大楼上,一会儿又变成了行路人。他钻进钻出阴沟,越过墙壁,沿着仓库侧面潜行,经过等候人群时甚至没有多看他们一眼。空气中尽是酒精和香水的味道,但被绍尔捏着鼻子抛在背后。

他不能让鼻子受污染,他需要闻到他的军队。

有条坡道横过一间低矮车库的破碎天窗,通往集会地点的崩裂砖墙,坡道攀附在招致遗忘的钉子上,另一头连着仓库的厚实旧窗的底部。他抓住坡度平缓的屋顶边缘,弯曲双腿抵住墙壁。他能感觉到砖墙在随着低音振动。接着,学着鼠王很久以前的动作——那是绍尔在兽群中的第一个夜晚,当时的他还没有吃过老鼠的食物,他还属于人类——绍尔的双腿用力一蹬,转了个完美的圆圈,落在仓库的屋顶上。

他快步跑过屋瓦,朝着巨大的天窗而去。天窗到处都是裂纹,只用了几秒钟就被绍尔撬开了,推开窗户,里面是一间阁楼,积满灰尘的木质地板随着底下音乐的低音部分跳动,仿佛这幢建筑物也想跟着在其腹中响起的音乐起舞。

绍尔停下脚步。他能感觉到空中有一大群东西在移动。他还能感觉到结实的小小躯体在集体行军,能感觉到他的队伍正在离开街道、下水道和灌木丛,奔向这幢光芒四射的建筑物。他能感觉到许多爪子在抓挠水泥,鼠群在狂热地寻找通道和砖墙上的裂缝。

鼠群和绍尔离开了相对安全的伦敦夜晚,进入仓库,这里是鼓打贝司的狂乱两颗,是烟气、搏动灯光和硬核音乐的领地,是吹笛手的巢穴,是黑暗的心脏地带,位于丛林深处。

木板在绍尔脚下敲着鼓点：尘埃不肯安躺地上，而是围绕着脚腕形成了模糊的尘雾。他悄悄走到长形阁楼的另一头。宽敞的黑暗空间的一角有个翻板活门。

绍尔平贴在地板上，非常轻柔地掀起活门，慢慢地把活门从木板地面上拉起来。音乐、五彩灯光和舞客的气味顺着狭缝漏过来，他将眼睛凑了上去。

底下的彩灯在不停旋转和变换颜色，既明亮又朦胧，灯光经过悬挂空中的镜球反射，散入大堂的各个角落。光线刺穿黑暗，在阐明细节的同时也混淆了事实。

底下很远的地方是舞池。眼前的画面能引起幻觉，闪闪发亮，如分形图案般不断改变，狂热的躯体以上千种不同方式舞动。坏小子缩在角落，只是随着节拍点头，对于摧枯拉朽的音乐没有更多的反应。重踏舞客聚在舞池中，他们挥动手臂，放松四肢，按切分音打着节拍；用了安非他命或古柯碱的那些家伙拼命想跟上音乐的速度①，像疯子似的挪动双脚，动作滑稽可笑。粗妞展开双臂，随着贝司线缓缓扭动臀部，各种肤色、衣衫和内衣构成了一道堤坝。舞池里摩肩接踵，挤满了躯体，颓废而充满活力，惊心动魄，蛮不讲理，令人忘记自我。

就在他的注视之下，一道脉动光束忽然亮起，将房间刹那间变成了一系列的静态场景。绍尔得以细细打量每个人的模样。众人脸上的表情五花八门，让他大为惊叹。

鼓打贝司音乐像是要把活门从地板上掀飞，扔进空中。这音乐毫无宽恕心，是原创硬核节拍的猛烈攻击。

下面不远处是一条沿大堂边缘而建的铸铁廊道，荒废已久，一角有条竖梯收在腹下，用铁链拴紧。放下竖梯，可以搭上底下另一条类似的壁架。底下那层廊道上挤满了躯体，人们在那里俯视三四米之下的舞客。

---

① 此处的速度指音乐的速度（tempo），单位为BMP（每分钟节拍数），鼓打贝司的BMP一般在160—190。

丛林惊骇

绍尔的视线扫视着大堂。正对着他的角落里有了微小的动静。

红色与绿色的灯光绕着从天花板上垂落的一个黑色物体盘旋。阿南西攀着绳索缓缓摇动。他的双腿和双臂紧贴身体，紧到了不可思议的地步。绍尔仅能看见他一动不动的指关节，指关节因为握住绳索而绷得发白。

他左右摇荡，处于声波震荡的冲击之中。绍尔知道阿南西的军队与他同在，包围了他们两人，在看不见的地方做好了准备。

绍尔在阿南西的正下方看见了高出舞池的舞台。他的呼吸略微加速：打碟机，就夹在两个大得夸张的扬声器之间。

舞台背后挂着一幅巨大的涂鸦画，还是装点海报的那几位奇形怪状的DJ，"丛林惊骇!"这个标题用了超大号字体。在画布上怪异形象的映衬下，站在打碟机前的DJ矮了半截，他在打碟机和音源箱之间快步走来走去，一只耳朵上挂了副硕大的耳机。他的动作中带着受到克制的狂热激情。绍尔不认得他。就在他的注视之下，那家伙巧妙地切换了曲子。相当不错。

绍尔感觉到有老鼠从背后过来，试探性地舔了舔他的手。他不再是孤身一人。

"好的，"他轻声说，摸了摸那颗小脑袋，但没有回头看。"好的。"

绍尔拉开翻板活门。他上下颠倒着把头部探进大堂，打破音乐的表面张力，让身体沉入音乐。他用轻柔的动作将身体放到底下的铸铁格栅上。鼓点排山倒海而来，渗入了房间的每一条缝隙。他觉得自己像是在水下行走，几乎不敢呼吸。他从眼角余光看见阿南西注意到了他，于是举起一只手。

大堂里湿热难当，如热带雨林般潮湿而沉闷。舞客散发出的热量包围了他。他扯掉衬衫。油腻腻的污秽包裹着他。他意识到他有好几个星期没见过自己的躯体了。那件衬衫成了他的毛皮。

他回忆起刚才那只老鼠的触碰，于是抬起手臂，把衬衫的一条袖子塞到翻板活门的铰链底下。他扯动另一条袖子，绷紧衬衫后把这条袖子系在包围廊道的栏杆上。两只老鼠几乎立刻跑下这条油腻腻的帆布桥梁，跳上了铸铁平台。

其他同伴也会陆续到来,绍尔心想,他目送那两只老鼠沿着栏杆飞奔,寻找可以下去的道路。

汗珠淌下身躯,在污垢中冲出几条沟槽。他不觉得羞耻。他的标准已经改变了。

绍尔贴着墙壁朝前走向打碟机,视线锁定底下的舞台。一边走,他一边弯下腰去。等走到墙壁中间的时候,他已经如巨蛇般在冷冰冰的铸铁上蜿蜒了。他把脸贴在格栅的间隔处,视线急切地左右扫荡,身体慢慢地向前爬行。

仓库里尽管弥漫着香水、汗液、毒品和性爱的气味,但绍尔仍能闻到老鼠。大批军队已经抵达,正在等待他的号令。

抬头望去,阿南西在如枪弹速射般的灯光中时隐时现。

舞台后侧的一扇门打开了。

绍尔顿时动弹不得。娜塔莎走出建筑物的深处,来到音乐和骚乱当中。绍尔屏住了呼吸。他攥紧了身下的格栅,直到手指发痛为止。她美得出神入化,很瘦,瘦过头了,一举一动都像正在做梦。

吹笛手在哪儿?她的行为出于自由意志吗?绍尔惊愕地打量着娜塔莎。他看见娜塔莎戴着耳机,有一瞬间不禁大为困惑:她为啥要在俱乐部里听随身听?——他随即醒悟了过来。绍尔屏住呼吸,望着娜塔莎的脑袋上下晃动,她所跟从的旋律不同于其他舞客。他知道娜塔莎正在听什么,也知道那是谁的音乐。

她用一只手拎着装满唱片的箱子,另一只手拿了个粗粗短短的盒子,是某种电子设备,后面拖着电线。他看不清具体是什么。娜塔莎拍拍台上那位DJ的肩膀。那人转过身和娜塔莎碰拳,激动地对着她的耳朵吼了两句。趁着DJ说话的时候,娜塔莎把盒子连接上了音响系统,她不时点头,不知是在作答还是在回应耳朵里绍尔听不见的音乐。

那位DJ摘掉硕大的耳机,罩在娜塔莎的耳朵上,等她取下小随身听的

丛林惊骇

耳塞。但她没有取下，DJ耸耸肩，把大耳机压在了耳塞上，然后哈哈大笑。他走进了娜塔莎适才走出的那扇门。

娜塔莎在她带来的唱片中翻找，抽出一张，优雅地翻过来，吹掉上面的灰尘。她把唱片放在转盘上，随后俯下身开始打碟，她用手指微微向后牵动唱片，耳朵听着随身听播放的音乐，手上在混合节拍。随后，她挺直腰杆，手指轻轻晃动，一段钢琴音乐勃然而起，从她选定的那张12吋唱片中倾泻而出，这张唱片即将播放到尽头了。

很难说清前一段乐曲何时结束，后一段乐曲何时开始，她的混音天衣无缝。娜塔莎把唱片向后拉，然后让它向前播放一小段，接着再向后拉，像旧式饶舌乐歌手那样玩起了刮碟，但最后还是松开手，以平滑的动作停下第一个乐段，随即释放出新的贝司线。

她略略后退，双唇毫无笑意。

绍尔知道他必须下去找娜塔莎，必须从她的头上摘掉耳塞，让她明白她正处于何等险境。但这无疑正中吹笛手的下怀。这是为他准备的陷阱中的奶酪。

那扇门再次打开，又有两个人走了出来。第一个是法比安。绍尔大惊失色，险些一跃而起。法比安比娜塔莎看起来更瘦削、更疲惫。他的服饰虽然华丽，却遮不住这一点。他走路时一瘸一拐。和娜塔莎一样，他也戴着随身听的耳塞。驱使法比安前行的是耳中的节拍，是只有他才听得到的曲调。

在他背后的是吹笛手。

走进大堂，法比安停下脚步，深深吸气，绽放出满脸笑容。他大大地伸展双臂，像是想要拥抱底下的所有舞客。

法比安离吹笛手非常近。

绍尔抬头去看阿南西。阿南西挂在绳索上慢慢摇摆，突如其来的紧张透过他的躯体清楚地表现了出来。

突袭他？

253

我们应该突袭他吗？绍尔发了狂似的想道。

该怎么办？

阿南西和绍尔丧失了行动能力，仿佛中了毒蛇的视线，而吹笛手甚至都还没看他们。

娜塔莎转过身，看见她的两个同伴。她伸出手，吹笛手拿出衣袋里的什么东西，隔着舞台扔给她。那东西飞在空中的时候，被一束白光定住了一个瞬间。它像是停在半空中，任由绍尔看个分明。那东西闪闪发亮，是个塑料小匣子，和磁带差不多，但更小也更方……

一卷DAT。

一卷数字录音带。娜塔莎用这东西录制她的作品。

他尖叫着跳了起来，与此同时，娜塔莎的手也握住了那卷录音带。

犹如洞窟的空间里充满了各种声音，容不下他微不足道的尖叫。在喧闹的打击乐和贝司线之中，他自己甚至都听不见自己的叫声。舞客继续跳舞，不为所动。娜塔莎转身面对打碟机，法比安还在呆愣愣地小步转圈……吹笛手却猛然迎着那几不可闻的叫声抬起头，视线穿透了光束织成的罗网，穿透了底层廊道上酷得过头的人群，穿透了屋顶的阴影，直勾勾地望着绍尔的双眼。

吹笛手得意洋洋地挥挥手，咧嘴狞笑。必胜的信念在他胸中熊熊燃烧。

绍尔逼着自己沿着铁架奔跑，吹笛手在舞台上大笑。跳舞的人群被他们遗忘了。节拍似乎在变慢，所有事情都变得缓慢，底下拥挤人群起落的动作在绍尔眼中变得格外沉重。

他沿着铁架跑向阿南西悬吊的那个角落，阿南西依然动弹不得。隔着格栅，绍尔望着娜塔莎缓缓走向已经接好了的数字录音带播放器，伸出握着磁带的手。接近阿南西的时候，绍尔抬起头，阿南西正在一圈一圈地缓缓摇摆，仿佛失去效用的钟摆。

绍尔没有停止喊叫。他一边跑，一边发出令人毛骨悚然的嚎叫。娜塔莎将磁带插进带仓，将一侧耳机搁在肩头，这时候，绍尔用左手抓住栏杆，高

丛林惊骇

高跃起,他移动的速度慢得出奇,甚至可以看清底下的一张张面孔,看清构成了上下弹跳的群体的每一个人。落下时,他让双脚同时抵住栏杆,然后弯腰蹿出,把身体送入空中,如超级英雄般飞过舞客们的头顶。

阿南西瞪大双眼,看着绍尔冲向他,绍尔扑腾着双臂,两腿如跳远运动员般伸在身前。距离舞台十几米高的空中,绍尔伸开双臂双腿,扑到了阿南西的身上。

绍尔抓住阿南西,抱紧他。他感觉到自己在半空中疯狂地前后摇摆,听见阿南西对他吼叫着什么。支撑两人身躯的绳索因绷得过紧在颤动,有些危险。绍尔对着阿南西的耳朵大喊。

"下去!"他喊道,"快下去!"

绍尔感觉到自己在下坠,胃部直往上翻。阿南西操纵着手里的绳索,下降的势头变得和缓。比任何一个绕绳下降大师的动作都要和缓,人形蜘蛛和他的货物轻快地滑向舞台。

绍尔和阿南西一边下降,一边绕着他们的重心旋转,房间则在绕着他们转动。绍尔一眼又一眼地瞥见停下动作的舞客,他们的眼睛都盯着从空中降落的这两个人。有人显得惊讶或困惑,但大多数人在笑,被这新奇的娱乐迷得神魂颠倒。

"跑啊!他妈的快跑啊!"绍尔喊道,但丛林音乐的音量丝毫不减,能听见他在喊叫的只有阿南西。

绍尔低头望去,距离舞台只有两三米了,他松开手,如炸弹般脱离了阿南西。

他一往无前,猎物就在飞行线路的正前方。尽管鼓打贝司的节拍敲得震天响,但绍尔还是觉得他听见众人齐齐倒吸一口凉气。落下的时候,他绷紧了脸,伸直双腿,但这些举动从头到尾都被吹笛手看在眼里,吹笛手灵敏地往旁边一跳,让开绍尔飞踹而来的靴子,绍尔轰的一声踏在了木制舞台上。

他踉跄了一下,但没有跌倒。打碟机固定得很牢靠,正在播放的唱片甚至都没有跳针。绍尔惊恐地望着娜塔莎的手抓紧了播放器的音量控制钮,她对着耳机皱起脸孔,等待节拍中合适的时刻,准备将录音带的内容加入混响。

绍尔扑向娜塔莎,想把她从打碟机前推开,迫不得已的时候甚至要伤害她。绍尔的内心充满了愤怒和恐惧,但就在他靠近娜塔莎的时候,有某样东西从背后袭击了他,砸得他趴倒在地,飞向舞台的另一侧。娜塔莎甚至没有回头看一眼。

绍尔在地上翻滚、扭动,重新站了起来。

冲向他的是法比安。

他的朋友没有在看他,视线焦点位于绍尔的肩后,和洛洛那天晚上在公寓里的状态一模一样。他毫不停顿地冲向绍尔,双臂展开,活像电影里的僵尸。

绍尔看见阿南西在法比安背后落在舞台上,立刻被吹笛手在嘴上揍了一拳,打得他满地乱爬。但绍尔的注意力却被另一个最细微的动作吸引住了:娜塔莎的手正在缓缓转动音量旋钮。

绍尔冲进法比安怀里,想凭借蛮力撞开他,却被他的朋友紧紧抱住。绍尔挣扎着想冲过去,但法比安拼命扭动身体,带着绍尔摔倒在地。绍尔伸出胳膊,指尖距离娜塔莎的鞋子仅有二三厘米之遥。

娜塔莎满意地点着头,开大了DAT播放器的旋钮。

一切随之凝固。

这个时刻令人敬畏。所有人的动作都完全停顿了:舞客、见到争斗而跳上舞台来拉架的人,还有被绝望压得动弹不得的绍尔。

从扬声器中流淌出来的诱人节拍全都位于高音部,高如铙钹,贝司线不见踪影。钢琴奏出的细微乐声如泣如诉。

但勾住了注意力的是长笛。

突然爆发的笛声为乐曲开道,这个颤音猛地钻进房间里众人的脑海,清空了听者的意识。绍尔眼睁睁地看着娜塔莎摘掉耳机和随身听。现在不再需要它们了。这就是她一直在听的那首歌。法比安在他身后站起来,跟着做出相同的事情。

那一缕笛声震撼了舞客,让他们屈服,此刻笛声开始隐去,仅留下它的回声和静电噪音,死去电台的鬼魂碾过鼓点和失魂落魄的钢琴。还是没有贝司线。绍尔无法起身。他看见舞客开始摇晃脑袋,从长笛的陷阱中挣脱出来,但就在这时,笛声再次爆发,充满了整个仓库,时间的拿捏准确得荒唐,济济一堂的人猛地朝后一挺,眼神痴迷。

然后又是一次。又是一次。

吹笛手盯着绍尔,亲切的面容与圆睁的可怖双眼很不相称,他的表情既残忍又欢乐。

"你输了。"他对绍尔比着口型。

绍尔报之以怨毒的目光。他夸张地举起胳膊,挣扎着站起来,这吸引住了阿南西的视线。阿南西颤抖着模仿他的动作。

两人同时放下胳膊。

"进攻!"绍尔尖叫道。

老鼠如沸水般涌出地板和排水管。绍尔的精锐部队冲进仓库,急不可耐地穿行于舞客凝固的腿脚之间,扑向舞台。蜘蛛从建筑物的裂缝中蜂拥而出,如液体般流向吹笛手。

就在这一刻,《风城》的贝司线轰然响彻房间,贝司线经过了削减,变得异常简单。笛声驾驭着贝司线,驰骋于鼓点和贝司的峰谷之间。

舞客的动作整齐划一。

他们再次开始跳舞,这场舞蹈的编配简直出神入化,所有的右脚同时抬起,落下后轮到所有的左脚,这是一种奇异而倦怠的重踏舞步,他们挥舞着胳膊,腿脚僵硬,随着节拍起起落落,遵从的是吹笛手的笛声。而且,他们的每次落脚都对准了一只老鼠。

这是战争。

老鼠也在反击,蹿上人们的躯干和后背。舞客与小而凶暴的敌人展开

KING RAT

战斗,眼中仍旧是那种魂游天外的眼神,但动作慢慢地不再那么诡异地整齐划一。

蜘蛛已经爬上了舞台,紧随鼠群中的先锋部队,两支军队密密麻麻地冲向吹笛手。阿南西在他背后站起来,猛地扑向前方,双臂砸中吹笛手的脊背,但他旁边的几个人却同时跳上来抓住了他,攻击的力道因此减弱。那些人没有看阿南西。他们侧着头,在听音乐,他们按照音乐的吩咐行事。他们用不属于自己的力量将阿南西扔向墙壁。阿南西对他的部下大喊,猛打手势。

绍尔在地板上爬向打碟机和DAT播放器,爬向音乐的来源。娜塔莎立刻转身,用长长的鞋跟猛踩他的手。他痛呼一身,再次爬开,想绕过娜塔莎,但她一脚又一脚地踩下来,速度越来越快,快到她还能站着,简直是个奇迹。

有人从背后抓住绍尔,将他一把扯起,绍尔忽然怒从心头起,狠狠地给对方脸上来了一肘子。那人的脑袋猛然后仰,耷拉在那里,脚下踉跄了几步,但却被音乐带着依然没有倒下。绍尔转过身,双手弯曲成爪,可愤怒却随着惊恐瞬间消散。袭击他的人顶多十七岁,是个胖乎乎的亚裔男孩,身穿他最好的丛林衣装,此刻衣服上却全是血迹。面门中间的鼻子血肉模糊,但仍旧在努力跟上节拍跳舞。绍尔使劲推了他一把,将他推离战斗。

他意识到舞客正在渐渐向舞台聚拢,他们拳打脚踢,挥爪抓挠,将老鼠和蜘蛛赶到墙边,用牙齿撕扯他们,但自始至终都歪着脑袋,若有所思地聆听《风城》的每一个音符。聆听那该死的笛声!

这拥有多个层次的背景音乐很不调和,疏离而恐怖。

越来越多的舞客跳上舞台,他们的衣服上凝着血块,血液来自老鼠和人类,还沾着小块小块的皮毛,脸上满是小爪子的挠痕。绍尔能闻到空气中飘着鼠血的味道。这让肾上腺素涌遍他的全身。

蜘蛛和老鼠覆盖了舞台,成群结队地爬上法比安和舞客的腿。法比安扯开一具具肥硕的鼠躯,将老鼠摔在地上,老鼠的四肢、脊骨和头颅纷纷碎裂,他们爬动着死去。法比安不停拍打自己的身体,用两条腿交换着跳舞,

丛林惊骇

无数蜘蛛被碾死在木头地板上。

绍尔能听见阿南西在咆哮。

绍尔转过身,再次爬向打碟机。法比安从背后飞来一脚,正中他的腹股沟,娜塔莎则踏在他的肩膀上。他赶忙滚开,以免被钉在地上,但有好几只手抓住他的双腿,狂暴地拖着他滑过涂满老鼠血液和蜘蛛残骸的地面,将他从娜塔莎和DAT播放器前拉开,把他摔在一面墙上。好几具躯体接连落在他的身上,不似人类的强壮膝盖狠顶他的脊背,十几条胳膊和腿让他动弹不得。

绍尔能听见阿南西的尖叫声。

抬起头,他看见吹笛手在阿南西面前弯下腰,好几个舞客按住了人形蜘蛛。绍尔的头被压在地上,只能看见舞客的脑袋贴着地面上下摇动。

这是地狱里的场景,老鼠、蜘蛛和鲜血涌过永远受罚的灵魂。

法比安踉踉跄跄地走进他的视线,绍尔抬头瞥了他一眼,然后扭头去看娜塔莎。他看不见他们的样子,两人身上厚厚地覆盖了一层蜘蛛,大军正在飞奔。蜘蛛如潮水般涌向吹笛手。阿南西不断尖叫。

吹笛手抬起头,盯着绍尔的眼睛,瞥了一眼越来越近的蜘蛛群。

"想看看我耍新把戏吗?"他的声音离绍尔的耳朵很近,语调很亲密,隔着丛林音乐和笛声轻轻耳语。

吹笛手短暂地瞥了一眼打碟机。

笛声发生了变化。

采样循环播放,互相交叠,就在他听着的时候,绍尔意识到其中的一个层次突然高飞,开始改变,转成了气喘吁吁的断音。阿南西忽然不出声了。

蜘蛛如潮水般涌到吹笛手的脚边,这时候骤然停顿。

他在改变音乐!他在改变选择!绍尔心想。**他打算去控制蜘蛛!**

令人难以置信的事发生了,蜘蛛纷纷随着节拍一起波动起伏,但舞客却没有停下舞步。吹笛手脚边的蜘蛛纷纷散开,为他让出活动空间。

舞客还是没有停止跳舞。覆盖舞客身躯的蜘蛛掉落在地,快步奔向舞台。娜塔莎和法比安重见天日,他们的皮肤上布满了细微的抓痕和伤口,死蜘蛛从他们的衣服上和嘴里往下掉。两人继续与老鼠作战。

吹笛手开始跃起,他跳得越来越高,两只脚交换着落地,却始终盯着绍尔的眼睛。绍尔低头看着吹笛手的双脚。每次他跳起时,都有一小群蜘蛛随着音乐翩翩起舞,到他的底下站好,排列出鞋底的形状。这些蜘蛛耐心地等待着,他从空中坠下,分毫不差地踩死它们,吹笛手每一跳引发的大屠杀都由蜘蛛自己送上门去,它们排着队等死。

"绍尔,看见了吗?"吹笛手隔着一片狼藉的滑溜溜的舞台说,"这就是丛林音乐的乐趣。有那么多的层次……只要我喜欢,我愿意同时吹多少次长笛就吹多少次……"

舞客仍在舞动,蜘蛛仍在寻死。

阿南西坐了起来,《风城》里为蜘蛛准备的音乐让他的眼睛闪着喜悦的光芒。白痴似的笑容横贯他的面部。他的左臂齐肩断去,身侧遍洒鲜血,肩膀是一团血肉和骨头的混合物。

吹笛手审视着绍尔的脸。

"是啊,很残忍,我知道,拔掉蜘蛛的腿脚,但这只蜘蛛给我带来了太多的麻烦。"

他将阿南西的脑袋推回到舞台上。

绍尔的叫声淹没在鼓打贝司和笛声中。他剧烈挣扎,但却被舞客牢牢按住。尽管他们都贴在他身上,但绍尔还能感觉到他们在随着节拍微微晃动。

吹笛手冲天而起,高高抬起双腿,用尽全力跺了下去。

阿南西的脑袋喀嚓一声崩裂了。

绍尔号叫着瘫软下去。

木质舞台突然抬起变形。有什么东西撞破了吹笛手面前的木板。绍尔短暂地瞥见一个背影,两条瘦长结实的胳膊猛然如鞭子般探出,紧紧抓住吹笛手的脚腕,再一使劲,就拖着吹笛手消失在了舞台底下。

丛林惊骇

吹笛手不见了。刺耳的音乐依然如故,绍尔仍被按在墙边,老鼠还在搏斗、撕咬和抓挠,舞客还在反击、大批屠杀老鼠和跳舞,但吹笛手不见了。

绍尔能感觉到阵阵震颤:底下的那场战役规模空前。他试着拉扯抱住他的那几条胳膊。这些胳膊纹丝不动,强壮得令人厌恶。他们死死地按着他,但没有因为他的无望挣扎而惩罚他。

腹部底下的木板忽然一抬,有人撞在了上面。略靠旁边的地方传来接连不断的重击声,有人在一次又一次地撞击木板。舞台上的那个窟窿周围的木屑缓缓落入下面暗处。

蜘蛛涌入洞口,绍尔看见附近有个舞客也在爬进暗处。

绍尔忽然开始猛砸身下的木板,将手指插进木板之间的狭小缝隙,不去理会被蹭掉的皮肤。他缺少可供发力的支点,这个角度过于别扭,但肾上腺素给了他力量,他使劲提拉、撕扯身下的木板,将手指塞进狭缝,摸索着寻找支点。他绷紧身体,拼命向上扯动,感觉到木板还在顽抗,但随着古老的钉子被拔离原位而陡然松脱,木板飞了出去。

他将头部探进黑暗中。

看见了:一个人在尘土中翻滚,目光狂乱、眼圈青紫,愤怒催得青筋暴起,那是吹笛手。另一个人犹如帽贝般死死缠住他,此刻正将右手掌根凶恶地往吹笛手的嘴里塞,他龇着牙齿,逮住吹笛手的随便哪个部位就是狠狠一口,他的手爪不停抓挠,旧外套像活物似的缠住了两具躯体,这个人是鼠王。

鼠王手上被吹笛手咬中的地方鲜血横流,但他死也不肯松开吹笛手的嘴巴。蜘蛛爬遍他的全身上下。他的背后是一名舞客的模糊人影,那人在舞台底下弯着腰,抡起双臂拍打鼠王。鼠王不停左右摇摆躲避,拼命想远离他的攻击范围。

鼠王抬头望着绍尔,眼神在乞求帮助。

绍尔看见那名舞客用双臂抱住鼠王的脖子,无情地将他扳向后方。

他绝望地继续拉扯那些按住他的手,弓起背部,用尽力量抵抗。那些手将他向下压,他忽然松劲,再稍一侧身,往木板上的那条狭缝中挤去,被那些

261

想要按住他的手推了下去,他突然获得了自由,开始向下坠落,最终落在了吹笛手的双脚上。

他因为胜利而大叫一声,然后转过身。

"帮我!"鼠王从咬紧的牙关中咝咝地说。他的脑袋被拽得弯成了恐怖的角度,双臂没法继续抱住吹笛手,他必须不断用力将胳膊向前伸,才可以继续堵住吹笛手的嘴巴。他背后的舞客在慢慢取得胜利,包围他们的音乐使得他拥有了超常的力量。

绍尔如风暴般冲过舞动蜘蛛的海洋,一拳狠狠地打在抓住鼠王的那男人的脸上。

拳头接触到肉体的时候,他才发现那人是法比安。

绍尔的这一拳异常狠辣,用上了他的全部鼠族力量,法比安的脑袋以危险的高速歪在了肩膀上,被打碎的牙齿从嘴里四散纷飞,但他还是死死抓住鼠王,继续向后拖拽。

吹笛手正在获得自由,他的牙齿撕开了鼠王的手,胜利的低吼冒着血泡从手的后面传了出来。

"帮我!"鼠王重复道。绍尔在绝望中抓住法比安,将他左右推拉,使出了所有的力气,但笛声已经渗入法比安的灵魂,没有什么其他的东西能够干扰他。那一拳并没有起效,绍尔知道必须杀死法比安才可以让他松手。

"帮我。"鼠王又说了一遍。

但绍尔犹豫得太久了,法比安已经把鼠王从吹笛手身上拽开了。

"好啊!"吹笛手站在绍尔面前,他浑身污垢,伤痕累累,正在颤抖,蜘蛛从身上朝各个方向洒落。他揪住绍尔的衣领,用强壮得难以置信的双臂抓起绍尔,将他扔了出去,绍尔飞出舞台上的洞口,回到了闷热、喧闹、仿佛血池的俱乐部里。

绍尔扎手扎脚地落地,身体滑过了碎裂的木头地板。

吹笛手在他背后爬出洞口,揪着鼠王的头发拖着他。

《风城》在一遍又一遍地循环播放。绍尔确信那盘数字录音带肯定录满了这首曲子,大概能持续个把小时。

"你输了!"吹笛手对鼠王叫道,"你和你老爸、蜘蛛叔叔还有鸟人,你们都输了,因为我现在愿意怎么吹笛子就怎么吹了。你的朋友向我展示了方法,绍尔……"他朝周围的墙壁挥动双手,蜘蛛正在墙上绕着小圆圈跳舞。他又对舞池打着手势,舞客在舞池中随着《风城》跳起落下,他们浑身鲜血,践踏着死去老鼠的尸体。

他松开鼠王,交给舞台上的舞客。鼠王在悲哀和挫败感中瘫软下去。

绍尔筋疲力尽。他感觉到有更多只手抓住了他。吹笛手从容不迫地走过来,到他恰好够不着的地方停步,然后在他面前蹲下。

"你看,绍尔,"他耳语道,"我不打算马上就杀了你。在你死之前,绍尔,我要让你为我跳个舞。你觉得自己很特殊,对吧?嗯,但我是舞蹈之王,绍尔,在你死之前,你必须要为我跳个舞。否则你觉得我为何要你那只可怜的小小军队战斗到最后一口气?"他对舞池打个手势,机械的小规模战斗仍在继续,避无可避的老鼠在舞步中被按部就班地摧毁着。

"你看,绍尔,我想跟你解释一下。看见我怎么让人类和蜘蛛同时跳舞了吧?看见我是怎么做到的吧?很好,绍尔,我也能让老鼠跳舞。你不是著名的半人半鼠吗?呃,鼠孩儿?呃?好吧,我已经在为人类奏乐了,绍尔,因此你有一半正在跳舞,尽管你没有感觉到。那么,等我开始为老鼠奏乐的时候,绍尔,我岂不就同时为你的两部分血缘奏乐吗?明白了吧?小兔崽子,明白了吧?翻看你的地址簿,想办法寻找你的时候,我并不知道我会找到什么。只是见到一个地址,旁边涂写了些什么文字……可你看看我找到了什么啊!你的朋友娜塔莎,她向我展示了如何给我的长笛做乘法……"

吹笛手狞笑着轻轻拍打绍尔的脸庞,接着退向打碟机。娜塔莎站在他的背后,她的衣服被撕烂了,覆盖在脸上的鲜血黏稠如油。

舞池里仍旧人浪汹涌,但奇异的平静却笼罩了舞台。

"我即将为你的两部分血缘同时演奏,绍尔,"他说,"我要让你跳舞。"

他抬起头,像乐队指挥似的举起手指,音乐再次改变。

鼓点持续，贝司线不变，静滞而犹疑的钢琴接着演奏……但笛声却冲天而起。

诱惑舞客的笛声流畅甜蜜，吸引蜘蛛的笛声宛如点画，第三层笛声忽然凭空出现在了两者之上。这个笛声蜿蜒爬行，引人不安，糅合了半音和小三和音，休止符是离奇的暴起噪音，这是让人毛骨悚然的音乐。老鼠的音乐。

舞池之中，没有逃掉也没有死去的老鼠忽然一动不动。

绍尔从眼角看见鼠王的身体也变得僵直，两眼闪着呆滞的光芒，视线焦点落在某个看不见的地方。恰在此时，绍尔觉得身体猛然向上一抽，开始倾听音乐，惊异的感觉随之袭来，他瞪大眼睛，望着周围脉动的光线，视线穿过了扬声器和墙壁，思维豁然开朗。

绍尔听见从非常非常遥远的地方传来尖厉的笑声，他看见吹笛手往后一躺，任由舞客举起的手臂带着他游遍房间，但这些都干扰不了他。按住他的那几只手松开了。绍尔起身走到舞台中央。他能够做到的只有将注意力集中在音乐上。

有什么东西就在他刚好碰不到的地方……

刚好碰不到的地方……那儿有美妙的食物……

他能闻到……他能在空气中尝到，还有性爱，他感觉到阳具勃起，嘴里唾沫有如泉涌，双脚带动身体，他不需要思考要往哪儿去，他被音乐剥离了责任感，向它俯首称臣，那是同时奏响的两套旋律，一套属于老鼠，一套属于人类，一套疯癫，一套甘醇，两者互相泼溅，充满了他的脑海。

他模糊地感觉到鼠王也在身旁，鼠王左右踱着步子，脚步沉重，但热情洋溢。

"跳舞吧！"舞池的另一端传来命令，吹笛手骑在人群的臂膀上，仿佛是什么运动健将、英雄或独裁者。

绍尔轻易就服从了命令。他开始跳舞。

重踏舞步。

战斗停止之后，大堂里的所有生物都可以跳舞了，还活着的人类、蜘蛛

丛林惊骇

和老鼠全部同时舞动,他们整齐划一地跺着脚,吹笛手发出喜悦的大笑声。绍尔模糊地意识到自己也很高兴,他兜着小圈,渴求着食物、性爱和音乐,因自己是大堂中的一员、属于这个巨大的格式塔而骄傲。

凯旋的吹笛手在舞客的头顶前进,绕着大堂走了一圈,以此彰显荣耀,绍尔在狂喜和朦胧中看着那个高瘦人影回到舞台上,动作平滑流畅。

绍尔张开双臂,在欢欣中舞动。这是他的顿悟:音乐,两股音乐占据了他,他的意识放松下来,正在飘浮,双脚陶醉于舞步,他抬头环视在四周跃动的躯体,看那一张张崇拜者的脸……绍尔陷入了狂喜。

吹笛手绽放微笑,绍尔也报之以微笑。

他模糊地意识到有人说话,感觉到双脚带着他前进,走过了宽大的舞台,向着正在等待他的吹笛手而去,吹笛手握着一件闪闪发亮的长形物体。

"……到我……"绍尔在鼓点间听见这样的话,"……为我跳舞……来……"

他一步一步地前进,按着他能听见的两种旋律扭动,他渴望舞蹈。

但有什么地方不对劲。

有一个时刻令他困扰,绍尔迟疑了。

两股长笛线并不协调。

绍尔踏上舞台,想要跳舞,但一条阴影横在了脑海中。

笛声在互相排挤。

他忽然意识到这是嘈杂的不协和音。他的饥渴与欲望和刚才一样炽烈燃烧,但他不再能看见那些美景了,他茫然无措,两种笛声在美学上的反相令他震惊,他被扯向两个不同的方向。

尽管他还在听,但忽然能置身于音乐之外了,他朝里面看,绝望地想要回去,他能感觉到两股笛声之间的巨大空隙。

某种东西在空隙间喷薄欲出,在绍尔的腹中震颤,始终没有改变过,它是这音乐的基础,是丛林音乐的起始和结束:那就是贝司线,贝司线来了。

绍尔面对舞台中心,身体忽然静止,定在了那里。

笛声和贝司线在内心激荡。

两条长笛线在四周缠绕，在哄骗他放下提防，在诱惑他，在催促他继续跳舞，在轮流逗弄他的鼠族意识和人性。但他的内心有某个部分已经变得坚定。绍尔在努力争取其他的东西。他正在聆听贝司线。

上百个口号的字词疾驰过脑海，那是来自嘻哈乐的无尽采样，是献给低声部的丛林音乐赞歌。

DJ！贝司在哪儿？

贝司！你能潜到多低？

翻腾吧，贝司……

那贝司太黑暗了……

贝司来了。

贝司就能到这么低。

我……要和贝司一起翻腾。

因为那贝司太黑暗了……

因为对于这个音乐来说，那贝司太黑暗了，绍尔忽然想到这一点，他的意识澄明得可怕，那贝司太黑暗了，受不起这个音乐，这种桀骜不驯的颤音，去他妈的颤音，去他妈的短命货，去他妈的高音部，去他妈的笛声，就在他这样想的时候，长笛线消失在了脑海中，变成仅仅是稀薄、刺耳的不协和音而已，去他妈的颤音，他心想，因为当你随着丛林音乐起舞的时候，你所跟从的是贝司线……

绍尔重新发现了自我。他知道了他的身份。他重新开始跳舞。

现在不一样了。他跳得异常凶猛，如挥动武器般挥动双臂双腿。他随着贝司线跳舞，随着鼓点旋转……对笛声充耳不闻。

说了算的是贝司线。撑起歌曲的是贝司线。统一了丛林爱好者的是贝司线，贝司线是这个社群的黏合剂，聚起了挤满一个仓库的舞客，它比这个群集式的意识要强大无数倍。

吹笛手还在等他。绍尔看见新的笑容爬上吹笛手的脸庞。在吹笛手的

丛林惊骇

眼中,绍尔步履蹒跚。你想要我跳舞,对吗?绍尔心想。要我跳着舞走到你面前,跳着舞迎接死亡……现在我在跳舞了,你认为你的高音取得了胜利,对不对?

绍尔跳着舞,离吹笛手越来越近。吹笛手紧握长笛,长笛犹如武士刀般与他的身躯一起熠熠生辉。双臂紧绷。

两股笛声还不够,绍尔心想,力量感让他晕眩。他继续跳舞,慢慢接近他的敌人。吹笛手微笑着举起握着长笛的右手,他的手举得很高,微微颤抖着,准备发起攻击。

绍尔来到了伸手可触的范围内。

"鼠人,现在给我跳个够吧。"吹笛手柔和地说。

他挥动了长笛。

这一击过度自信,轻慢蔑视,并没有抓准时机,吹笛手在等待猎物走进恶毒的银质棍棒的下落路径。

然而,绍尔却抢进了那致命一击的内侧。

他以老鼠的高速前进,化作一道模糊人影,发挥出他全部的疯狂、蛮力和来自陈腐食物的能量。他在前进中转身,抬起右手抓住长笛,猛地一扭,拽着冰冷的金属物转了整整三百六十度,将长笛从吹笛手过度自信的手指中夺了下来,同时抬起左臂,弯起,边转身边从左肩上方望过去,把胳膊肘狠狠地砸进了吹笛手的咽喉。

吹笛手踉跄后退。他两眼突出,难以置信地瞪着绍尔。他抓住自己的喉咙,不住干呕,拼命吸气。绍尔拿着长笛,昂首阔步走向他。鼓打贝司的音乐在耳中轰鸣。这不再是吹笛手的曲子了。他听见的是鼓点,是鼓点和贝司线。

"一加一等于一,狗娘养的!"绍尔用长笛从下往上狠抽吹笛手的下颚。吹笛手踉跄后退,但没有跌倒。"我不是老鼠加人类,明白吗?我超出了两者本身,也比两者加起来更大。我是新的生命。你无法让我跳舞。"他用长笛横打吹笛手的太阳穴,高个子男人旋转着退过舞台,喷出一股血雾,退向仍

267

在跳舞的鼠王。

吹笛手做了个难看的脚尖旋转,但仍旧没有跌倒。

绍尔扑向他,用长笛一次又一次地猛击他,横蛮且毫无宽恕心。他一边殴打对方一边发出宣告。

"你早该杀了我的。你比我强大得太多了,但你实在过于自大。看着吧,狗娘养的,我是新鲜血液。我比这两部分加起来都要大。"

"你他妈奏不出我的旋律,你的笛子对我来说屁也不是。"

最后一击过后,吹笛手跌倒在鼠王的影子里。他叠起双腿,背靠砖墙,重重地坐在了地上。他抬头望着绍尔,惊恐而无助。他的脸被砸得稀烂。鲜血从银笛上滑落。吹笛手的眼中泛着痛苦和备受屈辱的神情,这个不肯随着他的音乐起舞的家伙惹得他怒不可遏。

他的喉咙里发出怪诞的嘎嘎声响。他挣扎着想说话,却没有成功。

绍尔抬起头。充满室内的舞动人影正在放慢速度。笛声正在变化,正在自我坍塌。没有了吹笛手的意志力,笛声无法持续下去。人们面露困惑的神情,脑袋松垮垮地垂着,像是身处不安稳的梦境之中。老鼠和蜘蛛病态地抽搐着,困住它们的长笛线就在这时内爆了。

鼠王跌倒在地,痛苦地使劲扭动,将自己拽出魔咒。

永远是最强壮的那一只,绍尔心想。

他把视线放回瘫倒在地的吹笛手身上。嘴唇高高肿起的吹笛手却笑了,露出染血的牙齿。

绍尔像拿匕首似的握紧长笛,举过了吹笛手的头顶。

墙壁深处响起冥府般的隆隆声音,摇撼了舞台,震得绍尔一个趔趄。

"这他妈的……"他说。

地板猛然倾斜,剧烈晃动。绍尔向后跌去。

高过吹笛手头顶的地方,墙壁出现了一条裂口,很细,直得不自然,像是用极大的刀片割出来的。舞台继续摇动,直到所有舞客都跌倒在地。《风城》若不是来自DAT播放器,不受跳针和震动影响,恐怕也已经时断时续了。

丛林惊骇

裂缝越来越宽,向下不停伸展,打开了吹笛手背后的砖墙。墙上这条罅隙通向彻底的黑暗。

吹笛手的浅浅笑容让绍尔动弹不得。

黑暗在扩大,吮吸着室内的空气。就仿佛飞机舷窗爆裂,纸片、衣服和蜘蛛的尸体碎片旋转着飞进黑洞。

他曾经打开过一座山,绍尔猛然醒悟,他当然能打开一堵墙。他正要回家。

吹笛手动也不动地任凭裂缝在背后张开,卷起漫天碎屑的龙卷风充满了仓库,裂缝就是风眼。绍尔张开双腿,跪倒在地,坚信吹笛手无法逃出这个世界。

他稳住身体,再次攥紧长笛,准备进攻,但就在此时,他听见了一个细弱、绝望的声音从正在徐徐打开的深渊处传出。

一个孩童的声音。

绍尔被吓呆了。吹笛手安若泰山。他没有移开与绍尔对视的眼神。他没有停止微笑。他背后的裂缝有几十厘米宽了,他开始扭动着往裂缝里钻,同时继续盯着绍尔的眼睛。可怜的哀号骤然停顿。

接着,同样骤然的事情发生了,许多个惊恐的声音一起涌出黑暗,几百个细弱的声音在哭喊,撕心裂肺,那是因为恐惧而疯癫的叫声。

哈默尔恩失去的孩子终于见到了光明。

惊恐压得绍尔无法动弹,他向后跌去。

他的嘴巴张得很大,但只能发出最细微的声音。他朝墙上的裂缝伸出手,无力又无助。

见到他的崩溃,吹笛手使了个眼色。

后会有期,他比着嘴型说,然后伸出双手,抓住裂缝的两边,对绍尔轻轻挥手。

一个影子咆哮着以可怖的速度扑向绍尔,抢过他手中的长笛。

鼠王用双手攥紧长笛,脚下一蹬绍尔的大腿,以难以想象的角度飞向吹笛手的侧身。他紧咬牙关,野兽般的嚎叫声几乎要破喉而出。他的长外套在旋风中扑打。吹笛手抬头望向他,表情呆愣而困惑。

鼠王的啸声陡然炸响,化作疯狂的吠叫,他抽回双臂,长笛如长矛般握在手中。

他用猛兽般的蛮力将长笛刺入吹笛手的身躯。

吹笛手发出惊讶的叫声,但在音乐和背后孩童的哀号声中显得异常虚假。

长笛如刺穿气球般深深插进他的腹部。污血下的脸庞立刻变得煞白,他揪住鼠王的双臂,使出所有的力量攥紧它们,抓住了将长笛插进身体的那双手,他盯着鼠王的双眼。

宇宙凝固了一瞬间。万物保持着平衡。

吹笛手向后跌进黑暗。

鼠王跟着他跌了进去。

绍尔能看见的只是鼠王拱起的背部,它倒向前方,却蓦地停住了。裂缝突然在他周围合拢;孩童的声音越来越恳切,越来越遥远。

鼠王使劲扭摆背部,双臂在头顶冒了出来,逼迫那条大裂缝为他多存在了半秒钟,他打起精神,从罅隙中抽出身体,倒在了绍尔身上。

裂缝的两端合拢了,发出一下微弱的嘎吱声响。

吹笛手消失了。孩童的哀叫也消失了。

能听见的只有鼓打贝司的音乐声。

第二十七章

绍尔躺在地上,累得没法动弹,只听着鼠王的呼吸声。

他翻了个身,爬过舞台。看了一遍整个仓库。

迪斯科灯球仍在转动,漫无目的地反射着光线。一片狼藉的舞厅看起来很不真实。这里像是发生了大屠杀,遍地污血、汗迹、死亡的老鼠、被碾碎的蜘蛛和瘫软的舞客。墙上涂抹了成千条不同的污渍,显得肮脏不堪。地板滑溜溜的,非常恶心。舞客如复生的尸体般拖着脚走来走去,他们浑身伤痕,闭着眼睛,重心在两只脚上倒来倒去,《风城》的低沉节拍仍在继续,长笛仍然让人堕落。舞厅里的舞客正在逐个倒下。

绍尔跌跌撞撞地走到打碟机前,扯开连接DAT播放器的导线。扬声器立刻陷入死寂。室内的所有舞客顿时全部原地倒地,昏迷过去,一动不动仿佛尸体。这里像是大屠杀后的现场。

蜘蛛和老鼠在音乐停止后还继续舞动了片刻,然后四散奔逃,离开仓库,消失在了伦敦的黑夜中。

绍尔环顾大堂,寻找他的两个朋友。

找到了,娜塔莎被压在一个大块头舞客的沉重躯体底下。绍尔把她拉出来,对她轻声呢喃。

"塔莎,塔莎。"他轻声说着,并擦净了她脸上的血迹。她身上有抓伤,有擦痕,皮肤因无数只小蜘蛛的毒液而肿胀,到处都是淤青和老鼠的咬伤,但她还在呼吸。绍尔牢牢地抱住不省人事的娜塔莎,紧紧地闭上了眼睛。

他有那么久没跟任何一个朋友拥抱过了。

他非常温柔地放下娜塔莎,继续去寻找法比安。

法比安趴在鼠王在舞台上凿出的洞口边缘。看见法比安,绍尔险些流下眼泪。他伤得太重了,脸部被砸得稀烂,皮肤与娜塔莎一样遍布伤口。

"他能活下来的。"

听见鼠王沙哑的嗓音,绍尔猛地抬头望去。

鼠王站在他身前,用左腿支撑体重,看着绍尔救助法比安。

绍尔将视线放回他的朋友身上。

"我知道,"他说,"心在跳,还有呼吸。"

他很难开口说话。情感勒住了他的喉咙。他抬头望着鼠王,对墙壁打了个手势。

"那些孩子……"他说不下去了。

鼠王使劲点点头。"那些小混蛋的爹妈鼓掌欢送我们离开小城。"他恶狠狠地啐道。

绍尔皱起了脸。他无法说话,无法去看鼠王。他攥紧拳头,因为愤怒和反感而颤抖。他仍旧能听见可怜的哭叫声在黑暗深处回荡。

"法比安,"他轻声说,"兄弟,能听见我吗?"

法比安微微一动,但没有回答。*这样更好*,绍尔忽然想道。*此时此地,我没法跟他交谈,我没法解释这许多事情。必须让他置身事外,不能让他看见这幅场景*。绍尔受够了孤独,他迫切需要朋友的陪伴,但他清楚他必须等待。

不会等待太久的,他想着,努力鼓起勇气。

他站起来,一瘸一拐地走向鼠王。两人警惕地互相打量,然后同时向前跌倒,抓住对方的前臂紧紧握住。这与拥抱或和解天差地别,但在此刻达成了沟通。他们仿佛互相倚靠的疲惫拳师,仍旧是敌手,但都给了对方一个喘息的机会,而且都心怀感激。

绍尔深吸一口气,后退一步。

"你杀了他吗?"他问。

鼠王没有回答,他转过身去。

"杀了他吗?"

"我不知道……"这几个字悬在寂静的大堂里,"我认为是的……长笛插得很深,他的喉咙被打碎了……但我不知道……"

绍尔用双手捋起头发,低头望着自己粗壮的身躯,战斗留下的痕迹历历在目。虎头蛇尾的感觉和不确定性缠紧了他。可是,他忽然想道,这对我来说无所谓啊。他无法影响我。他是已经死了,还是奄奄一息,还是倒霉受了重伤,都无所谓啊,如果他胆敢归来的话,我仍旧是现在的我,而且还会无限量地更加强大。他不可能影响我。

"他不能影响你。"鼠王说着,舔了舔嘴唇。

阿南西的尸体不见了。鼠王毫不惊讶。他左右扫视着舞台和舞池上被压碎了的蜘蛛,蜘蛛的残骸仿佛一层地毯。

"你永远也找不到他。"他沉思道。

绍尔看着他,然后环视整个仓库。他在剧烈颤抖。空气里鼠血的恶臭很浓厚,绍尔的每一步都踏着阿南西的臣民的尸体。一些舞客开始有了动静。

鲜血如抽象艺术般装点着墙壁。

"我必须离开这儿。"绍尔轻声说。

绍尔和鼠王一言不发地爬上阁楼。鼠王走在前面。绍尔解开来自监狱的那件衬衫,横搭在肩上,然后一跃而起,抓住出口边缘,攀上去,爬出了翻板活门。

他回头看了一眼,把脑袋探进静悄悄的巨大仓库。

红色、绿色和蓝色的彩灯沿着错综复杂的轴线旋转,鼓点消失之后,它们的闪烁显得杂乱无章。地板上堆满了躯体,有几具在微微抽搐。绍尔望着舞台,他把法比安和娜塔莎放在了那儿。两个人肩并肩躺着,像是陷入了平和的睡乡。娜塔莎在朦胧中动了一下胳膊,结果胳膊落在了法比安的胸口。

绍尔屏住呼吸,他再也看不下去了。

他跟着鼠王爬出天窗,眨着眼睛,猛吸冰冷的新鲜空气。沿着这条路线进入仓库仿佛是好几天前的事情了,但此刻和早先一样,天空仍旧漆黑,街道依然空荡荡的。

现在是后半夜,还是同一个夜晚的后半夜。伦敦在安睡,这个肥胖、危险而愉快的城市浑然不觉大象与城堡地区发生了什么。这个城市的没心没肺让他振奋。不管发生了什么事情,城市都会继续前进,他想道。这可真是安慰人心呐。

鼠王和他都渴望将这些砖墙抛诸脑后。他们以最快的速度前进,拽着各自的身体攀过屋顶,他们拖着遍布瘀伤的四肢,因为痛楚而龇牙咧嘴,但情绪高涨,精神振奋。到了与仓库隔了不少幢房屋的地方,绍尔停下脚步。

他要打电话为还留在俱乐部里的人求援。天晓得有多少人断了骨头,多少人的肺部被戳穿,还有各种其他伤害,那些人无依无靠地躺在仓库里。另外一方面,他非常害怕他的军队或许给那些人传染了什么疾病。他不希望再看见有谁丧命。尤其是在今夜之后。熬过了这么多的事情,丧失了神志,被恶魔附体,不停狂舞,却因为挨了鼠咬而死在床上……他承受不了这样的想法。

他站的地方与鼠王稍微有点儿距离,脚下是一家赌彩店的平屋顶。四周都是无甚特色的低矮房屋。绍尔陶醉于眼前的凡俗景色中:灰色的屋瓦,边缘剥落而且已经过时的庸俗广告牌,朦胧不清的涂鸦。他能听见有列车在不远处经过。

鼠王面对着他。

"那,走了?"他问。

绍尔听见他如此刻意轻描淡写地讲述分别,忍不住爆发出一阵狂笑。

"是啊。"他点点头。

丛林惊骇

鼠王也点点头。他看起来非常心不在焉。

"是我杀了他,你知道的。"他忽然说。"是我干掉了他,不是你,你吓呆了。你险些让他溜掉,但我不一样!我龇着尖牙跳起来,干掉了那个暴徒!"

绍尔没有搭腔。鼠王瞪着他,激动的心情开始退潮。"但在场的老鼠都没看见,"他慢慢说道,"我的姑娘小伙们,他们谁都没看见,都忙着跳舞、昏迷、已经死了或者正在等死。"

两人沉默良久。

鼠王指了一下绍尔。

"他们会认为是你干的。"

绍尔点点头。

鼠王开始颤抖。他拼命想控制住自己,他把双手往嘴里塞,使劲拍打身侧,但怎么也藏不住苦闷和激动。

他抓住绍尔的手臂,他的双手在颤抖。

"告诉他们,"他恳求道,"他们会相信你。告诉他们,是我干的。"

绍尔望着这个黑黢黢、脏乎乎的人影。从他站立的位置看不见鼠王背后的伦敦城,他只能看见那张朦胧的枯瘦面孔,周围除了天空、黯淡的星辰和油腻腻的云团之外别无他物。鼠王是视野中的一个孤岛,按照他自己的法则运转。包容那双眼睛的黑暗空间散发出炽烈的视线,怎么也不肯放开绍尔。鼠王头部背后的云团被城市染上了一抹红色。

鼠王恳求的是赦免,他想要回他的王国。

绍尔并不想要这个王国。他不想当老鼠的王子。他不再是人,但也不是老鼠。

但就在他望着鼠王的面孔时,他见到了野蛮而龌龊的暴行发生在一条小巷里。他看见一个深爱他的肥胖老人随着能置人于死地的玻璃雨点跌落天空。

绍尔闭上眼睛,回忆起他的父亲。他想念他的父亲。他是那么想和他的父亲交谈。

275

他永远也不能和他的父亲说话了。

绍尔没有睁开眼睛,他以极慢的语速说话。

"我将告诉我的军队,"他说,"你是如何怯懦,如何恳求吹笛手饶命,允诺他可以杀死所有的老鼠,要不是我勇敢地冲过你的身边,用长笛刺穿他,将他推进地狱,他就会成功。"

"我要告诉他们,你是一个懦夫,一个骗子,一个胆小的犹大。"

鼠王开始尖叫的时候,他睁开了眼睛。

"把我的王国还给我,"他叫道,用爪子去挠绍尔的脸,"你这小崽子,我要杀了你……"

绍尔踉跄着避开飞舞的双爪,狠狠一推鼠王的胸口。

"那你打算怎么做?"他嗞嗞地说,"能杀了我不成?你也心里有数吧?我不知道你有没有杀死吹笛人!假如他日后回来,他会像灭害似的杀了你,在你死之前,他会让你跳舞,让你求他杀了你,但他却杀不了我……"

鼠王的动作慢下来,停止了疯狂的拍打。他从绍尔面前退开,沉下双肩,垂头丧气。

"明白吗?他无法影响我……"绍尔嗞嗞地说。他拿手指戳着鼠王的胸口。"是你把我拽进这个世界的,杀人犯,强奸魔,爸爸,是你杀死了我的父亲,让吹笛手来找我……我不能杀你,但你也只能对着你那该死的王国流口水了。它属于我,你需要我,以免他再回来。你不能杀我,只是为了以防万一。"绍尔的笑容很刺耳。"我知道这是怎么一回事,你这该死的动物,自我至上。杀了我,你很可能就会杀了自己。你打算怎么做?啊?"

绍尔后退一步,展开双臂,闭上眼睛。

"杀了我。拿出你的本事来。"

他听着鼠王的呼吸声,等待着。

末了,他睁开眼睛,看见鼠王又在躲躲闪闪地前后走动,时近时远,不停握紧和放松拳头。

"小杂种。"他绝望地从齿缝里说。

丛林惊骇

绍尔再次哈哈大笑，苦涩而疲惫。他转身背对鼠王，走向屋顶边缘。开始往下爬的时候，鼠王又一次对他轻声说话。

"当心背后，混蛋，"他咝咝地说，"当心背后。"

绍尔爬下旧砖墙的弧形立面，消失在垃圾箱背后的迷宫中，他在小巷中觅得去路，融入了南伦敦城。

他沿街寻找，最后找到了一条黑洞洞的拱道，这里容纳了卖烤肉的摊贩、报刊亭和鞋铺，拱道尽头有个电话亭受了老天的保佑，没有遭受破坏。他拨通999，叫警车和救护车去仓库。他想：天晓得他们会怎么看待即将目睹的场景。

打完电话，绍尔把听筒在下巴上压了很久，想决定是否要依照本能行事。他想再打一个电话。

他拨通查号台，要到韦利斯登警局的号码。他打电话给接线员，说他的一磅硬币卡在投币电话里了，但他还有一个紧急电话要打。接线员遵从了他的意愿，但那厌倦的声音一听就知道她清楚绍尔在撒谎。

接起电话的是一名值夜班的警员。

绍尔不相信克罗利探长还在办公室。这个钟点？绍尔疯了吗？有什么急事能让这位警官帮你吗？

绍尔请他转到克罗利的答录机。听见克罗利慢而平稳的声音，似曾相识的感觉让他一时间动弹不得。自重生之后，自父亲遇害那个夜晚之后，他就没再听见过这个声音。

他清清喉咙。

"克罗利，我是绍尔·杰拉蒙德。现在你应该已经知道大象与城堡那桩该死的血案了。我打电话只是想告诉你，当时我也在场，还有你不必去问任何人究竟发生了什么，因为他们谁也不清楚。不知道你最后会怎么结案……去他妈的，就说是行为艺术捅出了大娄子吧。谁知道呢。另外，我想告诉你的是，我没有杀死我的父亲。我也没有杀死你的警察。我没有杀死巴士车场的警卫，我没有杀死黛博拉，我也没有杀死我的朋友凯伊。

"我想告诉你,主犯已经没了。

"但我不知道他是否还会出现。

"还有一名犯人也参与了这些事情,克罗利,但我不能除掉他,现在还做不到。不过,我会留意他的,这件事我答应你。

"我想回来,克罗利,但我知道我回不来了。别去招惹法比安和娜塔莎。他们啥也不知道,也没有见到我。今夜我帮了所有人一个忙,克罗利。你永远也不可能知道其中的缘由。

"如果你我运气好的话,这将是我们最后一次听见对方的声音了。

"祝你好运,克罗利。"

他挂断电话。

跟我说说你的父亲。克罗利曾经这样建议他,那是许多个星期之前了。唉,克罗利,绍尔心想,这正是我做不到的。

你不可能明白。

他走进黑暗的街道,朝着家的方向而去。

尾声

伦敦城的深处,在一条废弃五十年的地铁线旁边,一个与下水道和上百幢大楼的排水管相连的粗陋厅堂里,绍尔向鼠群讲述"终极大战"的经过。

鼠群如同中了咒语。全伦敦的老鼠都来了,绕着绍尔围成许多个同心圆,这儿有一个那天夜晚的幸存者,正骄傲地舔着伤疤,那儿有另外一个幸存者在夸耀他的勇武,其他的老鼠吱吱叫着表示赞同。今天很干燥,也不太冷。这儿有为每只老鼠都预备的成堆的食物。绍尔躺在中央,讲述他的故事,展示他正在愈合的伤痕。

绍尔向齐聚一堂的鼠群讲述鼠王的背叛,他跪倒在尘土中,献上全伦敦所有老鼠的性命,只求吹笛手饶他一命。绍尔讲述他本人如何听见垂死者的惨号,就此破坏了吹笛手的魔咒,把恶魔的长笛插进他的腹中,将他推进无尽虚无。绍尔告诉鼠群,他踏过鼠王的时候是怀着多么轻蔑的心情。

鼠群听着,小小的脑袋上下起伏。

绍尔提醒老鼠要警惕,要注意吹笛手的踪迹,要避开"大背叛者"鼠王的谎言和诱惑。

"他仍旧在下水道里,"绍尔提醒道,"他仍旧在屋顶上,他就在我们附近,他会试图赢得你们的心,他会撒谎,会乞求你们跟从他。"

鼠群认真地听他说话。他们不会让他失望。

等绍尔讲完他的故事,他坐起来,望着周围一圈圈的鼠脸。一排又一排热切的眼神在注视着他,请求他发出命令。他们对他施以重压。

绍尔有那么多想做的事情。他的口袋里揣着一封写给法比安的信。法比安很快就将出院,他会发现这封信在等着他,这是试探性的序曲,暗示绍尔将作出解释,允诺风平浪静后会联系法比安。

绍尔想建立一个永久性的基地。哈灵盖地区有幢空置的高楼,他想前去一探究竟。

还有采购计划要完成。他看上了一台非常拉风的苹果 Mac 笔记本电脑。抛弃人类社会固然让生活变得简单,但前提是和金钱不扯上关系。

但只要鼠群还渴望听见他说的每一个字,与他如影随形,急切地想听从他的差遣,他就没法过他想要的生活。对鼠王的复仇给他引来了无穷无尽的仰慕者,他很想逃离他们。另外一方面,鼠群重新开始听从鼠王的号令也不是不可能的事情。他就在外面某处,偷偷摸摸地行走,制订计划,毁灭事物。绍尔想确保他的复仇能够延续下去。

他必须改变规则。

"你们都应该为自己而骄傲,"他说,"鼠国取得了伟大的胜利。"

鼠群享受着乐趣。

"这是鼠族的崭新黎明,"他说,"老鼠现在该意识到他们的力量了。"

兴奋的情绪席卷了所有群众。他这是要宣布什么?

"这就是我宣布退位的理由。"

惊恐万状!鼠群左右奔逃,向他恳求。*带领我们吧*,他们用眼神、尖叫和爪子对绍尔说,*统治我们吧*。

"请听我说!否则的话,我为何不向鼠王讨回使用这个名字的权利?请听我说!我要退位,是因为鼠族配得上比国王更好的待遇。狗有它们的女王,猫有它们的国王,蜘蛛将选出另一位君主,所有的群落都在领袖面前摇尾乞怜,但请让我告诉你们……没有你们,我不可能击败吹笛手。你们不需

尾　声

要头领。现在该革命了。"

绍尔想起他的父亲,父亲那些炽热的言论,父亲的书籍,父亲所献身的事业。**这都多亏了你,老爸**,他讽刺地想道。

"现在是该革命了。你们被君王统治了许多年,他带领你们走向灾难。接下来是无序的几百年,恐惧,寻找新的领袖,恐惧隔绝你们中的每一位,让你们对群体丧失了信念。"一阵战栗上下传遍绍尔的脊背。他忽然惊觉。**耶稣啊**,他心想,**我这是在释放什么样的力量!** 但想停下来已经太晚,他接着说了下去。他觉得自己是历史的代言人。

"因此,你们已经知道了你们能做到什么,鼠族从今往后不再向国王的奇思怪想磕头。我退位,不是为了让其他国王登基。"绍尔夸张地停顿了一下。

"我宣布,鼠族共和元年由此开始。"

现场陷入大混乱。老鼠绕着房间乱奔,惊恐、兴奋、解放、痛苦。绍尔的声音压倒了喧闹和混乱,他继续说下去,他就快讲完了。

"每个个体都是平等的,齐心协力,尊敬那些值得尊敬的,而不是拥有威权的……自由,平等……让我们把'鼠'这个字眼放回'博爱'之中①,"他笑着作了结语。这样,他心想,或许就能让我享受些安静了。

他提高音量,盖住吵嚷声。

"我不是鼠王子,我不是鼠王……如果他愿意,就让那个背叛者继续抱着过时的头衔不放吧,让他可悲地执着于过往吧。从今往后,再也没有国王了。"绍尔说。

"我只是你们中的一员。"他说。

"我是'鼠公民'。"

再次变得孤单。

我从前也有过这样的经历。

你不能永远让我低头。

---

① 博爱(Fraternity)中包含"rat"这个词语。

当心你的背后,小子。

我永远存在于此。我不肯放手。我被迫离开,我会再次归来。我是你在自家床上也不能安眠的原因。我教你学会所有知识,我的袖子里还有更多的把戏。我很顽强,咬住就不松口,不肯放弃,不可能永远被驱逐。

我是幸存者。

我是鼠王。